密语者
MI YU ZHE

武歆 著

重庆出版集团 重庆出版社

图书在版编目(CIP)数据

密语者 / 武歆著. —重庆 : 重庆出版社, 2020.12
ISBN 978-7-229-15374-8

Ⅰ.①密… Ⅱ.①武… Ⅲ.①长篇小说—中国—当代 Ⅳ.①I247.5

中国版本图书馆CIP数据核字(2020)第210883号

密语者
MIYU ZHE
武　歆　著

责任编辑：袁　宁
责任校对：杨　婧
装帧设计：戴　青

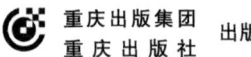
重庆出版集团　出版
重庆出版社

重庆市南岸区南滨路162号1幢　邮政编码：400061　http://www.cqph.com
重庆出版社艺术设计有限公司制版
重庆市国丰印务有限责任公司印刷
重庆出版集团图书发行有限公司发行
E-MAIL:fxchu@cqph.com　邮购电话：023-61520646
全国新华书店经销

开本：720mm×1000mm　1/16　印张：15　字数：220千
2020年12月第1版　2020年12月第1次印刷
ISBN 978-7-229-15374-8
定价：52.00元

如有印装质量问题，请向本集团图书发行有限公司调换：023-61520678

版权所有　侵权必究

目录
CONTENTS

1/ 卷首　游坟

13/ 赤卷　沦陷

33/ 橙卷　苦闷

53/ 黄卷　荒唐

83/ 白卷　河口

89/ 绿卷　幸运

99/ 青卷 谋生

125/ 蓝卷 赔命

165/ 紫卷 找寻

221/ 黑卷 水活

229/ 卷尾 葬礼

233/ 代后记(听讲的乐趣)

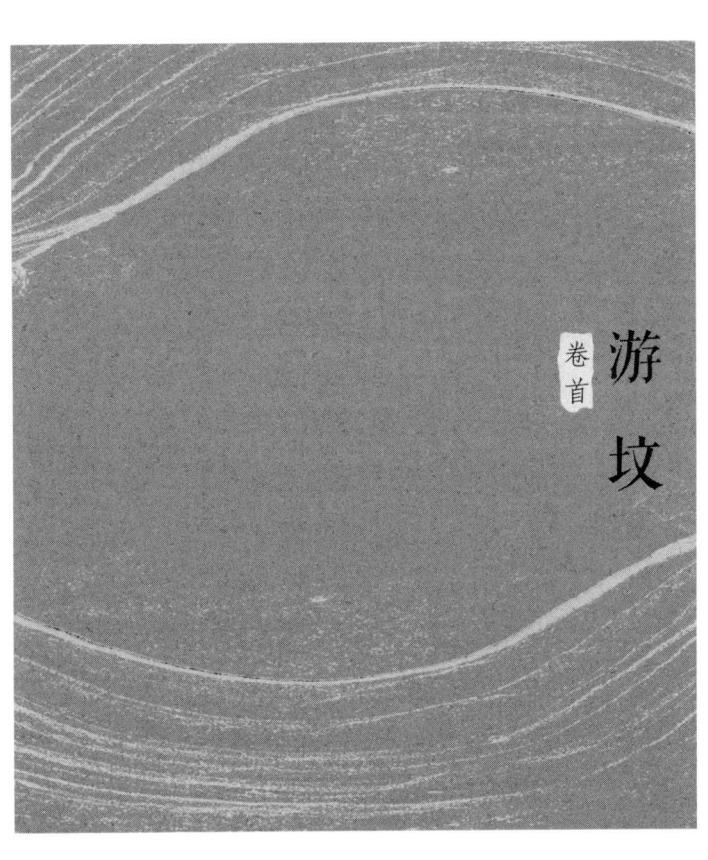

游坟
卷首

历史是什么？我们常常以为写在书上的东西才是历史，那么问题是，从人们嘴里说出来的又是什么？想到这个问题的时候，我立刻就想到了永远都在滔滔不绝的爷爷。

　　我爷爷是个瘫子，在床上躺了二十年。确切地说是在我父亲为他特制的"V"形硬木床上坐了二十年。他终年盘踞在那张只铺着一层薄褥子的硬木床上，凡是能活动的骨骼都萎缩得变了形，山羊似的细胳膊细腿早已没有了任何作用。我爷爷在头部以下各个部位不断萎缩的同时，脑袋却是越来越大，随着他脑袋的无限增大，脸上的五官也相形而随。圆环眼、大头鼻子、四方阔嘴，还有两粒突出的大门牙。推门进来的人看到我爷爷，立刻想起破庙里斑驳的金刚。

　　金刚的面部无论怎样引人注目，也只是木雕泥塑，而我爷爷的脸则是灵性生动的，我一直认为，我爷爷脸上的灵性来自于他阔大的嘴巴——日日夜夜都在讲话的大嘴。我爷爷曾无数次讲，前半生我用嘴代替了腿，后半生老天爷就不让我用腿了，我还是用嘴走路吧。

　　该用时不用，想用时用不上。这是我爷爷常说的话。

　　我始终弄不明白爷爷所谓的"用嘴来走路"是什么意思，但我能感觉得到，从某种意义上讲，躺在"V"形木床上的我爷爷，的确是在用嘴来走路，而且"走"得神采奕奕，天下之大，没有他"走"不到的地方。

从我记事时候起，爷爷就瘫痪在床。他躺在床上，用家乡的腔调，讲着天南地北的故事，无数的人、无数的事，从他那张大嘴里汩汩地涌出，从来没有停歇过。

小时候我常常惊叹爷爷是个了不起的人。我不断纠缠父亲，想从父亲那里证实爷爷的了不起。父亲每次回答都是一句话，他是个老不死的东西。对于父亲将爷爷说成"东西"，我十分反感，于是我对爷爷更加亲近，整天泡在爷爷的小屋里（那时候，我爷爷的小屋还没有尿臊的气味）。可以说，我是听着爷爷的故事长大的，至今我还这样认为，我爷爷是隐藏在民间的讲述大师。

我爷爷的确是隐藏在民间的讲述大师。

我爷爷在讲述时，嘴部动作很大，一张一合，仿佛一架永不停歇的机器。许多时候，我是通过他的嘴形将故事串通下来的。爷爷家乡话浓重，说得稍快一点，很难听懂。我听故事时，眼睛死死盯着爷爷的嘴。在我眼里，爷爷那包裹着两颗门牙的厚唇，有时幻化成悠长的历史通道。

我爷爷只要睁开眼，马上就会讲故事。白天讲，晚上也讲；身边有人时讲，没人时也讲。他灰白的头发支棱着，露出肋骨的胸腔一起一伏，像是巨大的历史宝库，一段又一段故事从宝库里喷涌而出，任何人都无法阻挡。他讲得昏天黑地，颠三倒四。讲得太多，让人很难琢磨故事真实性到底有多少。我常想，爷爷怎么会有那么多的亲身经历。当我提出这样的疑问时，爷爷总要侧脸看一眼床上的躺柜。

那个躺柜侧面有一把大锁，永远锁着。不知躺柜里面有什么。爷爷总是在看一眼躺柜之后说他讲的故事都是真的，没有半句假话。我静下来琢磨，似乎可信。他讲的全是过去的事。

我在一个秋月如镜的夜晚，再次坐在床旁的小凳子上，端详月光下的爷爷。我有意识地将他过去讲的故事多次提起，试探是否会和以前讲

的有出入。试探结果，令我大失所望。许多情节都发生变化，有的甚至面目全非。但我突然发现了奥秘。爷爷讲的那些事，是从1937年夏季到1939年夏季发生在天津的事。我问爷爷，我说得对不？对于我的提问，他有些懵懂，答非所问。

我一直在想，爷爷在他讲述的故事中，又会是怎样的角色？

我干脆直接问爷爷，你讲的故事，为什么像梦？是不是你在讲你的梦？

我爷爷咧开嘴巴，笑起来，笑容有些狰狞。他没有反驳我，也没有解释，再次瞅了一眼身旁的躺柜，讲了一段更加莫名其妙、更加让人不知所以的故事。

月光下的我蓦然意识到，讲述者没有责任，他的任务就是讲述，关键在于听讲者怎样去听。

一百多年前，有一位不知姓氏的外埠铁匠，推着"嘎吱嘎吱"的独轮车，在一片大洼的土埂上奔跑。

那片大洼，不是一亩两亩，也不是几十亩、上百亩，而是数百亩、上千亩。正是夏季，大洼里凉风习习，洼边上是一人多高的芦苇，风吹芦苇发出唰唰的声响，像农家小媳妇们叽叽喳喳说悄悄话。大洼里没有人，只有鸟儿。叫不上名字的上百种鸟儿，无拘无束地在大洼上空飞翔。土埂下面是水，清水里游着没有名字的鱼，它们大模大样，仿佛世界只有它们。

铁匠喜欢这片绿波荡漾的大洼，停下来，冲着无人的大洼高声喊道，哪儿也不去了，在这住下了。铁匠是说给他女人听的。铁匠的女人睡在独轮车上。她被男人高门大嗓子喊醒了，婴儿一样，揉揉眼睛，坐了起来，摇一下脑袋，落下来不少的黄土，阳光下看得真切。

铁匠的女人个子很小，瘦弱的身体像是几把干树枝子捆扎起来的，一副病恹恹的样子。女人坐在独轮车左面，右面是一把大锤和一个脏兮兮的被服卷。

铁匠没有理会女人的反应，他被眼前广阔的水面镇住了。

水面光滑如镜，微风吹过，微微的波纹皱起，看上去特别柔软。铁匠有一种要去拥抱的冲动。铁匠的家乡连年干旱，看见一滴水就像看见一粒金珠子。猛然见到这么多的水，再也挪不动脚步了。铁匠丢下女人，跑下土埂，蹲在水边，捧着水喝，后来脱了衫子，浸上水，往身上撩，水从脸上、头上流到身上，清凉沁骨，他快活地叫着。

铁匠和女人搭起窝棚，在水清天蓝的大洼住下来。

第二天，铁匠发现，大洼里的鱼很呆，手拿木棰，蹲在水边，见鱼游来，拿木棰轻轻拍一下，鱼就亮出白肚子，漂在面前，随你取拿。铁匠给大洼里的鱼起了个"呆瓜"的名字。再后来，在铁匠家里，"呆瓜"是鱼，鱼是"呆瓜"。

大洼里没有人，铁匠的手艺派不上用场，他决定卖掉大锤。

铁匠抱着他的大铁锤走了百多里的路，才见着一个铺面林立的热闹地儿。打听才知道，是天津卫。他找了铺子，把大铁锤卖了，买了渔叉、木棰，买了长长的绳索。

铁匠变了营生，夏季捕鱼、冬季打苇。大洼的鱼呆，捕鱼不用学，无师自通。打苇可不是一件容易事。当冬季北风吹来，大洼结冰后就能打苇了。把冰铲子紧紧贴住冰面，切割芦苇的根部；割下后，打好捆，借助冰面的光滑动力，把芦苇运送出去。苇子运出大洼卖掉，换来盐和粮食。

在冰面上运送芦苇，一人在前面拉，一人在后面推，拉的人跑起来后，推的人就用不上劲儿了。铁匠女人拉不了、推不动，只能铁匠一人完成，一个人拉。铁匠把绳索套在肩膀上，开始时慢慢跑，后来一点点加速，到最后要越跑越快，一刻也不能停，一旦停住，小山一样的芦苇

借助惯力，会把拉苇子的人活活撞死。数九寒天，铁匠一边奔跑，一边脱着衣服，最后光着膀子身子还会流汗，远远望去，一团白色的热气在闪着白光的冰面上滚动。

铁匠是个能干的男人，很快就把日子过得五彩缤纷。铁匠女人也渐渐丰腴起来，大洼里鲜美的鱼将枯黄的女人重新梳妆了，变成白白净净的俊俏女人。

女人给铁匠生了一个儿子，又生了一个儿子，再生了一个儿子。连续多年，女人的肚子像家里的米缸，总是鼓鼓的满满的。铁匠家变得人丁兴旺，好日子像大洼里的芦苇，总是按捺不住地向上蹿跃。

后来，来大洼谋生的人越来越多。就在这时，一伙强人游窜到了大洼，盯上了铁匠。

这伙强人或拦截走单帮的车马，或向富有人家敲诈勒索。大洼人家多了，引起这伙强人的注意，更是盯上了铁匠分外红火的日子。

一个和平日没有任何区别的早晨，铁匠女人依旧第一个起了床，为男人和儿子们准备早饭。那时天刚蒙蒙亮，铁匠女人推门出屋，惊吓得喊起来，再次怀孕的女人，只觉下身一热，晕倒在地。

铁匠奔出来，只见屋门前一堆破肚子的死鱼，冒着股股的腥臭味，血汤儿鱼肠堵满了大门。破门上插着一把尖刀。

当天下午，铁匠接到那伙强人捎过来的话，出钱"消灾免祸"。数目不大，不像勒索，仔细咂摸，强人不会为这么小数目费心。铁匠纳闷，他日子没富到哪儿去，强人怎么盯住他？莫非还有……

铁匠想起他在天津卫卖大铁锤时，在三岔河口遇上一位摆卦摊的算命先生。那个红鼻头的算命先生送给他一句话，你女人如果小产，你家必遭血光之灾。

铁匠揣上钱，直奔天津卫。在三岔河口一座高土台旁，很容易找到了红鼻头。铁匠迎面跪地，磕头连喊"救命"。红鼻头睁开眼，扫一扫铁匠，慢悠悠地抬起手，示意他起来……

那天晚上，我爷爷讲到这里，忽然停顿下来。

我问他铁匠后来怎样了。

爷爷睡着了，一串串闷雷在喉咙里响过后，紧一阵、慢一阵的呼噜声，从嘴里呼出来。

我爷爷的睡觉和醒着非常自由，什么时候睡，闭上眼睛就睡了。他不是按照白天或黑夜来按排自己的作息，而是按照自己的睡眠来确定白天还是黑夜。他在自己小屋里可以扭转乾坤。他身上拥有一种神奇力量，他生来就是摆布别人的。他拖着似乎马上就要支离破碎的身子，将我健康的父亲和我没病的母亲给"拖"走了，破败的他却没有一丝一毫要离去的迹象。

月光下，我爷爷垂头而眠。他的头微微倾向右侧。那只躺柜就在他的右侧。相距半米，伸手即可触摸。

过了好几天，我爷爷才又想起大洼铁匠的故事，他告诉我，后来铁匠从天津卫赶回了大洼，他主动找到那伙强人，提出用"蚊吃"了结。那伙强人看着铁匠，倒是爽快地应允。

"蚊吃"就是把人赤身绑缚在树上，经一夜的蚊咬，如果不死，双方就是有天大的仇、地大的恨，也都要全部了结，永世不能纠缠。

来大洼讨生活的人多了，是非之事也多起来。大洼的生活环境，造就了生活在这里的人性格豪爽，谁都不想吵吵闹闹。可是矛盾怨恨还得解决呀，于是大洼人发明了"蚊吃"。一般情况下，大洼的人们如果选定"蚊吃"解决，并非置人死地，把人绑在树上，过上一个时辰也就罢了。但是这伙强人不是那样，要求绑上一夜，否则就要按照强人规则。这伙强人把"蚊吃"推到极致地步。谁都明白，这是想要铁匠死。

大洼蚊子特别厉害，人们"谈蚊色变"。一到天黑，铺天盖地的蚊子

在大洼里嗡嗡地飞，密密麻麻。人被叮上一口，立刻一个大血包。曾有一户人家的牛走失，第二天那家人在一百多里远的地方发现了走失的牛，近前一看，黑牛已经变成了红牛，用手一摸，手上都是血。一头二百斤的壮牛，缩成了一个牛犊子，生让蚊子把牛血喝干了。

铁匠回家给自己的女人说了。女人惊呆了，发疯一样捶打男人，不要命了，"蚊吃"也就罢了，一个时辰，怎么竟是一夜？

铁匠面色平静，一言不发。

铁匠女人继续哭喊："你怎么能和强人定下一夜的'蚊吃'呢?！蚊子还不连你的肉也一起吃了？"

铁匠女人拽着铁匠的胳膊，疯了一样，不让铁匠去。"他们凭什么跟咱过不去……我去求他们。他们难道不是人养的了？"铁匠女人反反复复地哭念着。铁匠被女人的哭闹弄得心里慌慌的，他甩掉女人的手，吼起来："说出的话就是契约，强人有强人的道儿，要是不守约，人家杀你也是名正言顺。女人家家的，就不知道大洼里强人比蚊子还凶残？蚊子只喝人的血，强人连人骨头也一块吃呀！"女人被男人吼得不言声了，目光呆呆的。

太阳落山、月亮还没有升起来的时候，铁匠大步跨出了门，头也不回地往大洼深处走去。他步履坚决，没有丝毫的犹疑。女人哭得昏天黑地，加上小产，身患重病的女人，已经下不来炕了。铁匠和女人都没有注意，他们的小儿子铁蛋，猫一样溜出了家门。铁匠的大儿子、二儿子没在家，去天津卫购买生活用品了。

强人已在大洼等着铁匠了。铁匠主动脱掉上衣。强人用一根拴牛的棕绳，把铁匠绑在大树上。强人的头儿临走时，冲铁匠挑了大拇指，有种，明天你要是不死，从此井水不犯河水，你比县府老爷还富，也绝不找寻你。你要是死了，从此也不会找寻你家人。铁匠吼道，你们说话算数！

强人们走了。

天黑下来。大洼里除了嗡嗡作响的蚊子，比坟场还静。

铁匠身上落满蚊子，像戴了一个黑头罩、穿了一件黑毛衣，铁匠嘴里渐渐发出咬铁块一样的声音。在空旷的大洼里，咬牙的声音毛骨悚然。

一个小黑影从一个小土包后跳出来冲向了铁匠，黑影到了近前，铁匠看出是儿子铁蛋。爷俩儿眼对眼地看着。铁蛋是个五岁的孩子，他不理解为什么蚊子咬爹，爹却一动不动。爹在平日里那么疼爱他……他冲上去，用力扑打那些可恶的蚊子。

铁匠大喊道，铁蛋滚开！

铁蛋不听，他只有一个念头，不让蚊子落在爹身上。他疯狂地扑打着蚊子。越打，蚊子聚得越多。他又想把捆在爹爹身上的绳子解开，可是强人们用的是梅花扣儿，五岁的铁蛋解不开，他都不知道从哪里下手。

铁蛋接着扑打蚊子。动弹不得的铁匠闭上眼睛，长叹一声。接着垂下头，一言不发，任凭泪水横流的儿子扑打。

我爷爷对我说，铁匠……就这么被他的亲儿子害死了。做好事未必得好报。是不是……

我问爷爷，怎么说铁匠是被亲儿子害死的呢？

爷爷露着肋骨的胸脯快速起伏着，没有回答我的问题，而是继续说，在大洼里，落在身上的蚊子是赶不得的。吃饱了血的蚊子飞不起来，只要人不动，它也不动，身上落满了吃饱血的蚊子，别的蚊子无法再落脚，人说不定还能得救，还有"万一"的结果。只要人一动，喝饱了血的蚊子飞走了，马上又飞来一批，循环往复，人就有一河的血也不够喂蚊子的。铁蛋是在爹死后才明白的。明白了，也晚了，铁蛋成了杀死亲爹的孩子。

第二天，天还没亮。从家里硬是爬来的铁匠女人，见到自己男人时，

登时昏厥过去。恐怖的情景令她永世难忘：铁匠双目圆睁，似乎要蹦出来，他的牙齿由于用力过度，有好几颗已经碎了。他身上像涂了一层红漆，有许多蚊子被血凝固在他身上，构成了一幅凄惨的图案，远远望去，像是爬满了狰狞的蜈蚣。

我爷爷讲，铁匠死后，悲痛欲绝的铁匠女人，竟然大病痊愈，她带着三个儿子，用双手在自家门前安葬了男人。

铁匠的坟头有一丈多高。

大洼风高，进入秋季，天天刮风。铁匠女人看见男人的坟土被风吹起，漫天飞舞。她心急如焚，带着儿子，隔段时间，就给坟培土。铁匠女人固执地认为，只要坟在，男人就在；男人在，日子就能过下去；是男人给她和三个儿子带来安稳，那伙有刀有枪的强人倒是遵守诺言，没有再来找麻烦。据说大洼有一户人家，没有遵守那伙强人的要求，全家六口被杀死，灭门了。

大洼人经常看见铁匠女人带着孩子们在大风里给铁匠的坟培土。

我爷爷讲到这里，沉吟起来。我越来越沉迷于爷爷的小屋，沉醉在他那阔大的嘴之间。听他讲述，像乘着一条上下颠簸的小船，需要不断调整平衡，否则会在他的讲述中颠覆。

铁匠的故事，我爷爷讲得断断续续，像他时睡时坐一样。我不知道故事的结尾，催问过他多次，他好像遗忘了，再也不谈铁匠。铁匠的故事在他记忆的沟壑中被清除一样，无影无踪。

"不知道"。永远充满谜语。不仅是对故事，也是对讲述者本身。我爷爷在不经意中为自己营造了神秘。当时我并不知道，其实神秘才刚刚开始。

有一天，我又钻进爷爷的小屋。

那是一个阴沉沉的晚上，常被人形容为月黑风高。我去的时候，天空刮起风，后来下起雨。夜空雷鸣电闪，似乎雷鸣将我爷爷惊醒，他突

卷首 | 游坟

然没头没脑地对我说,就是像这样的大雨之夜,铁蛋失踪了。

铁匠的故事重新回到我爷爷的嘴里:铁蛋像大洼里的风,消失得无影无踪,多少年之后,大洼里的人曾在天津卫三岔河口旁的高土台下,看见一个极像铁蛋的孩子,和一个红鼻头老人给人算命。也就是在那个暴雨之夜,爷爷还给我说了"游坟"的故事。

多少年以后,铁匠已经有了重孙子,繁衍成一个拥有百人的大家族,铁匠的后代为了修订家谱,决定把大洼里独一无二的大坟迁移,他们要把老祖宗的坟迁到一个高处去。当他们开始寻找尸骨时,却什么也找不到。明明有坟,坟下却为何没有尸骨?寻找坟的人们,不断扩大范围,依旧没有找到。

为什么,为什么?我不断问爷爷,恨不得把手伸进他那阔大的嘴里,把他所有要说的话掏出来。

我爷爷讲"游坟"时,正是农历七月、一个死鬼出没的月份。那天夜里,暴雨过后,小巷不断有人为死去的亲人烧纸,一堆又一堆的明火,忽明忽暗,小巷看上去极像是一条前往"地府"的通道。夜风将纸屑的焦煳味送到每一间屋子里、吹到每一个人的鼻孔里。

爷爷被动"坐禅"的日子,分为两个阶段。前十年中,每年两次出门晒太阳。分别是立春、立秋时节;后十年,他拒绝出门,隔着窗户,只用目光感受风、雨、雪,还有灿烂的阳光。虽然没有行走大地,但是生活中所有的节气,他都记得清楚,外面发生的一切,他都能描绘出来。他吸着鼻子告诉我,早上出去的时候,不要踩到那些灰烬上,它们会把你的魂灵带走。在农历七月的每一个夜晚,不要和陌生人说话,不要和陌生人对视目光,因为极有可能是死去的人在看着你。

我再次问他,为什么铁匠后代没有找到铁匠尸骨,为什么那是一座游坟?

爷爷看了一眼身旁的躺柜,认真地想了想,一字一句地向我讲出其

II

中的缘由。他像泄密一件内幕，神情充满着紧张和胆怯。我也被他的情绪感染，再加上不断飘飞进来烧纸钱气味，总是感觉有人悄悄站在我身后。

我爷爷说，由于风向原因，坟头总是会有一面的土被风刮走得多，而人们培土又总是均匀地培，这样天长日久，坟的一面不断地增厚，而另一面被风越吹越薄，这样坟就拥有了脚，开始移动。培土次数越多，在大风作用下，坟的脚步走得越快。

"明白了吗？"爷爷眼睛望着躺柜，问我。

我呼出一口气，这才发现我出了一身虚汗。在死鬼出没的季节里，我知道了坟墓游走的事，这是巧合，还是冥冥之中，有某种暗示？

多少年之后我似乎才明白，行将入棺的爷爷，身上已经弥散着腐朽的土味儿，讲述人生的磨难、讲述死亡，是一个行将离世的人为自己做的一个道场，他在完成阳与阴之间的过渡。

我记得，当时爷爷清亮了嗓子说道，谁知道百年之后，坟"游"哪儿去呀？

"跟红鼻头在一起的孩子，是铁蛋吗？"我问爷爷。

爷爷狡黠地眯起眼睛，答非所问地说："铁蛋后来有了儿子……又有了孙子。"

爷爷又开始一派梦呓。

旁若无人的爷爷，在我眼前慢慢幻成张牙舞爪的老藤。我在老藤之中被缠绕，无法逃脱，内心却又心甘情愿。

我是自愿进入那株老藤之中的。

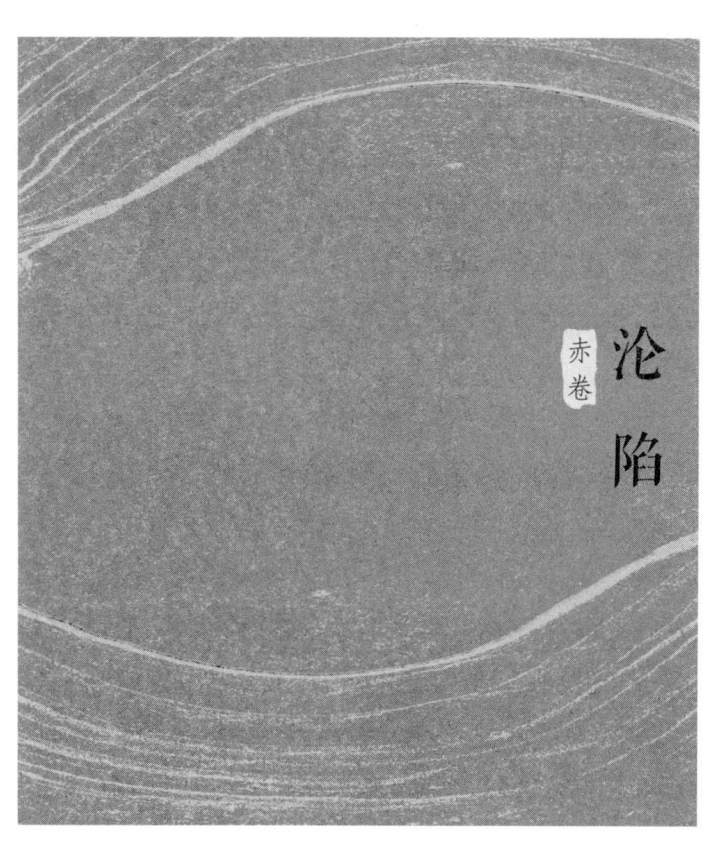

沦陷 赤卷

爷爷讲的许多故事，大致是在1937年到1939年期间。这是我后来慢慢总结出来的，他肯定没有这样的意识。

我爷爷说话颠三倒四，我听得有章有法。还是那句话，不在于人家怎样讲，关键在于自己怎样听。

爷爷讲的故事没头没尾，故事中的所有人，像是突然降临在你眼前。他们没有来时的路径，也没有离去的痕迹。

譬如马占河。

马占河特别的经历，是从1937年7月27日夜间开始的。在此之前的一个晚上他去过老城里大费家胡同找杨天师打卦。

杨天师住在大费家胡同，他的卦摊在三岔河口。

杨天师年轻，二十多岁，剃着光头，下巴上留着一绺黑须。他面容呆木，像是刚从冰窖里走出来。不苟言笑的杨天师，年纪轻轻却摆弄卦摊，在天津卫并不多见。

不了解杨天师的人，不知道他家世渊源。他从小跟着算卦的爹走南闯北。后来他爹不再游走，在三岔口摆卦。杨天师在卦摊旁玩耍，三教九流在他眼前走来走去，像烧饼炉里的烧饼，一锅一锅地摆出来。他是看着人脸长大的。人脸在他眼里是世上最不值钱的物件，还不如解饿的烧饼。

但在人脸中浸泡长大的杨天师，悟性很高，常进出惊人之语。有一次，一个穿着破烂的年轻男人来到卦摊，请杨天师爹打卦，问他什么时候能够发大财。还没等杨天师爹说话，一旁玩泥巴的杨天师，看也不看打卦的人，闷头说了一句，你早就发大财了，你是有钱人。穿着破烂衣服的年轻男子没言语。杨天师他爹拍了一下儿子的脑袋，意思是让儿子不要胡说八道。杨天师不服气，手指年轻男子，小脸蛋看着爹说，他家里房屋百间，银钱上万。杨天师他爹还要训斥儿子，被破烂男子拦住，蹲下身，让杨天师接着说。杨天师瞪他一眼不说了。年轻男子哄着杨天师，让他说说，那么多的钱该怎么花，才能没人管。杨天师毫不含糊，手指蓝天，说了两个字"赈灾"。年轻男子眨巴着眼睛，丢下一枚大洋，扭身走了。事后才知，那个穿着破烂衣服的男子，原来是"八大家"之一"振德王家"的少爷。当时天津富人很多，按照财富多少，民间闲人给这些富人排了榜，排成了"八大家"。后来"八大家"也成为天津对富人的统称。

杨天师的爹留心起儿子来，后来干脆给儿子改名。把"杨狗子"改成一个令人敬畏的名字：杨天师。

那天晚上，马占河去找杨天师，想要询问自己的前程。前程就是出路。从新年的头天开始，找杨天师打卦询问出路的人，一拨赶着一拨。

走在狭窄逼仄小胡同里的马占河，仿佛走在另一个世界中。胡同里没有乘凉的人，百姓用躲在家里的办法来抵抗时局紧张带来的恐慌。

马占河，一个身材极瘦的中年人，光头，脖子长，从他的背影看，有一种虚幻的味道。

虚幻的马占河一脚迈进杨天师小屋。

杨天师刚吃完晚饭，盛着稀粥的碗放在小桌上，旁边是一碟咸菜，

屋顶上方的白炽灯泡用白纸包裹住了,昏暗的屋里充满玄机。杨天师坐在炕上的饭桌旁发愣,这会儿有人把他抬走,他可能也会毫无知觉。

马占河立在杨天师眼前,叫了声"狗子",沉重地坐在一张破凳上。如此随意称呼,感觉出来他们之间熟悉的程度和亲近关系。

杨天师像从梦里醒过来,挪动一下屁股,用他那张消瘦的脸迎着马占河。

马占河说,今天只问"前程"。

马占河没有不问前程的道理,他现在在一个重要的岗位——天津西客站第四副站长。

昨天,准确地说二十个小时前,日本人在北平卢沟桥开了枪,随即华北局势瞬间紧张起来。华北地区的大街小巷充斥着各种情绪。有悲观的有激昂的;有抗战的有议和的;有愤怒的也有恐慌的。在天津东车站,一列一列的日军运兵车在那里整顿待发,随后日军乘十轮大卡车没有任何遮掩地经店铺林立的闹市东马路,再经前大总统曹锟私宅所在地黄纬路,不顾一切地直奔卢沟桥。一辆接一辆,路上只要稍遇路阻,车上日本兵端起大枪"叭叭"开枪。大街上的人们兔子一样逃窜,眨眼之间让开了通衢大道。

市面上已经乱了,开始有人南下逃亡,但那是有钱人,穷人只能龟缩在家里躲枪子。战争中的火车显得愈发重要。津浦铁路局秘密将几列客货车停在西站,要干什么,津浦铁路局没说。马占河预感天津城不会挺多久,他冒险从西站夜奔老城,找杨天师问询出路。

杨天师语调平静地说:"马四爷,您老在门口稍站片刻。"

马占河愣了愣,一脸疑惑,还是顺从地出了屋。这是杨天师第一次以这样的方式为他打卦。

小院里坟墓般静寂,家家户户用灰布条在有玻璃的窗户贴了"米"字,这是防炮弹爆炸带来震荡做的准备。本就昏黄的灯光用纸卷罩上,屋里显得越发幽暗。七月本是华北炎热季节，可是最近几天却是特别凉爽，只是深吸一口气能嗅到空气中硫黄的气味。

大约半个时辰，杨天师喊"马四爷"。马占河进屋，四下看看，没有什么变化，杨天师还像木头一样坐在床边，只是小饭桌上多了一个红布包。红红的布，像是一团火在木桌上燃烧，把杨天师的脸都给映红了。杨天师让马占河把红布包打开。马占河有些犹疑，在杨天师目光的鼓励下，他双手有些颤抖地开始分解红布包。打开了，原来是半截厚厚的竹片。竹片焦黄焦黄的，看上去有许多人用汗津津的手摩挲过，竹片上有两个拙朴的毛笔字。马占河仔细端详那两个字，双唇翕动，能听见他喉咙里有声音，却始终没有念出竹片上的两个字。

马占河双手托着竹片，苦皱着脸，似乎等待下文。杨天师紧闭嘴唇，那样子就是有千军万马逼迫他也很难念出来……

马占河不知道、天津卫老少爷们也不知道，在他找杨天师打卦过后的五天，华北重镇天津卫就要彻底沦陷了。

那天晚上快要接近零点的时候，五辆日军装甲汽车停在了西客站的站台上。在此之前从天津开往浦口的火车已经坐满人，嘈杂声此起彼伏。这趟客车正在等待发车。日军突然到来，车厢里立刻静寂无声。人多的地方没有一点声响，让人感到紧张恐惧。

一个身材像是木桶一样的日本军官，来到站台上，在马占河面前，两个玻璃球一样的眼睛狠劲瞪着。旁边一个会说华语的士兵喝问马占河，这列客车开向哪里、几点开车。马占河如实回答。"木桶"听完翻译，倒是没有说什么，挥一挥手，意即可以放行。

客车开走了。

这时马占河环视四周才惊讶发现，站台上除了他自己之外，只有四名铁路工人，守卫站台的中国路警一个也不见了。也不是没有人，还有

一百多名鬼子。

"木桶"带着那位会讲华语的士兵去了车站公事房。其他日本兵迅速分布在站台四周,灯光下日本兵的黄色军装分外刺眼,像是一群大蝗虫。

趁这个短暂时间,马占河对工头紧急交代:眼下停在站上的客车、交通车、调车机车有十三列,马上要走的列车,千万不要鸣笛,赶快发车;马上走不了的,立刻拖出三列,把它们停在岔道上,要挂好车头。

工头迟疑了一下,感觉马站长今天与平时不一样,干脆利落。工头点点头,马上跑走去安排。

马占河这样安排,有他的想法,他要避免这些车辆落入日军手中。要是这种情况放在平时,算是他分内之事。今天不同了,因为身边都是鬼子。

会华语的日军士兵,突然跑到马占河眼前,用手指着他,让他去公事房。马占河知道情况有了变化,故意大着嗓门,对剩下的三名工人,说了注意列车来往情况、随时通报这样的废话,一方面是给懂华语的日军士兵听;另一方面是拖延时间,好让刚走的工头有充裕的时间安排车辆撤离。

马占河来到公事房。一屋子日本兵,举着大枪,站在屋子四周。一个挎着指挥刀的黑胖子,身板直直地坐在椅子上。"木桶"鬼子站在黑胖子旁边。

黑胖子的目光像是两把刀,"刮着"马占河身上每寸肉,他能感到皮肤被"刮"得火辣辣地疼。他镇静地站着,像在杨天师家小院里站着一样。

会华语的士兵问马占河:"站上为什么一列火车都没有了,开到哪里去了?"马占河镇静地说:"刚才去浦口的那辆你们已经看见了,还有三列车存在南边的货场里。"

黑胖子一摆手,"木桶"立刻带人去查看。屋里死一般静寂,所有的鬼子都盯着马占河。

　　工头已经按照马占河副站长的安排布置完了。三岔轨道上静静地卧着三列火车。"木桶"查看完毕，回来如实汇报。黑胖子闻听，紧绷的脸松弛下来，嘀咕了几句，会华语的士兵厉声告诉马占河，从现在开始你不能走出"公事房"一步，否则就会"格杀勿论"。随后外面又增加了一道岗。

　　黑胖子带领几个卫兵走了。

　　"木桶"端坐在马占河的右边，中间隔着一张公事桌，"木桶"身上"腾腾"地散发着热气，就像一个余热未退的大蒸屉。

　　马占河一声不响。

　　马占河是个平日喜欢玩两圈麻将、吃饭前必喝一口老酒的人，有时边喝酒边把电匣子打开，听一段西河大鼓，然后满面笑容地酣然入睡，梦中都能笑出声来。他与世无争，虽说头上顶着副站长官差，他也没当回事。他业务能力强，让他的位置铁轨一样稳固。不求升迁的他，日子过得顺畅、快活自在。他没有什么不顺心的事，父母身体健康，老婆、孩子听话乖顺，在这兵荒马乱的年月，马占河知足了，没有任何奢望，一切踏踏实实、平平安安。他当然不是一个凛然正气的人，也没有爱国之心。当年东北沦陷时他在家正和朋友打麻将，听人说了东北人要当"亡国奴"的事，只是愣了愣，继续专注地低头打麻将，过了一会儿他和牌了，兴奋地叫好、拍巴掌。

　　马占河只想过安稳的日子。当年他看见大街上学生、市民游行示威，号召人们站起来抵制日货、打倒日本鬼子。马占河觉得好笑，抵制什么呀，哪个国家东西好，就买哪个国家的。

　　日本人在东三省的暴行、凶残，马占河倒是听说过，但鬼子如此近距离坐在他的旁边，马占河还是第一次经历。他不断用余光看身旁的鬼子，内心有几十只狼在奔跑撕咬狂嚎，他努力做出若无其事的神情，只

是想着下一步做什么。

马占河想起神机妙算的杨天师。他琢磨杨天师此时此刻应该知道他现在的处境，否则他不会在竹板上写下那两个字。肯定是谶语，写在石头或是竹片上的字都会成为历史。从小在卦摊上阅尽人间的杨天师拥有"书写"谶语的能力。

马占河抬头看看对面墙上的挂钟，已经过了零点，也就是说这时已经是1937年7月28日了。

这时公事桌上的调度电话突然响起来，在"木桶"鬼子示意下，马占河接电话，原来是济南方面的车站调度来电，愤怒地质问他刚才开到济南来的四趟列车为什么开车时间和车次均未预报。这四趟列车就是马占河授意工头提前开走的十几列火车中的一部分。马占河明白不能说明，只有一会儿含糊应答，一会儿话里有话。济南方面的车站调度是个聪明人，明白天津西客站当下处境，立刻挂了电话。

从济南电话开始，公事房里的电话不断。马占河明白，这是从西客站开走列车的目的地车站不明白，为什么没有提前电话通知呢，马占河不断故伎重演，用铁路上的技术语言，隐晦地通报了天津方面马上就要被日本鬼子彻底占领的情况。

频繁接听电话，马占河倒是逐渐镇定下来。"木桶"鬼子坐久了，便出去溜达。马占河朝屋外看，门外的鬼子岗哨，看见他们长官出去了，也就松了心，眨眼之间门外鬼子不见了。趁着没人，马占河悄悄溜出来，刚走几步黑暗中一把刺刀挺在他面前，他比画着说要出去撒尿，鬼子嘟囔了几句，把锃亮的刺刀收回来。马占河寻找包括工头在内的四个工人，可是一个都没有找到，马占河预感他们可能溜了。

眼下的西客站，只有马占河一个人。

一个人能做什么？

马占河感到窒息、悲哀、愤怒。他想走，你们都走了，我为什么不能走？难道这西客站是我马某的？

马占河望着站台上走动的日本兵，他心乱如麻。尽管鬼子军官黑胖子带走了一部分鬼子，他四下瞅瞅，估摸留下来的鬼子也得有三十多人。他一个人和这三十多个拿着大枪的鬼子周旋，他一点把握都没有。一旦鬼子搞清楚他私自放走了十多列火车，真有可能一刺刀把他捅死。马占河想跑，但"跑"的想法只是瞬间跳跃，就被他自己镇压回去，就像眼前飞舞的蚊子，被他一把轰开。

就在这时，工头悄然出现了。他招手让马占河蹲下身子，悄声说他要离开一会儿。马占河气恼，质问他去哪儿。工头说，站长不要着急，我不是胆小鬼，以后你会明白的。马占河又问那三个工人去哪儿了，工头说，他们也不是胆小鬼，他们都有事情做。马占河不解。正待细问，工头伸出手，使劲儿攥了攥马占河的手，然后猫着腰消失在铁轨上。

马占河突生一种感觉，身边的工头还有那三个工人，没有抛弃他。他相信他们。当他大步走回"公事房"的时候，他觉得自己身体强壮起来，甚至覆盖住了整个西客站。那一刻他暗暗惊奇，觉得自己已经不是自己了。

"木桶"鬼子不在公事房，不知道去了哪里。

马占河在公事桌旁坐下，思虑下一步安排。后面还有外地来的列车停靠西客站，万一被鬼子扣下呢？现在货场还有列车没有开走。起码停在眼前的三列火车是开不走了，因为已经没有开火车的人了。

调度电话又响起来了，马占河刚抓住电话，七八个日本兵突然"呀呀"地挺着刺刀冲进屋，呈扇形将马占河团团围住，有两把刺刀几乎要戳到他的下巴上。好像马占河是颗马上要爆炸的炸弹。

那个会华语的士兵大声喝问马占河，他们的官长去哪儿了。原来他们寻找官长"木桶"。马占河这才意识到"木桶"走了好长时间，他恐慌起来，莫非"木桶"被躲在暗处的抗日人士杀了？他明白，假如"木桶"

出了情况，他马占河必死无疑。可是眼下他无暇顾及，忽然身体萌生巨大力量，他迎着眼皮前的刺刀，大声喊，我一个赤手空拳的人，能把你们的官长弄哪儿去？他是带着枪的人！

会华语的士兵听了，眨巴眼睛，拿枪的手垂下来，表情有些缓和。其他兵依旧虎着脸、挺着枪。

双方正在僵持，"木桶"回来了，也不知去了哪里。他问明情况，朝士兵们摆摆手，又命令马占河给他打水洗脸。马占河松了口气，这才发现天快亮了。

又有南下的车通过西客站，马占河向"木桶"请求，说都是难民的车辆，应该允许通行。经过一番央求，再加上鬼子上车检查，"木桶"终于同意了。列车开走后，"木桶"教育马占河，要他为大日本皇军服务，又讲了"大东亚共荣"的理论，马占河点头称是，最后"木桶"带人乘坐装甲汽车离开西站。

日本人走了，支撑了一夜的马占河瘫软在椅子上，如何也站不起来了。再加上饿、累、紧张，马占河坐着坐着，竟然睡着了。眨眼工夫，又被人摇醒了，此时天已大亮，太阳到了头顶，明晃晃地刺着眼。

马占河面前站着一帮人，段长、调度主任，还有多日未见的站长，公事房外是十几个工人，也包括昨晚突然消失的那几个工人。

马占河疑惑地问："你们怎么了？"

身材魁梧的站长，平日里是个大嗓门，这会儿声音低得像个病弱的老女人，他告诉马占河，东站和总站都被日本人占了，这里为什么昨晚日本人占了却又在今晨突然撤走，他还搞不清怎么回事。

站长握着马占河的手，佩服他昨晚坚守值班岗位与日本人周旋的勇气。其他人也都向他表示敬意。

懵懂的马占河好像突然从睡梦中醒过来，忙请站长也坐下来。站长不坐，继续站着。显然站长还有话要说。马占河说站长您有话就说吧。

22

站长用双手紧握马占河的手，一刻都不松开。

站长说，刘副站长搬法租界去了，再也没了言信，大概不会来了。

站长又说，孙副站长病了，病得挺厉害，听说乐仁堂的大夫都治不好。

站长再说，李副站长倒是没病，可是老丈人病了，也来不了啦。

马占河愣愣地听着。

站长握着他的手说，我要统领大局，所以马副站长……你还要在这里坚持住呀。

屋里屋外的人都盯着马占河的眼睛。

马占河挣脱开站长热情温暖的双手，平静地说我该回家了，我下班了。

站长一时没有转过弯儿来，愣在那里。

马占河心里清楚，日本人来过一次，就有可能再来第二次，眼下西客站是天津城与外界最后一条通路了，日本人不可能对这里不管不问。至于凌晨日本人为什么突然撤走，肯定有原因，但不会放弃车站。眼下面对站长的热情，他有些气愤。别人都有事，难道我没有家事？让我一个人在这坚守？万一日本人再来怎么办？难道让我拿性命去和日本人的大枪对抗？

马占河有他自己的想法，但又不想和站长搞僵，铁路的差使他不想丢，不管以后谁来，就是日本人来了他们也需要铁路呀，他还想在铁路上干，但他想用另一个办法离开，他要"将"站长一军。

马占河说，站长信任我，我就留下来。可是不能没有工人呀。

站长，你得给我派工人呀。

站长不说话。

这时，工头还有昨晚三个工人站在马占河面前，大声说，我们在这儿。我们跟着你！

　　马占河抓住工头胳膊，两人双手握住。公事房外的人们像一锅烧开的水，"哗哗"地沸腾着。站长他们走了。

　　马占河忽然悠悠地想起了杨天师那焦黄色竹片上的两个字。

　　我爷爷有着极强记忆力，二十年固守一间小屋，他的回忆就像一把长钩子，始终在疏通记忆的沟壑，他记忆中的故事好像压缩的弹簧，在努力向上绷着。我爷爷活在久远的记忆中，也就时刻讲述着记忆。

　　我爷爷继续讲马占河的故事，讲述天津沦陷前的紧张日子。

　　7月28日下午，日军除已增步炮兵之外，又有大批战机飞抵天津，日军临时航空兵团兵团长德川中将，将百余架战机安排在天津东局子临时军用机场。在"七七事变"后的日子里，日军不分昼夜进行侵占天津的战术演习，后来又演习巷战。再早几日，日租界已实行戒严。

　　就在日军在天津调兵遣将、准备大举进攻北平的时候，天津守军还处于一种迷茫状态。宋哲元把"自卫守土"的抗战通电发出去，也发到天津，却没有给天津守军出击的命令。事后大家才明白，是"应战"而不是"求战"。

　　驻守天津的是二十九军三十八师，师长张自忠当时在北平，由一位姓李的副师长代理师长职务。天津实际上只有三个团兵力，外加三个保安中队，总共有五千多人。因为驻津日军要增援北平，单从人数作对比，在天津的中国军人要多于日军，可是在武器装备和军事训练上要落后日军。但是中国军人抗日情绪却异常高涨。

　　7月29日凌晨，中国军队分三路对日军发动进攻。一路攻击海光寺的日军兵营及日租界。在发动进攻时，临时成立的"天津各部队临时总指挥部"，向国民党最高军事当局发出抗日通电：誓与津市共存亡，喋血抗日，义无反顾并希望当局迅予援助。共歼彼虏。

　　这场天津抗战在历史文献及报刊都有许多翔实的记载——

日军给上司电报：北宁铁路总局的日军全部阵亡，三十八师完全将其占领。

《晨报》登载：东、总二站，全被日机炸毁，并飞华界扫射，居民死伤无数。

日本驻津总领事堀内干城，拍给日本驻北平大使馆参事森岛守人的电报：由于中国方面的攻击，我方处于甚为危惧的状态。

宋哲元给军政部长何应钦的电文：查我驻津部队仅有一旅，其他部队亦均在与敌接触，现正激战，恐难久持，拟请中央速派大队增援。（电报发出，杳无回音）

《益世报》载：我当局所属之保安队警及各部队久历戎行，迭遭巨变，对于日军之一再压迫，容忍已久，一旦参与守土卫国之战役，无不奋勇当先，踊跃效死。

我爷爷曾经以私人视角描述的场景：日本人在马路上架起大炮，炮口对着前方"呀呀"喊叫的冲过来的人，炮弹打出去，浓烟过后，喊叫的人已经冲到大炮眼前。他们是人踩人往前冲的。中国人挥大刀，一刀一个日本人头。中国人没有飞机，天上掉下一颗炮弹，一大片人倒下了。没有飞机，就烧日本人的飞机，东局子机场的十几架日本飞机被中国士兵点燃了。日租界里的日本侨民都被组织起来参战，日本士兵可能伤亡不少。中国军队败在没有增援上。中国军队怎么不帮助自己人呢？中国军队撤退了，可是仍有进攻"公大七厂"的五个军人不下战场，登上场内的水楼与日军死拼到底……他们最后殉国了。

那么，马占河的命运呢？

在西式风格建筑的西客站，在那个特殊的时日里，西客站成为一个阔大的舞台，瘦削的马占河成为这个舞台的主角。当然，不是他一个人，还有工头和那三个工人。

大约是晚上十点多钟,炮声、枪声不断响起,一阵紧似一阵,根本分辨不出枪炮声来自哪个方向。

马占河正在站台上巡视,工头气喘吁吁地跑过来,说是有兵来了。马占河正要问仔细,兵们已经来到眼前。原来是身着土黄色制服、头戴白箍军帽的天津保安队。保安队的队长是个矮个子,但是粗壮结实,身挎两把短枪,一头大汗地向马占河通报情况,马占河也向他讲了日军先占后撤西站的情况。

保安队长点头明白。然后又问西站到底有几条通总站的路。马占河如实相告,直达总站的路,中途有铁桥一座。保安队长询问可否拆掉铁桥。马占河说拆掉铁桥需要时间,现在人手也不够。保安队长又问是否可以炸掉,为的是阻止日军调兵。马占河是"老铁路",在"拆"和"炸"之间,他想出一个计策。

一面请监工带人拆桥,一面把站上的小机车加煤烧足,挂在货场里的三台空车上,开到距离总站不远处的北岔子外悄悄等候,假如日军的军车没到而桥又拆完了,就把桥的材料装回来,不给敌人留下。一旦鬼子的装甲铁车从总站开过来,就与鬼子车辆相撞,同归于尽,保住眼下天津唯一没被日军占领的西客站。

保安队长连赞妙计,随即安排士兵执行。此时枪炮声震耳欲聋,各色信号弹摇曳天空。马占河忽然看见,工头和保安队长握了一下手,然后迅疾分开。他们俩认识?马占河心里琢磨着。

为防日军炮击,马占河令人将西站所有灯关掉,瞬时西站漆黑一片。也就是在这种静悄悄的黑暗中,天津西客站成为华北地区抗击日军的一个枢纽。中国军队在这里调配,去杨柳青的部队从这里走了;去西沽、去良王庄的军队也从这里开走了;有外围部队运到这里,然后再进入市内……马占河像一只没有翅膀的大鸟,在西站的各个角落四处奔跑。

天津西站是当时市内所有重要部门中,唯一没有守军的部门。不知是疏忽还是故意为之。马占河没有权力指挥部队，也没有能力向站长、段长提出要求为这里多派些工人。西客站成为政府遗忘的一座车站。

曾经不问国家大事的马占河，在西客站忙碌着、坚守着、抵抗着。马占河不知道天津战局的发展、变化。他与媳妇、儿子和闺女也失去了联系。他完全在机械状态下工作。

工头说，马副站长，您回家看看吧，您和我没法比，我是光棍一条，您可是拖家带口的人呀。

马占河凄然一笑。工头也是低头不语了。

从西站过往的车越来越少，甚至几个小时都没有一趟。市内枪炮声越来越稀落。马占河的预感很快应验，或者说他已经意识到了。在31日接近零点的时候，公事房里公事桌上的调度电话像夜哭的婴儿一样，没有任何前奏地哭起来。当时马占河刚回屋坐一会儿，还没迈进门槛，电话铃声吓他一跳，他似乎已经忘了调度电话还会响。

是站长的电话。

站长告诉他，很快就有一辆货车通过，这是通过西客站的最后一辆列车，车上藏有开往北部前线的军人。

站长声音颤抖地叮嘱道："你一定要设法让这列'货车'安全通过，然后……你们可以撤离了。"

马占河想问为什么，感觉嘴巴已经张开了，却没有出声。

站长在电话那端喊："听得见吗？"

就在这时电话断线了，一点儿声音都没有了。马占河慢慢放下电话，像放下一个熟睡的婴儿。

"马站长，什么事？"站在门口的工头问。

马占河眺望着夜空，对工头说："一辆藏有几百名抗日军人的货车……马上将要通过车站……"

马占河的话还没说完，工头扭脸看了一眼窗外，说："马站长，日本

人又来了!"

马占河走到门前一看,果然站台上已经全是日本兵了。比前两天来的兵还多,马占河有一种预感,这一次他恐怕很难脱身了,他小声对工头说:"从现在开始,你要听我安排,做好逃跑的准备。"

工头问:"站长你……反正我不走!"

马占河还没顾上回话,三个日本兵在一个挎着战刀的军官带领下,走进了公事房。领头的军官马占河认识,就是来过站上的"木桶",身后还跟着那个会华语的士兵。

"木桶"上下看着马占河,伸出大拇指,哇里哇啦说了一通。会华语的士兵告诉马占河,长官夸奖你忠于职守,等到战事平息,皇军一定要重用你。

马占河笑着说"谢太君夸奖",可心里却在琢磨日本人来车站的目的。马占河想要试探一下,对工头说,我们出去走走。说着站起来,要朝外走,没想到"木桶"抽出了战刀,会华语的士兵也端起了大枪,刺刀尖直对着二人的胸膛。

马占河摊开双手说:"我们去站台看一看,这是我们的职责。"

那位会华语的士兵翻译"木桶"的话说:"你们要无条件服从皇军,从现在开始,两个人谁也不能离开屋子。"

马占河据理力争,说要是火车来了怎么办,那位士兵传达"木桶"的指令,说是今晚只有一列货车,不会再有火车通过了。马占河笑了起来,是呀,货车来了,我们还是要出去的。士兵继续传达"木桶"的指令,货车来了,不能让货车离开车站。马占河心里一惊,忙说,这列货车是过路车,不是停在这里的。没想到"木桶"听后,哈哈大笑,然后不说话了。

马占河感到事态不妙,日本人大概已经知道货车上藏有中国军人的消息,那样的话,几百名抗日军人必死无疑。

马占河透过窗户，看到站台上的日本兵已经垒起了沙包，沙包上架起了机枪。还有好几辆装甲车停在站台上，从装甲车的车口里，伸出了一支支黑色的枪口。

时间一分一秒地走着，马占河似乎看到站台上尸肉横飞、血流成河的场景，原本隐藏在他心中溜之大吉的想法，被压缩到了内心深处。让他觉得应该有所作为的想法，则来自身边的工头——过去他从没有多看过一眼的人——让他感到自己并不孤单，只要工头肯帮他，他就一定能让货车通过，让那些闷罐货车里的生命活下来。

越来越接近火车来临的时刻，"木桶"出去到站台上察看，留下那个士兵守着。这时马占河反而沉静下来，他不想让那些军人窝囊地死在闷罐货车里，他要救他们。

马占河擦拭桌上的信号灯。他一边擦，一边对工头说："火车就要进站了，我去接应一下，你看好扳道岔。"

工头愣了一下，举信号灯的活儿哪是站长干的？马站长被气糊涂了！工头说："马站长，应该我去的。"

工头没想到，平日温和的马副站长朝他瞪起眼睛，喝道："你去做什么，你不懂吗？"

工头似乎明白了什么。

马占河咬着牙说："我打好灯，你要扳、扳……好道岔呀！"

工头猛地站起来："马站长，你放心吧……"

会华语的日军士兵听着马占河与工头的对话，好像听出有些不对劲儿，突然端起大枪。

马占河好像没有看见横在眼前的大枪，说："货车马上就要进站了，我要打信号，让他们停下，这是火车站的规矩。"

这时从远处传来了火车的鸣笛声。

马占河对日军士兵说："你跟我一起去。"

日军士兵点点头。

马占河对工头意味深长地说:"你在这不要动。"

工头连说"是是"。

马占河提着信号灯出了公事房,士兵跟在他的后面。他们刚一出去,工头猫下腰,溜了出去。

已经看见了远处的货车,站台上的日本兵进入到了战斗状态。马占河举起了信号灯,打出了快速通过的信号。没有人怀疑马占河的举动,也没人懂得信号灯的意思,以为这是铁路正常的信号指示。

火车司机看见信号灯指示同时,也远远地看到了站台上的日本兵,在拉响汽笛的同时放出了锅炉里的水汽,货车笼罩在雾状的白色雾气中。日本兵看出了异样,对着远处驶来的货车放起枪。

马占河举着信号灯,朝远处跑起来,他要吸引鬼子的注意力,好让工头顺利把道岔扳好。日本兵朝马占河开枪,马占河倒在地上,几个日本兵冲过去,用刺刀扎他,他躺在地上,打着滚,日本兵还接着扎……很快他就不动了,身上的血汩汩地流淌出来,很快成了一个红色的血人。但是破碎的信号灯依旧紧紧地攥在他的手里。

工头已经把道岔扳好,火车呼啸着通过他身边。这时几个赶过来的日本兵也对他开了枪,他身上都是枪眼,血从枪眼上流出来,他没动,身体朝前倾斜着,牢牢地压住了扳道把,仿佛焊接在了一起。

货车在日军的枪声中,强行通过了西车站。

8月1日凌晨一点,中国军队撤出天津城。天津城完全沦陷。

谁也不知道马占河副站长去了哪里。也没有人再在天津城见过他,包括站长和站上的其他人,还有他的媳妇、儿子和闺女。当然也没有人看见马占河成为英雄的壮观场面。同样成为英雄的光棍汉工头更没人知道了。两个互相证明对方英雄壮举的人都死了,那被救的几百名军人,因为藏在闷罐货车里，就更没有看见营救他们的人。

本来马占河老婆、儿子，在 7 月 31 日傍晚去西站找过他，但那时西站已经被日本兵包围，外人进不去，所以老婆、儿子回了家。

天津沦陷后转天，马占河老婆带着儿子去找杨天师。希望杨天师测算一下，她男人马占河现在哪里。

杨天师笑了笑，说："你们不要着急，马四爷去了他该去的地方。"

马占河的老婆眨巴着眼睛，希望杨天师说得明确一点。

杨天师说："马四爷几天前来过我这里，我指给了他出路，他是……逃了。"

马占河的老婆很是惊喜，又问："逃哪儿去了？"

杨天师说："他是聪明人，肯定会去好地方，等到战事平稳，他会安全回来的。"

马占河的老婆看着杨天师，表情渐渐舒展起来。

后来关于马占河的传闻特别多，有说他和情妇跑到了山西，也有说他去了上海做生意……说什么的都有，但是没有一件关于他是抗日英雄的传闻。没有人会想到他能做出那样的壮举。假如马占河活着的话，连他自己也不会想到他会迎着子弹奔跑。

杨天师应该知道马占河死去的消息。因为他是占卜者。

我发现我患上了强迫症，闭上眼睛、睁开眼睛，眼前晃动的都是 1937 年的天津场景。只不过很多年以后我才知道，工头是中共天津地下党员，与他在车站握手告别的身体精壮结实的保安队长，也是中共地下党员。那天晚上，工头带着三个工人"短暂消失"，其实工头是在三个工人的掩护下，通知西客站附近的中共天津地下党组织联络站，把日军在西客站情况迅疾传递出去……

苦闷

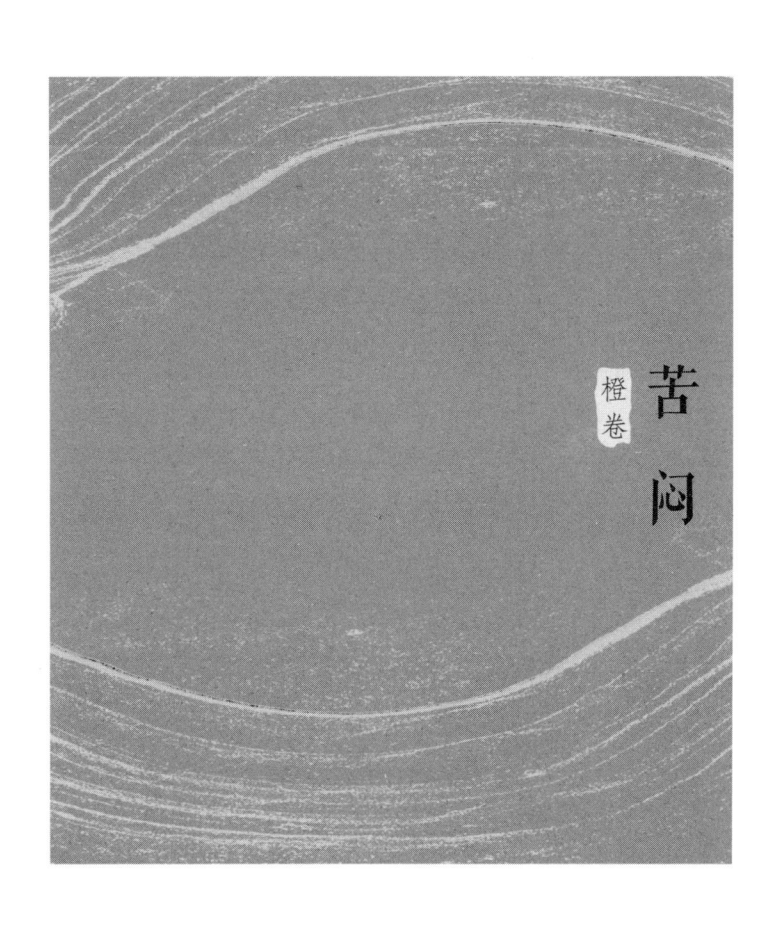

橙卷

我爷爷讲故事的时候，情绪不断变化。所有的变化跟他生活习惯紧密相连。在他喜欢上了绿茶后，他的讲述也变得清淡、舒缓。他讲一会儿故事，喝一口绿茶。一个叫马景山的男学生从我爷爷的茶缸里满脸忧郁地"走"出来。我听到"马景山"三个字时，立刻想到了天津沦陷前远走高飞的马占河，因为马占河也有一个儿子。我爷爷没有告诉我马景山与马占河是否有何关联。我早就说过我爷爷讲述的人物都是突然降临到你面前的，之前没有任何预兆。我不想改变他的叙述方式。因为我也无法改变。

我爷爷呷了一口绿茶，说"马景山走出了家门……"

身穿藏蓝色棉袍的马景山，一点都不珍惜自己的脖子，在北方冬季寒风中就那么挺着脖子，毫无顾忌地走，狼牙一样的寒风啃咬着他细瘦的脖颈，他竟不懂得将他脖子缩进温暖的棉袍衣领里。

马景山找人。

他从早上出来，已经找过两个人。现在去找第三个人，他不知能不能找到。把最想找见的人放在最后去找，肯定有原因。

马景山要找的第一个人，是他同学谢振洪。

谢振洪家住小白楼，父亲是开针线铺的。谢家日子不算富裕，但也不用半夜起来排队去买棒子面。在不穿蓝色立领学生装时，谢振洪一般都是穿西装，不知是为了与住在英租界的身份符合，还是家里没有中式衣服。

小白楼是个西化之地，集聚了几十个国家的人，这一带的人吃西餐穿西服打洋伞。马景山来到小白楼时，街面上还很清静，大约上午九点钟。在沦陷前，这个时辰大街上已经有生意人或坐汽车或坐洋车出行了。

从维多利亚西餐厅右拐，走上几分钟，就能远远看见谢家的针线铺。马景山走到近前，发现铺子上了黑色门板，关得紧紧的，像是黑狗的嘴巴。这里的店铺，都是前店、后家。马景山从前门绕到后门。

谢振洪没在，谢父躺在床上，谢母坐在床边，屋里死气沉沉，一条灰色蛛网挂在墙角上。进门就能看到蛛网，因为开门会把风带进来，也会把蛛网吹拂。过去谢家永远都是喜气洋洋的。谢父爱说笑话，只要看见他，就能看见他满嘴的牙齿。笑容永远伴随。

躺在床上的谢父，笑不出来了。他让人打了。被日本人打了。看样子打得不轻。

原来谢父去日租界办事，坐胶皮车，路过武德馆时，正好出来几个练武的日本人，他们支棱着胳膊，昂着脑袋，威武得好像螳螂。车夫看见日本人心里害怕，见几个"螳螂"横着身子过来了，想要马上躲开，不知怎么身子歪了一下，高翘的车把碰到日本人。像是往热油锅泼了一盆冰水，几个练武的日本人围打洋车夫，车翻了个，谢父从车上摔下来，马上也成了殴打对象。两个中国人抱着头在地上翻滚，像是两个坚硬的西瓜。后来越滚越慢，两个人四肢开始慢慢伸展，胳膊、腿完全伸开了。西瓜破了，地上到处都是鲜血，空气中弥漫着血腥的气味。阳光灿烂的早上，太阳照耀在血污上，散放出来特别紧张的色彩。周围一个人都没有，路人早就远远躲开了。日本人把武馆建在中国土地上，还要走出武

馆在大街上打中国人。这就是1937年冬季的天津街景。

谢母望着床上脸色苍白、身上缠满白色纱布的男人,对马景山说,你伯父捡了一条命,念佛吧……总算活下来了。

谢父闭着眼睛,躺在床上一动不动。纸人一样的身子,看上去又轻又薄。

谢母告诉马景山,振洪买药去了。

马景山问,药房远吗。谢母说不太远,可不知为什么,谢振洪每次出去买药都要去好长时间,回来时还一头大汗,两眼总是发直。

谢母又问马景山还上学吗。马景山说上不起学了,家里没钱。谢母流着泪说振洪也上不了啦,为了给他爸治病,家里已经亏空了,吃饭都成问题了。

马景山和谢振洪、贺双柏是班上最要好的同学,三个人形影不离。如今已经两个失学了,不知贺双柏怎样了。马景山在谢家等了一会儿,还没见谢振洪回来,就走出了谢家,去找贺双柏。

贺双柏住在老城的南马路。马景山沿着墙子河去贺双柏家。

墙子河已经结冰了,风很大,冰面上奔跑着各种废弃的物品,河两岸都是张牙舞爪的干枯树枝。带有坡度的河边上走着一条没有尾巴的黄狗,它边走边盯着马景山。马景山向它挥挥拳头。黄狗扬起狗头,若无其事。马景山心情沮丧,他加快脚步,不看黄狗。可是黄狗依旧跟着他。

南马路遥遥在望。

早年的南马路是在旧城城墙的墙基上修起来的。1900年"八国联军"命令掌管天津政务的都统衙门,强行拆掉城墙,变成一条街道。最初南马路一带荒僻,和西马路交界之处,有一个面积很大的臭水坑,百姓倾倒脏水、垃圾,常年散发臭味。天津著名的"鬼市"在西马路上。顾名思义,"鬼市"一定是鬼鬼祟祟的。清晨蒙蒙亮开张,天亮前悄然散去。在"鬼市"上什么稀奇古怪的东西都能买到，这些东西来路不明，大家也是心照不宣，没人打听，价格谈妥，放下钱，拿起东西走人。1949年之后填埋了臭水坑，改成了大公园。在"鬼市"地段盖了居民大楼，可还是有许多人在那里卖旧物。当然这都是后话了。

因为离"鬼市"近，南马路便有了一些相应的产业，经销旧物的叫卖行。当年民间编成顺口溜——"南门西有澡堂，电车公司叫卖行"。日本人侵占天津前，南马路一带出现了拆破旧汽车、卖汽车旧零件的新行当。这行当发展很快，不到几年的时间，南马路上就有十几家买卖了。天津沦陷后，不少商家开始转卖从日本进口的汽车旧件。贺双柏的父亲就是干这种营生的商人。

马景山找到贺双柏家时，他爹正在指挥员工卸货，都是从日本进来的旧汽车零件。贺双柏家在静海独流，那地方盛产好醋。贺双柏父亲有一副好嗓子，宽大敞亮，醋香飘溢。

马景山穿过店堂来到后院。

贺双柏在家，见马景山来了，举着一本小册子扑过来，抓住马景山的肩膀又拍又打，显得激动无比。

马景山颇为疑惑，贺双柏把小册子举到马景山眼前，说他看到一首好诗，说着就给马景山朗诵起来——

泪干了
还有血
好在黑暗会掩去血红
哭
哭他个痛快
不怕从坟底哭出鬼来

贺双柏没有一点静海独流口音，字正腔圆。他爱写诗也爱读诗。他举着那本小册子的神情，就像举着一把神圣的长剑。马景山接过小册子，是一本书名为《白河》的诗集，作者叫邵冠祥。

贺双柏压低声音说，这位诗人是海风诗社的，被日本人抓走了，听说已经被秘密杀害了。

贺双柏愤怒地在屋里踱步，他爹在街上指挥卸货的声音非常清晰地传过来。

贺双柏不想上学了。他说他爹跟日本人做生意，他不用他爹的钱。马景山说："那你就天天在家念诗，什么也不做，你爹同意吗？"贺双柏说："只要我不出屋，他不管我。"

贺双柏又从柜子里拿出几本书给马景山看。都是诗集，有荷马的，惠特曼的，还有马雅可夫斯基的。还有中国诗人臧克家的两本书。马景山看看书名，一本是《烙印》，另一本书名《黑手》。

贺双柏激情地说："这么多的好诗，够我看一阵子的。"

马景山说："我们毕竟还是学生，不上学了，以后怎么办？"

贺双柏拿起《白河》，感慨地说："这上面有一首诗，它会告诉你怎么办。"说着，又开始激昂地朗诵起来——

> 兄弟们，紧紧地挽起手来，用力！
> 我们要把血和肉的堡垒筑起。
> 不管你是男，是女，是学生，老总，做工还是种大地，
> 只要你不愿做奴隶。
> 你有钱，就要出钱；没有钱，就拿出你的力气！
> 我们的堡垒要像钢铁一样坚实，来共同把我们的敌人防御。

贺双柏激动得额头上已经沁出了汗，马景山却没有一点激动。贺双

柏批评他沉浸在自我狭窄的世界里，建议他好好读诗，将一本海风诗社编印的《诗歌小品》送给他，要他振作起来。

贺双柏像一头激昂的狮子，在舒适的屋子里转着圈儿，不时地昂着头，做深思状或怒吼状。

马景山又坐了会儿，觉得和"英雄"同学实在再无话可说，于是起身告辞。贺双柏同情马景山，一再叮嘱他要"振作"。贺双柏拍着马景山肩膀："不送你了，我还要抓紧时间读诗。"

出门来到街上，见贺双柏爹已经指挥伙计们把货物装卸完毕，满脸笑容，冬日尽是满脸淌汗，吆喝伙计们休息一会儿。

站在大街上，马景山心情更加苦闷，想想他和谢振洪、贺双柏，多么情投意合的好兄弟，他们住在一间宿舍里，一起上课，一起郊游，他们在八里台黑龙潭划船，逮鸟，野餐……如今这一切都成了过去，三个人再也没有共同话题。他相信即使见到谢振洪，大概也是这情形吧。

苦闷的马景山，就像路边光秃秃的树。

马景山下一步该如何走？

我爷爷佩服杨天师，或者说是敬仰杨天师。我惊奇地发现，爷爷在讲述一个人命运的时候，不过就是杨天师快要出现前的铺垫，他所有的讲述都是为了表现杨天师的高明。

杨天师登峰造极的时间，在1937年至1939年这两年中，但我爷爷又无法拿出杨天师在这两年中振聋发聩的谶语。我质询过爷爷。他愣了愣，布满眼屎的红枣眼猛然睁开。那是一个电闪雷鸣的暴雨之夜，在闪电中睁开眼睛的爷爷，像是一个吃人的精怪。我吓得要夺门而出。很快爷爷恢复原状，用目光止住我逃跑的脚步，他手扶乌黑发红的躺柜，自语道："我不是他，我又怎么知道呢。"

我爷爷说，从 1937 年到 1939 年，杨天师的谶语就隐藏在那焦黄的竹片上，想说的人看不到，看到的人又不说。我爷爷还告诉我，他没有看过。但他认定那是天语。

杨天师是谁？会不会是从大洼里跑出来的铁蛋，或是铁蛋的儿子？

我应该去了解爷爷的身世，只有搞清楚他的身世，才有可能去读懂杨天师以及杨天师占卜过的人生百态。在兵荒马乱的年月里，在三岔口这样引人注目的地方，摆卦占卜的杨天师不会永远保守自己的秘密。如何去读解杨天师？那就只有了解我爷爷。只有听他讲述，从他话语的字里行间以及姿态、表情去慢慢了解。没有别的办法。

爷爷讲述马景山的故事时，说他从贺双柏家出来后，去找了杨天师打卦。其实不是这样的，这里面有误差。那会儿刚刚失学的中学生马景山，不知道大名鼎鼎的杨天师，他是认识陈雪梅并且听了陈雪梅介绍后才知道杨天师的。前面说过，爷爷的讲述时常混乱，必须保持精神高度集中，要把真相从混沌之中"解放"出来。这就是为什么说，爷爷讲得颠三倒四、我却听得有章有法。

陈雪梅是个女子。

陈雪梅是个唱大鼓的女艺人，家住南市。河北省立法商学院的学生马景山，怎么会和大鼓女艺人相识？现今听来颇为费解，当初却是顺理成章。你只要喜欢听曲儿，你的身份便无所谓了，你可能是个公子哥，你可能是个手握重权的督军，你也可能是个帮会头子，你还有可能是个文质彬彬、相貌英俊的青年学生……所有人的身份在走进戏院那一刻都不重要了。只要你入迷听曲儿，唱曲儿的和听曲儿的之间，就会有无数种相识、结交的方式。

陈雪梅没有进过科班学习唱曲儿，她的身份在"专业"和"票友"之间。上午在家睡觉休息，晚上去戏院唱曲儿。陈雪梅没有任何应酬，她讨厌应酬。特别是她父亲过世、母亲改嫁之后，陈雪梅仿佛蜗牛一样把自己蜷缩起来，让自己缓慢生活。这样的性格在唱玩意儿的女艺人中极为少见。

马景山来到热闹的南市。

一上午的奔走，他有些恍惚，街道上的店铺、胶皮车、行人……在他眼里变得倾斜了。南市是什么地方？那是个一网下去，渔网里面既有光滑漂亮的大鲤鱼，也有贼眉鼠眼的嘎鱼；既有青皮透亮的大虾，也有蛤蜊皮，鱼龙混杂的地方。在这块地面行走，要双手捧着自己的"心"，一不留神，"心"就会被人偷走。偷走了，你还不知道。你就会变成没有"心"的行尸走肉。

马景山没有任何防范意识，他不知道他走进南市地界还不到半个时辰，就被人盯上了。盯上他的人叫四瞎子。后来四瞎子对刘麻秆吹嘘说，他拿眼一搭，就知道马景山是进步青年，已经被"赤化"过了的进步青年。

四瞎子眼睛不瞎，贼亮贼亮的。他是个叫花子，官名称作乞丐。在天津卫乞讨，还有个更好听的名字，叫"伸托"。天津卫给足了"下九流"面子，把小偷称作"高买"。生活里也是讲究，把屎尿桶子叫"干筲"；把脏兮兮的地面称作"酒地"。

四瞎子注意上了马景山，除了他稚嫩的学生面容，还捡到了马景山掉地上的书。贺双柏送给他的邵冠祥诗集，不知怎么从棉袍里掉出来，他没有察觉，被跟着他的四瞎子捡到了。四瞎子不识字，但他会看画，邵冠祥诗集封面上那怒涛汹涌的海浪和展翅高飞的海燕，让四瞎子"读懂"了诗集的内容。四瞎子把诗集掖好，继续跟梢儿，看见马景山走进一户院子，他躲在暗处，记好门牌号码，像只猎犬一样奔向海光寺。

天津沦陷前，海光寺是日军兵营。沦陷后变成日本特务机关。特务们在大院子里秘密修建地牢，专门关押抗日志士。地牢修好后，参与施

密语者

工的中国苦力全部被杀害，尸体抛在海河里。天津女人吓唬哭闹的孩子，不说"狼来了、虎来了"，只说"把你送到海光寺"，哭闹的孩子当即住声，咬住妈妈的奶头，乖乖地吃起来，一会儿就睡着了。

我爷爷在讲述这段故事时大发感慨。日本人来了，世道乱了。过去天津卫的"伸托"是有严格规矩的。比如"赶过年"，"伸托"乞讨时要手举木刻染色的财神爷图像，拿着红绒绳穿好的铜钱，要给店铺高唱"吉庆歌"进行乞讨。要光明正大、要讲究吉祥。不能有邪门歪道，做"伸托"也要讲人格。可是日本鬼子来了，所有规矩都被冲垮了。爷爷没有讲四瞎子来到特务机关跟刘麻秆讲了什么。但具有鲜明抗日内容的诗歌集，一定会让刘麻秆双眼发亮。自从刘麻秆为日本人做事，连他自己都忘了提供了多少抗日人士情报。多少人在他情报中被秘密抓捕、秘密杀害。刘麻秆手下有许多密探，那些密探做什么的都有，"伸托"四瞎子是其中一员。走进海光寺特务机关的中国人有两种，一种是抗日志士，一种就是汉奸特务。

爷爷告诉过我，海光寺日本特务是如何杀害抗日志士的，他们是被一个特制的绞肉机绞碎的，人肉和骨头用水稀释，然后冲进下水道。据说那个下水道口，终年围着一群野狗。那些常年吃人肉的野狗，看见人不跑，用狗眼盯着人。要是夜晚落单的行人，常会成为野狗的目标。

我在爷爷的讲述中，化作一个灵魂的窃听者，在1937年冬季那个慵懒得快要自尽的中午，潜进南市一间阴暗潮湿的小屋，和屋顶上悬挂着的蜘蛛一起，窥探着一对青年男女。

刚刚睡醒的陈雪梅，看着眉头紧锁的马景山，似乎还没从梦境中醒过来。马景山立在小屋中央，声调低沉地说："怎么办，我该怎么办呢？"

马景山向陈雪梅讲述着家中的突然变故还有他的失学处境。尽管之前两个人见过好多次，但都是在剧场里。那时的陈雪梅，或是衣着光鲜在台上，或是在还没卸妆的化妆间，即使在剧场外面见那也是化妆的。

眼下，这样情形相见，陈雪梅有些不安。

马景山没有理会陈雪梅的反应，说好姐姐，没有人帮助我，只有您能帮我出主意。

陈雪梅比马景山大五岁，马景山一声"姐"，她立时清醒了，不安的心也落了地。她特别喜欢这个相貌英俊、目光忧郁的小弟弟，他在她的面前可以不说一句话，只要看到他，陈雪梅心里就会飞出一只五彩的蝴蝶。

陈雪梅唱大鼓时间不长，但她敏而好学，长短唱腔、大小动作，看过、听过就能马上记住，还能有所发挥。她不像天津卫第一个登台的女大鼓艺人大宝翠，也不像第二位登台的女艺人张金环，她们都是体胖气足，字字足金地灌进观众耳朵里，观众就是打盹都能听得真真切切。

陈雪梅没有大宝翠、张金环的身体优势，她天生一副林黛玉的身子骨，于是她就巧用"气口"，既不费力又有自己的特色，她在悠扬婉转上下功夫。她能唱文段子《刺汤勤》《大西厢》，也能唱武段子《战长沙》《赵云追舟》。她为了提高技艺还去偷过艺。后来被称为"鼓王"的刘宝全，曾在天津卫法租界泰康商场的小梨园演出，陈雪梅躲在角落里偷听被刘宝全发现，当着好多人的面还被刘宝全奚落了一番。女流之辈陈雪梅在众人哄笑中始终面容平静。刘宝全受了感动，后来就睁一眼闭一眼任她去偷。

陈雪梅有的是办法学艺，可却也给不了这个弟弟什么主意，她让马景山背过身子，自己穿戴好了，对马景山说，姐请你去"十锦斋"吃饭吧。马景山表情复杂地点点头，跟着姐姐出了屋。

我爷爷也是个戏迷，含糊不清地哼了两句《捉放曹》里的陈宫唱词，感慨地说，那年月唱大鼓的女艺人，都是性格倔强的人，台下什么人没有？没有一股韧劲，唱不了戏呀。

我爷爷仰靠在躺柜上，闭着眼接着说，唱戏的哪有不傍人的，可这个女子就是不傍，刚烈呀，不知道能坚持多久……那天在"十锦斋"的饭桌上，陈雪梅无比坚定地告诉马景山，去三岔河口卦摊吧，去找杨天师。

马景山和马占河一样，都要去找杨天师询问"出路"。

询问"出路"这是大卦，在人来人往的街面上，怎么能打这样的大卦呢？泄露天机呀。

白日里，杨天师在卦摊上只对小卦感兴趣：红杏出墙的老婆还能不能回心转意，走丢的一头驴还能不能找回来，胖儿子脑袋上长的疥疮能不能好，媳妇怀的是儿子还是闺女……对待"出路"这样的大卦，杨天师都是闭口不语。打卦的人去几趟，他才会左右看看低声说"到我家去吧"。

陈雪梅对马景山真好，知道他没钱打卦，那天在"十锦斋"分手时，陈雪梅给马景山手里掖了十块钱，陈雪梅与马景山相识不到半年，但是里里外外疼他，见面就会给他十块、八块的，马景山没有一点客套，傻傻地接着。他越是这样实在，陈雪梅就越是喜欢他。她特别喜欢有点傻样的可爱的小弟弟。

马景山去过三岔口几次，杨天师什么都没讲，最后让他去了大费家胡同。在杨天师的小屋子里，他又把红布包里的焦黄色竹片拿出来。但是没有三言两语把马景山打发走。而是认真看着马景山。

憨厚语涩的马景山看了竹片上的两个字，没有一点敬畏的神情，继续追问杨天师："那、那我以后呢？"

"'现在'就是'以后'。"

"那我……该做什么？"

"出屋出院出胡同上大街。"

"谁能帮我？"

"你。"

"我怎么帮我？"

"上面写着呐……"

马景山沉默了好一会儿，终于彻悟一般，眼睛闪亮了一下，出屋出院出胡同上了大街。

后来，有关谢振洪与贺双柏的情况，源源不断地传到已经快乐的马景山耳朵里。

贺双柏迷恋诗歌，他哪儿也不去，整日在家里高声朗诵抗日诗歌。他爹起初高兴儿子哪也不去，街上太乱，这样儿子不会出事。可是后来感觉儿子走火入魔了，想要上大街朗诵诗歌，这才发了慌，担心儿子真上了大街，对着日本人高呼口号，那还了得呀！干脆断了他的后路。他爹把贺双柏住的小屋，窗户、门都安上从"鬼市"上淘来的铁框子，在门窗外面加上大锁，定时让他出来散散风，但后面必有一个伙计跟着，不让他走出后院一步。

贺双柏被他爹养得白白胖胖。他爹生意也是越来越好。他爹从日本大阪不断进口旧汽车，在铁瓦圈、胶皮轮的启发下，进行"中日嫁接"。他把车轮配上车轴，再用旧轴承，改装成地车。只要安上车排，就变成"铁轴杆轴承"的地车。有人买走了改装后的地车，果然运输效率增加，还结实耐用。许多"脚行"都从他这订购这改装的地车，到后来运销到了冀东一带，再后来又卖到了关外。

贺双柏他爹从日本大量进口在日本淘汰报废的旧汽车，受到日本人把持的商会大力赞扬，他也发了大财，铺面不断扩大，还在城里的鼓楼东买了两进的大院子，张罗着给贺双柏娶媳妇。

谢振洪的消息远不如贺双柏那样欢欣鼓舞。

谢振洪借着给父亲抓药的机会，每天都到武德馆门前摸清日本人练武的时间规律。后来在一个飘雪的黄昏，手持攮子，向刚走出武德馆、

正要上汽车的日本人刺去，遗憾的是刺了一刀，就被练武的日本人夺下刀，随后他在四五个日本人的拳打脚踢中，变成了一摊血肉模糊的肉泥。后来警车开来了，戴着白箍的宪兵像扔口袋一样，把谢振洪扔上警车，一路鸣着警笛，开向海光寺。第二天，全市大大小小的报纸，同时登出一张血肉模糊的男子头部照片，被日本人收买的汉奸报纸《庸报》大肆宣传，说是"反日分子谢振洪刺杀日本公民已被抓获，正在审讯中，已经交代了同伙"。

马景山看到《庸报》时，正与陈雪梅在南市高级旅店吃甜梨，马景山看到"谢振洪"三个字，扔掉报纸、扔掉甜梨，趴在陈雪梅怀里哇哇大哭。陈雪梅问清缘由，用一双细嫩的白手，摸着马景山的脑袋说："乖乖，是个讲情讲义的孩子，姐没看错你。"

我爷爷提到陈雪梅名字时，布满疙瘩的糟脸上呈现出来悠远的神色。那是我无法理解的神情。有许多话我没有问过他，当我父母过早去世后，爷爷便成为我了解家世的唯一通道。

我曾问过他，我奶奶什么样子？

我没有见过奶奶。

奶奶在我不到一岁的时候，在一个阳光灿烂的中午，身子剧烈地抖索起来，人缩成了一个球，翻滚在了地上。奶奶死去的时候，爷爷没在旁边，那天他用弹弓子打鸟去了。那时我爷爷对所有从他头顶上飞过的东西都充满了憎恶。他口袋里总是掖着一把弹弓和数颗坚硬的泥丸。他像一个神射手，几乎弹无虚发。

母亲生前曾说，奶奶特别喜欢我，经常抱我，还说这孩子长大一定是个了不起的人。可是我对奶奶没有一点印象，连一点朦胧的记忆都没有。在我不想了解父母、祖父母、外祖父母……的时候，他们成天在我的眼前走动，喋喋不休地讲述着他们的生活，有时他们还会挥舞巴掌，将他们的怒气拍在我的屁股上。成人在孩子眼中永远凶神恶煞的。那时我厌烦死了他们。可当我想要了解他们的时候，他们又没有了讲述的欲望。如今我的眼前只有爷爷。一个睁开眼认为是白天、闭上眼就认为是黑夜的爷爷。他是我了解"我是怎样来的"的唯一途径。

我奶奶长的什么样子？我又一次问爷爷。

我始终认为，可能通过了解奶奶，能够全面清晰我的家世，而不是仅靠爷爷一个人的讲述。

可是爷爷依旧没有听到我的问话，他继续讲述马景山。但我能听出，其实他是在讲陈雪梅。

大鼓艺人陈雪梅洁身自好的时间，就像天津卫春天一样短暂，她很快不能自由支配自己了，傍靠在了市长萧振瀛的大红人、乐户业同业公会副会长李天然的怀里。

李天然早年开妓院。天津沦陷后，他开始追随萧振瀛，一步一步当上了副会长。说得明确一点，是李天然使用计谋把陈雪梅骗到手的。李天然爱听大鼓，在庆云戏院听曲时，盯上了俊俏的陈雪梅，在贵宾楼摆上盛宴，请人说和要认她作干闺女。陈雪梅当即回绝了。李天然没有生气，举止彬彬有礼。

就在陈雪梅回绝的第二天，她的麻烦开始来了。无论去哪儿都有地痞流氓骚扰，不抢东西也不伤害，就是摸她奶子、屁股，摸完扭头就跑。所有拉胶皮的车夫，看见她来了，起身拉车就走，她给车夫多少钱都没用，没人拉她。她只要上台，刚张嘴下面就有人倒好、起哄。陈雪梅知道得罪人了。找人打听，是李天然幕后指使的。

陈雪梅无奈，只好请人出面宴请李天然，还是在贵宾楼，只不过这次是她花钱摆酒席。陈雪梅举着酒杯，一咬牙，喊了声"干爹"。李天然用大肥手在陈雪梅脸上捏了一把，回了句"好闺女"，仰脖喝干了酒。陈

47

雪梅扭身坐在李天然腿上，干爹李天然搂着干闺女陈雪梅咧开大嘴"呵呵"地乐起来。

第二天陈雪梅再出门，地痞流氓一个不见了，胶皮车主动停在她面前。上了舞台，倒好、起哄的家伙一个都没了。剧场老板见了陈雪梅，作揖说"陈老板手眼通天，有陈老板坐镇，剧场太平无事，谢陈老板了"，陈雪梅冷笑一声，转身走了。

陈雪梅和马景山相好的事，李天然不知道；单纯的马景山也不知道好姐姐眼下也是别人的干闺女。稀里糊涂的，马景山成了陈雪梅"金屋藏娇"的小白脸。陈雪梅这是冒险，一旦让李天然发现，她和马景山都不会有好下场。整日忐忑不安的陈雪梅去大悲院上香保平安，胶皮车路过三岔河口时，瞅见了与众不同的杨天师。

天津卫到处都有摆摊卜相的，用的手法无外乎"奇门遁甲"、"六爻周易"或是"铁算盘"之类，过来一个人，摆摊的喃喃自语"迷途指津，解救大难，卦缘者相会，无缘者概不奉敬"。还有的卦摊用"灯下数"，算命先生坐在地上，手持小竹筒，内放十几根竹签，面前再放上笔纸和麻衣相书，有一个黄色小包放在底下，有算卦的来了，先生手摇竹筒，有竹签被摇出来，高喊一声"有缘"，然后开始算命。

杨天师不是这样算卦，他与众不同。坐在铺着杏黄色平面绒的木桌后面，双肘支撑在桌面上，双眼微闭，卦桌角上插着一面三角黄旗，上书五个隶书黑字：将来乃现在。

陈雪梅下了胶皮车，缓缓走向杨天师，她站在"将来乃现在"条幅前端详好一会儿，才坐在卦桌前的小凳上。直到这时杨天师还没有睁开眼，似乎他面前不是美女子，而是他梦中的一团白气。

在我爷爷讲述杨天师占卜的日子里，他始终没有描述杨天师的谶语是什么。我内心有了一个极为恶毒的想法，莫非杨天师不是高人，他在用少语掩盖他的无能？可我马上又推翻这种想法，果真那样的话，杨天师父亲不会让儿子出山,更不会将"杨狗子"改成气吞山河的"杨天师"。后来我又想,在1937年到1939年的三年中,杨天师难道仅是占卜吗?没有任何办法,只有在继续倾听爷爷的讲述中,去捕捉那些有可能遗漏的蛛丝马迹。这样我的倾听又增加了另一层含义,不仅要了解我爷爷的真正身世,还要了解杨天师是不是真正的高人。

杨天师对陈雪梅说了什么,没有人知道。只是那天在卦摊周围的许多人都看见陈雪梅一脸敬慕地站起来,喊了一辆胶皮车,离开了卦摊。不过她没有再去大悲院,而是过了大红桥,向大悲院的相反方向走了。

以后的事情发展,证实了陈雪梅受了杨天师的点拨,至于她去没去老城的大费家胡同,见没见到那红布包裹着的竹片,这一切都不得而知,但她日后的做法表明,她清楚了真正的危险不是来自一见面就抱她到床上、用肥厚的熊手把她摸个遍的李天然,而是来自海光寺日本特务机关里的刘麻秆和他的狗腿子四瞎子。

刘麻秆阴险狡猾,他出的许多主意、做的许多事,都得到了日本特务机关的赏识,逮捕杀害海风诗社的抗日诗人邵冠祥就是刘麻秆一手筹划的。他本以为海风诗社已经不再活动,但四瞎子的报告让他警觉起来,他没有报告日本人,因为他在日本人面前吹嘘"海风"已经彻底垮掉,如今再提不是打他自己的耳光吗?所以他让四瞎子暗中监视马景山和陈雪梅,同时很快了解清楚了二人关系,刘麻秆要放长线钓大鱼。

刘麻秆有他的如意算盘,本来他要利用马景山、陈雪梅相好这件事,巧妙达到两个目的——抓马景山向日本人邀功请赏,随后趁机霸占陈雪梅。但乐户业同业公会副会长李天然的突然出现,让刘麻秆有些不知所措。

陈雪梅、马景山面临的危险随时都有可能发生。

后来,老城里大费家胡同里的人,都见过一个女扮男装的人,在刮

着白毛风的冷飕飕的夜晚，狸猫一样进入到杨天师的小屋。爱听大鼓的戏迷，觉得那个人特别像陈雪梅。不知道杨天师有没有再次展开焦黄色竹片，让陈雪梅看那上面的两个字。

我听爷爷讲这段故事时，异想天开，杨天师要是我爷爷就好了。爷爷天天这样给我讲故事，总有一天，他会有意乱的时候，说不定就会泄露天机。我就能知道竹片上到底写着什么字了。

但是陈雪梅、马景山命运还是发生改变了。

1938年的初春，陈雪梅离开庆云戏院，去了法租界一家舞厅，做了摩登舞女。李天然没有在意，又把一个比陈雪梅更年轻更漂亮的唱时调的小女子揽在怀里。

马景山遍寻不着陈雪梅，大骂"婊子无情，戏子无义"之后，跟一个很有背景的阔少好上了。据说那个阔少有特殊嗜好。

过了一段时间，有人看见梳着光滑的分头、脸上搽着粉、身上洒着香水的马景山紧随在那阔少身后，他们进出电影院、回力球场、地球馆、西餐厅和舞厅。还据说，马景山和陈雪梅在英国租界的跑马场打过一次照面，当时陈雪梅挎着一个穿白西服的金发碧眼的外国人，马景山依旧跟在阔少身后。两个人相见没有说话，彼此不认识一样擦肩而过。

"太平洋战争"爆发之前，日本人对天津的各国租界还是给面子，不可以随便去租界里抓人，雪白可人的陈雪梅就这样从刘麻秆手心里溜走了。对于马景山，他也不敢轻举妄动，只能不了了之。

四瞎子找刘麻秆要赏钱。刘麻秆瞪大眼珠子，气恼地看着他。四瞎子继续伸着手掌，始终不肯缩回去。

刘麻秆抬起右手，打了四瞎子左脸一个大耳光子；飞起左腿，又踢了四瞎子右腿。怒骂道："你找我要赏钱，我找谁要去？"

四瞎子委屈，煮熟的鸭子……这就飞啦？

刘麻秆说，抗日分子有的是，你接着出去找，非在一棵树上吊死？

四瞎子打了自己一个耳光，骂自己，我怎么那么笨呢？随后，他像一条黑白分明的狗，"嗖"地蹿了出去。四瞎子已经不穿色彩多样的衣服，他穿上了拷绸衣裤，上身白、下身黑，脚下是白底黑面的礼服呢鞋。

我爷爷讲完了，长叹一声，1938年的早春……冷呀！

他在说"冷"字的时候，脸上透着苦涩，仿佛一块冻裂的红薯，厚厚的嘴唇揪成包子状。

爷爷感慨过后，目光又落在身旁的躺柜上，随后目光渐渐变得比石头还硬。

荒唐
黄卷

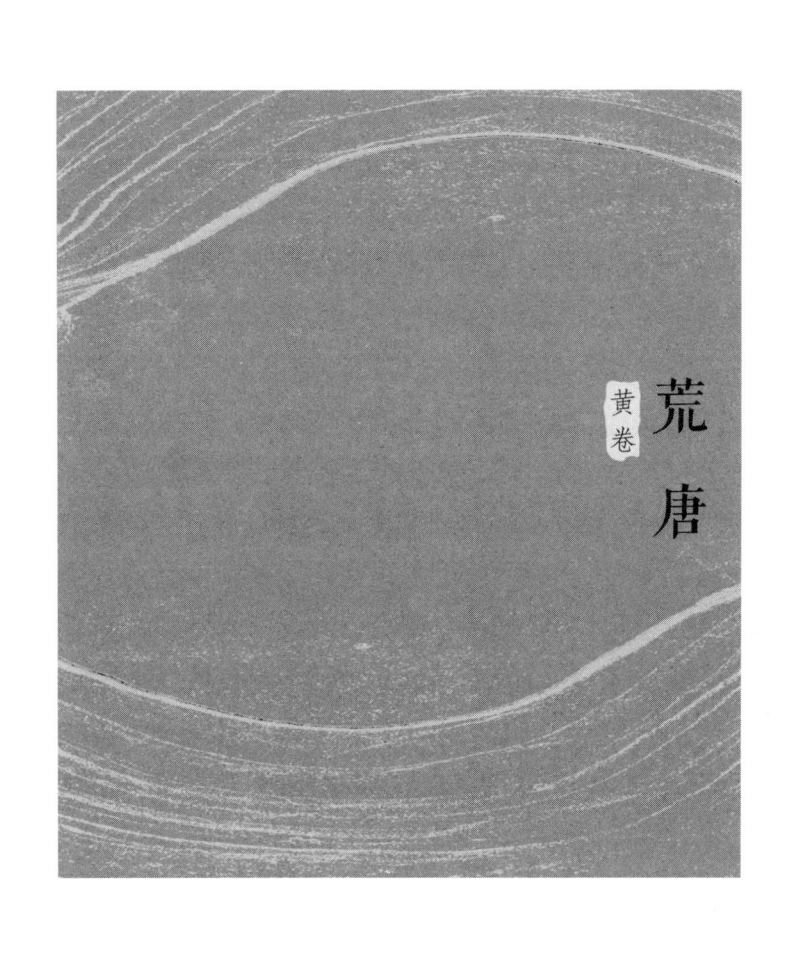

那天，我爷爷勃然大怒，犹如急红眼的老兔子，嘴巴张着，露出两颗残余的老牙，一颗是左上门牙，一颗是右下门牙。

他向我怒吼："兔崽子，你怎么这样想？"

他继续吼："我怎么可能是杨天师？"

爷爷底气越来越足，他在持久的讲述中，体内滋长了令人匪夷所思的养分，精神饱满、勃勃生机。他见我闭紧嘴巴，大气不敢呼出。这才慢慢闭上厚嘴唇，将两颗惨不忍睹的牙齿藏起来，低声对我说："你怎么这样想呢？"

爷爷进一步强调他不是杨天师。杨天师是了不起的人物。他只是一个随时都会被人忽视的小人物，是一粒微不足道的尘埃。说着话，他还真的噘起嘴，吹了一口气，眯缝起眼睛，借助着阳光，寻找着尘埃中的自己。

又过了几天，爷爷大概见我不相信他的话，也是为了证明自己没说假话，他给我讲了他的身世。

我爷爷本来有七个兄弟姐妹，他排行第七，可是他没见到过他的哥哥姐姐，他出世的时候，六个哥哥姐姐已经不在人世，他们或因肺炎或因天花或因……无一例外得病死了，他的父亲——也就是我的曾祖父——一次又一次用苇席裹住儿女们，用麻绳子仔细捆好，将他们平稳地放进水里，让苇席带着他们随水而去。曾祖父早就做好准备，准备用同样手法送走最后一个孩子，也就是小七。没想到我爷爷什么稀奇古怪的病都得了，却永远保存着一口气，每次都顽强地活下来，让屋里放了多年的苇席和麻绳格外失望。不知道是曾祖父看透了人世，还是终于有了后代，从此送走孩子的劲头完全松懈下来，将屋里的苇席和麻绳点火烧了。再后来，无所事事的曾祖父开始酗酒，又和庄上一个高大强壮的寡妇来往密切。那个寡妇有着无穷的身体欲望，天天缠着我的曾祖父。曾祖父家里的地荒了……野草欢乐无比地疯长，曾经殷实的家和地里的庄稼一样，眼看着就一天天地萎缩下去。

我爷爷始终怀疑他的母亲——也就是我的曾祖母——是一个精神病患者。

我爷爷一岁多的时候以及后来年岁再大点的时候，我的曾祖母抱着他，不管冬天还是夏季，曾祖母的上衣永远敞开着，裸露着布袋形状的乳房，在一个接一个的庄子上游走，除了吃人家的剩饭、喝人家的凉水之外，她还什么都吃，包括泥土、木屑和火柴头；她什么都喝，包括沟里的脏水和骡马的尿。她还有一件最喜欢的事，那就是跳入水井。她做游戏一样跳过许多次水井，每次被人救上来，在"咕嘟、咕嘟"吐完肚子里的脏水后，马上就会仰起脖子，大喊一声"真是凉快呀"。

曾祖母每次跳水井时，都会小心翼翼地把我爷爷放在井台边，然后脚朝下，欢快地跳进水井里，像是做一个快乐的游戏。我爷爷年岁太小，看不见娘的时候，翻身坐在井台边上哭起来，他一直哭，一直把救援的人哭来。但是有一次，曾祖母又跳下井里做游戏去了，我爷爷却不哭了，一声都没哭，真不知当时曾祖母在井下如何感想。后来隔了好长时间，我爷爷才哭，庄上的人们来到井边，发现水井里没有一点声响，急急忙忙往上捞人，捞上来一看，原来头朝下跳的。我曾祖母这回真死了。庄

上有高人看过尸体，推测已经死了三个时辰，在这么长时间里，一个已经会爬、会蹒跚走步的两岁娃娃坐在井台边，他在干什么呢？只要动一动身子，就会掉进水井，但这娃娃硬是没有掉下去。庄上的人有两种说法：一个是说我曾祖母的魂儿在井下保着我爷爷呢；另一个说法是说我爷爷的命太硬了，谁碰上他，谁就得被克死。

我爷爷说他对当初的事没有一点印象了，这些具体的情节都是庄上人后来告诉他的。

爷爷滔滔不绝地讲着自己独特的苦难经历，那会儿我真是忘记了他讲述的目的，忘记了他讲述的初始原因。我爷爷的确是一位讲述高手，他像磁石一样一下子就能把你吸引过去。

爷爷大口地喝茶，他开始喜欢喝酽茶了，由此可以推断，讲述对于他来说是多么大的乐趣。那些早年间的故事，像他嘴里的呼气一样，总是不由自主地出来。学水利的留日学生孙龙禄就是这样，一不小心，从我爷爷阔大的只有两颗牙的嘴里溜达出来了。

孙龙禄是乘船从大连到天津的。之前的路程是，先从日本乘船出来，因遇大风海浪，客船艰难航行了十一天才到达大连。在大连没有任何休息，马不停蹄转船到天津。在英租界码头上岸后，将近二十天双脚没有踩地的孙龙禄，仰望天空叹了一口长气。这一声叹气，听不出中国话还是日本话，在日本留学五年的孙龙禄，踏上天津卫那一刻竟不会说话了。

孙龙禄坐进黑色"奥斯汀牌"小卧车，一路上侯管家絮叨地向他讲着天津沦陷后的艰难。孙龙禄戴着金丝边的眼镜，他摘下来用丝绒布擦拭镜片上的雾气，细薄的嘴唇动了动，终于找到说中国话的感觉，他这才重新戴上眼镜，用生柿子味的中国话问："日本人不是彬彬有礼吗？怎么会如此粗暴对待中国人？日本文化都是从中国学走的，一千多年前有多少'遣唐使'来中国呀……"

侯管家从副驾驶的位置上转过脑袋，咬着牙说："四少爷，您是不知道，这小日本坏透了……"

孙龙禄不解地摇着脑袋，似乎还是不相信。

小卧车像条黑鱼似的快速行驶，很快就到了华界。侯管家不再说话了。四少爷孙龙禄眺望着车窗外初春的街道，想着自己马上就要展开的鸿图大略。

孙龙禄阔别五年回到中国，是他日本老师、水利专家士秋草勋的推荐，到天津建设总署进行海河疏通治理设计工作。孙龙禄特别佩服导师士秋草勋先生，这次从日本回来，除了带着导师的推荐信，还特地带回导师多年前在北平工程局任职时撰写的《华北之河川》，士秋草勋先生这本日文书里对华北海河水系河流的特征有着详尽介绍。没有谁怀疑孙龙禄此次回来，那是要做一番大事业的，他要把在过去二百年中已经把天津卫淹了八次的大洪水，变成乖乖顺顺的柔波。他要把"孙龙禄"三个字刻在天津卫治水历史的名册上。他要青史留名。

雄心勃勃的留日青年孙龙禄，终于站在离别五年的孙家大宅门前。

最先从孙家大门里出来迎接孙龙禄的，不是人，是一条狗。一条白毛上有着褐色斑点的冠毛犬。

这条冠毛犬警觉地跟在孙龙禄身后，它感觉这个人身上气味陌生，充满潮湿的味道。它用一双机警的狗眼，不错眼珠地盯着他，看他脚步迟缓地在大宅门里前行。

这是一个七进通连的大宅门。一进为大门影壁院落，顺影壁走，过两扇屏门，为二进大厅房院。进大厅房，过了木制屏风，为三进院。过三进院，为四进大罩栅栏。过栅栏穿扇屏，为五进院。再穿过一个门，为六进院。还要穿过一个堂屋，为七进上房院。院子里的所有上房一律为"前廊后厦"大两卷式，东西厢房为"铳头式"，另外还有花厅戏楼、走廊、亭台、阁楼。大宅院占地十多亩，四面临街，有大小房屋一百

多间。

　　留日青年孙龙禄，前有侯管家领路、后有冠毛犬殿后，从一进的影壁院走到七进的上房院，在正房中间堂屋祖先堂叩拜祖先牌位，然后到侧房拜见五年未见的父亲。

　　孙龙禄父亲端坐在摆放瓶、铳、大座钟的红松条案前的红木太师椅上，椅子旁边的方桌上，一缕热气从盖碗茶里袅袅飘出，慢慢向上升腾，使得条案后面悬挂的六扇硬木屏，更加充满古远的气味。

　　我爷爷似乎忘了孙龙禄，倒是一个劲赞美那只冠毛犬：长长的尖嘴巴、精瘦的小脑袋，还有脑顶上垂下来的一缕长毛。它就那么直立着身子，坐在隔扇前面，饶有兴趣地听着孙龙禄和他父亲的对话。它不仅能够听懂人话，还能从人的表情中，猜测出来人的内心想法。人隐藏在心里的高兴、愤怒、沮丧、无奈，它都能猜测出来。可这是它过去的经验，今天失灵了。它觉得这对父子嘴上说的话、心里的想法，它哪样都猜测不出来。它完全糊涂了。

　　我爷爷继续赞美它，是一条好狗呀！

　　回到天津两天后，孙龙禄去参加一个宴会。一路上还想着两天前与父亲的争吵。他不明白父亲为何发怒，难道他去建设总署水利科上班就成了卖国求荣的汉奸？尽管此次回国，是他日本导师为他做的决定，他没有提前告诉父亲、征求父亲的看法。但是孙龙禄始终坚持自己的观点，海河不是日本人的，也不是汉奸政府的，海河是中国的河、天津的河，他为海河做事，就是为家乡的父老乡亲做事。这是汉奸行为？

　　孙龙禄对政治没兴趣，只对河流感兴趣。他对父亲强烈的反日情绪颇为疑惑，日本人哪有那么坏！孙家大宅子并没有因为日本人到来而破败消失，不还是那样傲然挺立吗？满院的槐枣、梧桐、丁香、菊花、兰花、牡丹跟五年前他走时一样呀，还是枝繁叶茂、繁花朵朵。中国跟日本打仗，那是政府之间的事，跟百姓没有关系，两个国家打仗前，日本广岛有名的"郡精光园"每月给孙家寄铜版纸印刷的花卉新品种图解说明。两国打起来了，人家"郡精光园"还不是照样邮寄画册？打仗那是国家的事，两国朋友之间没有关系。孙龙禄对日本朋友印象特别好，他的导师土秋草勋先生，那是多么有教养的人呀，他对中国、对华北、对中国河流充满了真挚的情感……想到这些，孙龙禄觉得父亲小题大做，他特别激动，恨不能快点到达"大和餐厅"，不住地脚踩铜铃，让车夫跑得快一点。

大和餐厅在日租界的大和花园旁边。水利科长率领全科人为孙龙禄接风洗尘。孙龙禄在穿着和服的女服务生引领下走进包间，科长带头起立鼓掌欢迎，孙龙禄鞠躬致谢。

水利科有九个人，现在孙龙禄来了，十个人了。两个技术员是日本人。剩下的都是中国人。其中天津人只有孙龙禄。

水利科长是个头发锃亮、西装笔挺的胖子；两个日本技术员年龄不大，脸上偶尔掠过一丝别有内涵的笑容。

科长再次站起来致欢迎辞，先是大谈"大东亚共荣"，然后开始歌颂土秋草勋先生对华北地区河道治理的贡献，接下来又恭维两个日本技术员，远道而来帮助中国兴修水利，最后舒缓一口气，才开始对孙先生到来表示欢迎。最后举杯喝酒，自始至终始终没提一句"海河"。

孙龙禄有些不高兴，几次想要打断胖科长的高论，总是找不到机会。胖科长说完了他才抢过话头，谈自己对治河的观点。他认为面对洪水，不应该一味采取加固、加高堤岸的做法，应该在上游修建水库、下游开挖减河，这才是治理洪灾的办法。

孙龙禄激昂起来，挥舞的手臂险些将桌上的清酒碰倒。尽管他激动无比，除了两个日本技术员专注倾听，其他中国人或是一副不屑一顾或是无比厌烦。胖科长干脆端起酒杯吱喝着众人喝酒，两个日本人望了一

眼孙龙禄脸上焦虑的表情，显得既同情又嘲讽。孙龙禄气得不再说话，喝起闷酒来。

日本清酒表面清淡，实则内劲很大，孙龙禄很快有些头晕，他晃晃悠悠地站起来提前告辞，胖科长虚张声势地关心一番，屁股根本没动，继续坐着喝酒。

孙龙禄出了餐厅，初春的夜风依旧很冷，风一顶，他胃不舒服，猫下腰呕吐起来。在路边蹲了一会儿，有气无力地扬起胳膊叫了胶皮车，坐上车便喘息着叫车夫快跑，说完歪在车上，闭上眼，任胶皮车一路狂奔。

孙龙禄以为自己不适应，过段日子就好了。哪里想到越发别扭。他发现水利科的人没有人关注治水，都忙着借治水发大财。他们四处募捐不说，还在有限的水利款中巧立各种名目，然后中饱私囊。两个日本技术员工资是华人工资的五倍，工资拿得多，也没显示他们技术多么过硬。孙龙禄天天屋里屋外大谈治水方案，可是没人搭理他，两个日本人也只是冷眼看着并不多言。

胖科长开导孙龙禄不要着急。孙龙禄大喊道："不着急，洪水来了怎么办？"胖科长"嘿嘿"一笑，两只眼睛像是深陷在白面上的两颗黑豆子，说："洪水来了自然有办法。"

"有什么办法？"孙龙禄气极了。

胖科长不紧不慢地说："咱们都是中国人，我跟你说实话吧，我们早有治理洪水的方案，眼下天津卫有两道堤，市内的小围堤，市外的南大围堤，这两道围堤坚固无比，假如大洪水来了，我们还有一招，炸开南运河马庄子和桑园的堤岸，洪水自然流泻而走，市区有这两道围堤阻挡，保证安然无恙。"

孙龙禄认真听着。不管是谁，只要说治水的事，他都认真倾听。

胖科长拍着孙龙禄的肩膀，带有长辈教训口吻说："你是刚来不了解情况，不要指手画脚，什么上游修建水库、下游开挖减河，这是幻想，资金从哪儿来呀？劳力从哪儿找啊？你呀，读书太多了，我干了多少年水利呀，日本人还没来时我就在这了，那时这里是英国人……"胖科长纵古论今，孙龙禄无话可说。

苦闷了几天，孙龙禄还是不甘心，准备考察海河上、下游水系，拿出具体方案。他将考察的想法向胖科长讲了，强调考察费用自己想办法。

胖科长一百个支持，一来他嫌孙龙禄碍眼，二来孙龙禄毕竟持着士秋草勋的介绍信来，有消息说士秋草勋马上来中国，还要重回北平工程局，天津建设总署受北平工程局调配，胖科长也不想得罪孙龙禄。既然他自己提出来考察，那就随他去吧。

胖科长将孙龙禄的想法上报，上面很快批下来，胖科长不动声色就把孙龙禄踢出了水利科。

天津卫地界早年遍布大水坑，许多大水坑相互连接，又变成面积更大的水坑。人们在这水坑与水坑的连接处生存，一点点地填坑、筑土、造田，渐渐地有了陆地，慢慢形成了弯曲的河流。

孙龙禄追寻天津的历史，寻找他对这座城市核心认识——水的认识。认识水、了解水，才能真正理解天津卫。"津"就是渡口。孙龙禄是在被水利科的人嘲笑状态下进行这种追寻的，没有人知道他能坚持多久。

孙龙禄沿河考察的行动，得到他父亲大力支持。孙父认为儿子在日本人把持的政府部门供职是有辱家门的行为，孙龙禄祖父、曾祖父同为进士，家中至今还悬挂着"世进士第"的横匾，到了孙龙禄父亲这一辈，虽然科考已被废除，但他父亲还是向往，不能让孙龙禄玷污进士门风。如今儿子考察水利，这是利国利民的大事，学有所用、人尽其才，总要比给日本人干活光彩。

孙龙禄先去上游察看水库，有永定河的官厅水库、滦河的罗家屯水

库；随后又去下游考察减河、引河和大洼水淀，比如南系的四女奇、捷地、马厂和独流减河；北系的青龙湾减河、筐儿港引河、南排河；又去了白洋淀、文安洼和霓口洼，还有外围的大洼水淀。

孙龙禄每到一个地方，想着如何互相调剂，哪儿该建节制闸，哪儿该建防潮闸，哪儿该建排泄闸。他还去了各国租界地所建的防水堤，细心比较是英租界的钢筋混凝土板桩结构好，还是法租界的钢板桩结构好，或是日租界的钢筋混凝土高桩承台结构更科学。

孙龙禄在1938年春寒料峭的初春，在水边奔走着、记录着、思索着，警车抓人的鸣笛声，粮店门前排队的嘈杂声，中国银行门前挤兑时的喊叫声，大街上出殡时的哭喊声……孙龙禄都没有听见，在他的眼前、耳旁只有波光粼粼的河面还有美妙动听的流水声。

河水已经解冻，但在清晨时候还能隐约看见水面上漂浮着薄薄的冰碴儿，它们在河面上悠然地漂着，很快被行驶的轮船撞碎，激溅起来的水花把它们彻底改变了形状。黄昏的时候，河面上停泊的船只一个挨着一个，船帆已经降下来，只剩下光秃秃的桅杆，仿佛一片没有枝叶的树林。晌午正是海河水系最为繁忙的时候，一艘艘满载棉花、棉布、粮食、木材、煤还有其他物品的商船由西向东驰去，出海河、进渤海、入黄海，一直向东；然后又由这条路线，逆向驰来许多空船。孙龙禄不知道这些船只驰向哪里，他只知道河面上船多的时候，河水上下翻滚，像有许多狗在奔跑，汽笛声像是狗吠。尽管阳光灿烂，他脸上闪烁着陶瓷一样的亮光，但他自己感觉却像是蒙着一层灰尘。他总想拭去脸上的灰尘，甚至有时想要跳进水里，成为水的一部分。

孙龙禄真是爱水。他有一种重回母亲子宫的欢愉。在孙龙禄的七个兄弟姐妹中，除了两个姐姐、一个妹妹嫁人做了少奶奶，其余兄弟全部经商，有在天津的、有在北平的还有在上海的。唯独孙龙禄走了一条与众不同的路，去日本学了水利。可是如此热爱河水的孙龙禄却遭遇了学习水利以来最为尴尬的经历，尽管亲近了水却感到莫名的孤独。

孙龙禄倒是没有感到郊野考察疲惫，就是心里劳累。他把所有希望寄托在导师士秋草勋身上。导师重返中国北平工程局的消息，孙龙禄也听到了。导师要来中国，太好了，孙龙禄要把回国后所有心酸事讲给先生，也要把他治理海河的思路讲给先生。他盼望着这一天快点到来。

孙龙禄兴冲冲地前往北平，去见他尊敬的日本老师士秋草勋。

士秋草勋在北平工程局所在地、一座早年的王府里，见到从天津来的得意学生孙龙禄，瘦弱身材、深藏目光的士秋草勋非常高兴，像是对待孩子一样嘘寒问暖，倒好像孙龙禄刚从国外回来。

寒暄过后，孙龙禄开始讲他独自对海河的考察经历，还有他治理河道的设想。他请求先生大力支持他，狠狠地批评天津水利科从上到下的懒惰行为。

士秋草勋耐心听着，单从目光中看不出他心里在想什么。孙龙禄说完了，士秋草勋竟然扯起别的话题，是孙龙禄没有想到的北京烤鸭，说他爱吃烤鸭，要孙龙禄请他吃烤鸭。孙龙禄莫名其妙，对河流痴迷到可以放弃一切的士秋先生，怎么变得这样麻木不仁。

孙龙禄当然要满足导师的要求，可是这顿烤鸭吃得寡淡，他都能听见自己肠胃发出痛苦的呻吟声，只要他说"水利"二字时，士秋草勋先生都会抢先一步用"烤鸭"话题把他堵回去。到了最后，士秋草勋先生竟然下了命令，说他不喜欢在品尝烤鸭的时候谈论鸭子以外的事。惊愕而又迷惑的孙龙禄再不敢说什么了，只好专注地看着士秋草勋先生油光光的嘴。

从北平返回天津，孙龙禄再不想说什么了。走进自家的大门时，仆人弯腰喊他"四少爷"他竟没听见。从那以后，志存高远的孙龙禄变得消沉起来，尊敬的士秋先生，在孙龙禄心里坍塌了，他被埋葬在失望的

瓦砾之中，当他带着一身尘土从废墟里走出来时，已经变了一个人。

孙龙禄父亲意识到了儿子的危险，他要把儿子从泥淖中解救出来。解救的办法，孙老爷想到一个上乘之策：成婚。

留日青年孙龙禄的婚事很快被家人敲定下来。

孙龙禄受西方影响颇深，但在1938年的孙家大宅子里，父母之命、媒妁之言依旧是光芒万丈的太阳，无论你是否愿意，温暖的阳光不容你争辩地照着你。茫然无助的孙龙禄只能接受照耀。

"你二十四岁了，应该成婚了。"孙老爷仁爱地说，"媒人我已经找好了，是魏四奶奶。过两天就提亲、问名，然后相亲、换帖，找个良辰吉日成婚。"

孙龙禄麻木地望着窗外，外面似乎是流淌的河水和来来往往的机帆大船。孙老爷仰望着儿子散漫的目光，更加感到成婚的必要，一个人考察海河，这不是疯了是什么？

孙家那条冠毛犬，从出生就在大宅门里，从来没有走出过大宅门，已经有六年时光了。它躲在客厅的一个角落里，专注地望着这个大宅门里与众不同的人。

天津城赫赫有名的媒人魏四奶奶，通过孙老爷的暗示，立刻去了鼓楼南开当铺的张家。孙老爷看中了张家的二闺女，要说两家门不当户不对，孙家的财产和威望要远远超过张家，可孙老爷认准了张家的二闺女。魏四奶奶拐着一双小脚，喜鹊一样飞进张家。没等魏四奶奶说完，张家就点了一百个头，当下赏了魏四奶奶可观的"答谢费"，督促她快点进行程序。

魏四奶奶提亲后，马上"问名"。先由孙家用红纸写上订婚人的情况，再写上直系亲属的名字，这叫"联媒帖"，将帖子送到女家后，女家照旧写好再送回来。

魏四奶奶像只下蛋的母鸡，在孙家和张家之间"咯咯嗒嗒"地往返穿梭，可是这场喜事的主角孙龙禄却沉静如水，尽管魏四奶奶告诉他，后面还要安排在戏园子相亲，找算命先生批八字合婚礼，还有换帖子，孙龙禄听了没有任何反应。

那时谁也不知道，已经有一个叫姚三的人走近孙龙禄。就是这个姚三，像豸虫一样附在孙龙禄的身上。

姚三早年也是大户子弟，后来家道破败。享过福的姚三游手好闲、好吃懒做。他最大特点就是瞅准时机，狼吃羊一样，准确地贴上富家子弟，使尽各种花招让富家子弟花钱，他跟着一起享受。许多富家子弟走上歧路败家，就是与这些人混在了一起，他们变着花样儿让你整日醉在梦里。

做豸虫是门技术，要有无尽的招数。姚三属上等。他先给孙龙禄上辅导课，讲快乐销魂的门道，再让孙龙禄稍微品味一点快乐销魂的滋味，最后在家坐等孙龙禄主动去找他，央求他一起去快乐。当然所有费用由孙龙禄负责。

小脚魏四奶奶操办结婚过程繁琐漫长，各种礼仪样样俱全，可是大脚的姚三辅导孙龙禄快乐过程却是无比迅疾。他要在最短时间内让孙龙禄喜欢他、接受他，这样孙少爷才能热爱快乐的新生活。无形之中分成了以魏四奶奶和姚三为代表的两大阵营，他们目的一样，都是为了让孙龙禄孙少爷快乐，可是方式迥异。可怕的是，姚三知道魏四奶奶的程序，魏四奶奶不知道姚三的程序，甚至不知道大名鼎鼎的孽种姚三已经潜伏到了孙少爷的身边。

我爷爷讲述这段故事的时候，轻敲身边的躺柜，似乎姚三就藏在柜子里，时间已经很久了，见柜子里没有动静，姚三不会从里面出来了，我爷爷的手才停止敲击，不无遗憾地说："姚三那家伙鬼点子多，谁知道他下一步会使什么招数呢？"

我爷爷这样讲，说明他并不了解姚三这样类型的人，也不知道姚三

诡计多端的招数。

那会儿天津卫年轻人特别喜欢吹笛子，经常有笛子爱好者聚在某人家中互相切磋技艺。姚三以这种形式作为切入点，为孙龙禄打开一扇镶着高雅花边的荒唐之门。

这天孙龙禄随着姚三来到一户人家，在院子里就听见上房传出好听的笛声，进了屋门，见厅堂已有四五人，其中一人见他们进来，笑了笑，停了笛子，向身边几个手握笛子的人示意停一下，走来与姚三和孙龙禄打招呼。

姚三和他非常熟悉，大大方方地与他们招呼过后，姚三示意大家继续演练。孙龙禄好奇地看着。

笛声再次响起，随着笛声一个面容清秀的男子站起身，唱起京戏《单刀会》。用笛子做伴奏唱戏，孙龙禄第一次见，感觉特别新鲜。唱戏的人长着一嘴长牙，有板有眼地唱"……大江东去浪千叠，想古今，立勋业……"

孙龙禄听得入了神。

姚三附在孙龙禄耳边小声问："四爷，有意思吧？"

孙龙禄点了点头。

那人唱完，又一个教师模样的人站起来，向吹笛子的人抱拳说："我是唱'阔口'的，烦请吹《长生殿·疑谶》，我走走嗓儿。"

其中一人举着笛子，说："知道您说的这段，以前叫《酒楼》，说的是唐朝大将郭子仪在酒楼上看见安禄山一伙人招摇过市心生愤慨。"

教师模样的人拍手称赞："对，正是这段儿，您真是行家。"

那人红了脸，谦虚道："哪里、哪里，我是被您这段儿《疑谶》给弄蒙了。"

教师模样的人双手抱拳道："请您指教。"

两个人谦虚起来没完没了。

姚三在一旁说:"你们再不唱,我就唱了。"

众人笑起来。

笛子声起来,教师模样的人唱道:"论男儿壮怀须自吐……"开头这一句,便赢得众人齐声喝好。

教师模样的人唱完,大家想要休息一会儿,姚三站起来,他说已经让笛子把他嗓子挠痒了,他不唱,嗓子不饶他。

姚三这样一说,又把大家的兴致吊起来。问姚三唱什么。姚三说要反串一段儿《思凡》。众人热烈鼓掌。坐在一旁的孙龙禄,心想姚三这家伙真不简单呀,还会反串。孙龙禄陡然来了兴致也跟着热烈鼓掌,感觉比在水利科做事顺畅多了。

姚三扭捏状道:"奴家唱得不好,您几位可要担待。"

大家看姚三那逗人的模样,笑得直不起腰来。

姚三嗓子真不错,先唱了"诵子",接下去又唱"山坡羊",一句"小尼姑年方二八……"唱得字正腔圆。

屋里的气氛越发浓烈,姚三又鼓励孙龙禄也唱段儿,孙龙禄连连摆手,说出国多年,嗓子已经锈住了,哪天开了嗓子,一定要唱。众人见状,也不再勉强,很快又有人忙不迭地站起来,唱了《武家坡》和《桑园寄子》。

那天大家玩得高兴,定好下礼拜还要聚会。

在回来的路上,孙龙禄异常感叹,没想到笛子也能伴奏,伴奏谭老板的《武家坡》竟也是有滋有味儿。姚三接过话头说:"四爷,今天有意思吧?过两天我再领您玩新的,人生就是一个乐,现在不乐什么时候乐。日本人来了怎么样?还能挡住我们乐呵吗?"

孙龙禄仰望夜空,耳边依旧回想那优美的笛声。

没过两天,姚三又找孙龙禄,说要请他听戏。孙龙禄说听戏可以,

哪能让你请我。姚三恭恭敬敬地说，您比我年长，我要请您。孙龙禄说，既然我年长，那就更应该我请你。姚三顺水推舟，那就听四爷的。

孙龙禄问他听谁的戏。

姚三神秘地说："四爷您不知道，'三不管'的升平戏院来了一位祁姑娘，唱旦角儿的，人长得水亮，扮相好，咱去听听。"

孙龙禄去日本留学前也是喜欢听戏的，自己也能唱几口。去了日本后就逐渐喜欢上了话剧。看见姚三热心肠，不好意思推辞，也就应下来。姚三对孙龙禄说："四爷您真是爽快，晚上咱先吃饭，在升平戏院旁边新开了一家南方馆子，听说那里的小馄饨和烧麦做得地道极了，您得去尝尝。"孙龙禄应了"行"，完全听姚三的安排。

傍晚，姚三准时恭候于孙宅外，孙龙禄出来，两个人坐上胶皮车直奔南方馆子，落座后点了小馄饨和烧麦。姚三说得来点酒，喝点酒听戏过瘾。孙龙禄对姚三说，那就上酒吧。

姚三长相没有什么特点，只是在饭桌上他的五官才凝结起来优美的特点，或者说一下子活泼起来，洋溢着五彩缤纷的光芒，让人想到许多美好的节日。姚三是一个不能没有节日的人，他也是一个会给自己制造节日的人。

喝足了，吃饱了，姚三一抹油汪汪的嘴，像对下人一样对孙龙禄说："走，听戏去。"

升平戏院是一个老戏院，谭鑫培谭老板在这里唱过戏。他们走进戏园子时，座位已经全满了，打泡的小武戏已经唱完了。他们在第二排坐下。孙龙禄左右环顾，感觉有些丢面子，就对姚三说以后买包厢。姚三说我要为四爷省点钱，咱就看一出戏，过过瘾就走，没必要摆面子。孙龙禄听了，赞许地拍了拍姚三的肩膀。姚三扭过头，阴谋诡计得逞似的笑起来。

第二出戏是《探母》，这是老生和坤角的对手戏。

孙龙禄看见姚三不住地为唱旦角的演员叫好，心想肯定就是那个祁姑娘，于是特别注意观察。旦角扮相好，妩媚中带点稚气，让人一见就喜欢。孙龙禄夸姚三有眼力，入迷的姚三这才想起身边坐着花钱请他看戏的人，连忙点头说："不错吧，四爷。"

《探母》完了，姚三也没有兴趣再看了，劝说孙龙禄走。孙龙禄说敢情你就是为了看祁姑娘才来的。姚三说："四爷呀，您看完台上的祁姑娘，一会儿再看台下的祁姑娘，那才有味道呀！四爷要有兴趣看别人，我就再陪您看。"孙龙禄摇头说："姚老爷，那就走吧。"姚三忙作揖："小的不敢，小的不敢。"

在回去的路上，姚三说："四爷您看出祁姑娘的好来了吧？"

孙龙禄从唱腔、身段儿、扮相讲了自己的看法。姚三说，我不是问您这个，我是说祁姑娘在唱慢板时，眼睛不住地瞅您，这是暗中向您打电话呢。孙龙禄不解地问"打电话"是什么意思，姚三乐了，卖起关子，明个儿我给您安排更好的一出戏。孙龙禄问他什么意思。姚三不说了，高深莫测的样子。孙龙禄感觉心里颤悠悠的，有一种悬挂的感觉。

转天一早，姚三又来找孙四爷。孙龙禄刚起床，正在漱口，问姚三这么早来有什么事，姚三说去祁姑娘家呀。孙龙禄一愣，满嘴牙膏沫子来不及漱掉，问这么早去人家那里干什么。姚三说您就听我安排，保准乐呵，咱现在先去吃早茶。

祁姑娘家在法租界，姚三安排在法租界的一家西餐厅吃早茶。

孙龙禄说："姚三你可是大人物，哪儿都熟呀。"姚三嘿嘿一笑："要是没有四爷您，我可就哪都不熟了。"孙龙禄还没有听明白，姚三又说起祁姑娘来，好像他不是陪孙龙禄去看祁姑娘，倒是孙龙禄孙四爷陪他去赏乐。

吃完早茶出来，姚三带孙龙禄来到一条幽深的胡同。这条胡同有点类似上海弄堂。此刻胡同安静得像午后的倦鸟。阳光照在紧闭的大门上，

有着另类的想象。

姚三掏出怀表看了看，自言自语道："十点半了，祁姑娘起来了。"

孙龙禄见姚三走得轻车熟路，问他是不是经常来祁姑娘家。姚三含糊不清地说，也不常来。

在胡同尽头的深灰色的院门前，姚三按了门铃。很快听到"踏踏"的拖鞋声，开门的是一位江浙口音的老年妇女，见是姚三，热情地让他进去。

进到屋里，老女人张罗着沏茶、上烟。姚三把孙龙禄介绍给老女人，把孙龙禄夸得上天入地，尤其是重点介绍孙四爷有钱，又是刚刚留学回来的大才子，对祁姑娘的戏如何入迷。老女人热情地说："听女儿讲，诸位都是捧她的，姚三爷天天去给我女儿捧场，谢谢您呀。"

姚三大大咧咧地说："以后家里有事，您就尽管说。"

老女人感激地说："女孩子出来不容易，要有好师父教，还要有好人捧，没人捧红不了，如今世道不好，哪敢让姑娘家出去交际呀。"

老女人正说着，祁姑娘轻挑门帘，从旁屋里走出来。孙龙禄望上去，心里一惊，身穿丝锦缎旗袍，脚穿平底绣花鞋的祁姑娘，清雅得像是从天边飘过来的云彩。

说出来让人不相信，孙龙禄从来没有见过女演员的台下风情。尽管孙家是大宅门，也有堂会，可是孙老爷管教严，不允许子女接触戏子。孙家的几个孩子都在教会学校上学，家教严厉，孙龙禄又在日本多年，天津卫五光十色的生活他了解不多，如今姚三为他打开了快乐大门。

眼下祁姑娘柔软的话语、曼妙的身材，犹如一把小刷子，轻揉孙龙禄疲惫的心。祁姑娘说："我和姚三爷熟，昨晚看见您在第二排捧场，就知道您是姚三爷的朋友，您贵姓呀？"

姚三赶紧替孙龙禄做了介绍。祁姑娘红了脸说："唱得不好，请您老多包涵。"

祁姑娘陪着两位爷喝茶水、嗑瓜子、聊着天。姑娘柔声细语，白皙的脸上时时泛起红润。姚三聊着梨园内外的趣事，说着、说着就会转过身子，看着祁姑娘说："是不是这个理儿？"

祁姑娘说："姚三爷，以后您也捧着点别人的戏，您总为我喊好，看完我的戏就'起堂'，班子里的人不高兴了，会在背后捣弄我。"

姚三满不在乎地说："他们的戏我不爱看，你别怕他们，三爷我……哦，四爷，您说呢？"

孙龙禄淡淡地一笑，想说什么又不知怎么说。

漂亮女子陪着说话，时间过得快。接近中午的时候，孙龙禄告辞，姚三依依不舍地跟着站起来。

出了祁姑娘家，姚三问四爷，感觉如何？

孙龙禄说："我是第一次到一个唱戏的姑娘家，这祁姑娘懂事理。"

姚三说："您有没有意思？"

孙龙禄反问道："我有什么意思？"

姚三说："我看她的戏几十次了，每次都坐第二排第六座，她才把我记住，可您看了她一次戏，她就记住您，您说，有没有意思。"

孙龙禄说："我还是不明白你的话。"

姚三撇着嘴说："祁姑娘看上您了，中午您就请我客吧。"

孙龙禄说："你变着法儿敲我。"

姚三说："我要有这好事，天天请四爷。"

孙龙禄说："你鬼把戏太多了。"

姚三扭转话题："四爷，有个漂亮女子陪着说话，这是个乐。不过这还是小乐，我还要带您去找大乐子。"

孙龙禄笑着低下头。

姚三说："明个晚上咱去'打茶围'……行哩，四爷我都要饿死了，咱快吃午饭吧。"

孙龙禄问他去哪儿吃。姚三早想好了，去"聚合成"，说着扬手叫了两辆胶皮车。

孙龙禄上了车，心里想着"打茶围"的事。这事他听说过但没去过，这会儿被抓挠得痒痒酥酥的。

胶皮车跑得飞快，孙龙禄心跳更快，已经越过夜晚、黎明，飞向明天晚上。

还有两个月就要大婚了，孙家的人都变成了一只只肥硕的大鸭，"咯咯"地四处忙碌着孙四少爷的婚事。这会儿还不需要婚事的主角——孙龙禄——因为只有在婚礼举行的那天，孙龙禄才会像只大花瓶一样摆在中间，在这天到来之前，婚礼是别人的，是媒人和算命先生的，是孙家下人老妈子的，也更是孙老爷的，他们一个个像刚出笼屉的包子，每个人都是热气腾腾的。

孙家忙碌，女方家也忙碌。

有钱人家结婚，那是马虎不得的。

结婚前夫家忙的是订轿、订吹鼓手、订茶房、订菜、搭棚。迎娶是人生大事。娶亲的轿子要提前三个月到花轿铺子预订，八尺高的楼子轿，分内外两层。外层由四扇镶着玻璃的镂花搁子拼成，内层是一顶大红绣花小轿，也叫"轿心子"。轿围子是红色的大凤冠袍裙。只有彩轿订下来了，围绕彩轿的执事灯彩，什么牛角灯、开道锣、清道旗、彩谱、喜谱、提炉、盘灯，才能一并落实。置办彩轿麻烦，其他方面也省不了事。单说茶房，要侍候婚礼那天茶饭，还要兼管撒帖、送信、挂喜幛、扎彩绸、领妆礼、催妆礼，所有的礼仪都要"茶房"落实。

娶媳妇的婆家忙碌，嫁姑娘的娘家也不清闲，光是备办嫁妆就是一项庞大的工程。夫家有多少与你无关，那是人家的，要想让闺女不受气，就要把嫁妆置办好了，开当铺的张家尽管比不上孙家的财势，但能跟孙家攀上亲，也像是头顶上突然响起喜鹊叫声。

嫁妆包括整、副两套嫁妆，就说整嫁妆吧，光是器皿就有瓷器、锡器、铜器、木器，大到景德镇的大瓶，小到蜡扦，更别说四个樟木箱子了，箱子里是要装满四季衣服的，还要有两对的帛匣，再加上被褥、首饰，四季的单夹皮棉纱和绸缎绫罗呢绒纱布。

这是双方的置办，以后婚礼仪式更为繁琐。

在1938年空气都让人窒息的日子里，孙、张两家操办喜事的情景会是怎样？那不仅是一场喜事，也不仅是为了繁衍后代，好像还有另外一种希冀。不为外界所扰，继续按照惯有仪式进行，是否就能生活在平安世界？但是婚礼主角孙龙禄却生活在1938年的现实中。

孙龙禄走过的日子都是一帆风顺的。他经受不住打击，哪怕别人看来微不足道的打击。他的精神已经坍塌了，与外界又没有多大的关系，何况还有姚三这样能使人无比快乐的豸虫在他身边呢？

姚三对孙龙禄说："要想'打茶围'，就去南班子。南班子的姑娘软，不像北方姑娘硬。"孙龙禄问南班子在哪儿。姚三说："四爷您就跟我走吧，什么也别问，不过有一点您可要记住了，这可不比去祁姑娘家，这可要使钱呀。"孙龙禄说："总要有个价呀。"姚三嘿嘿一笑："这样吧，您就看我眼色行事，我一递眼神儿，您就掏二十。"孙龙禄问："把钱给谁呢？"姚三有些不耐烦："给人家姑娘呀，放果盘里就行。"

那天晚上，姚三带孙龙禄去了日租界和华界接壤处的一家南班子。去之前，照例是要吃饭的，这次姚三选在"三不管"旁的东兴楼，姚三胃口大开，一下子点了十个菜。

华灯初上，街面上飘着饭香、乐声和笑声，响着铜铃的胶皮车穿梭往返，一派歌舞升平。姚三带着孙龙禄进了一家南班子，一进门，姚三就喊"老六"，要找六姑娘。"大茶壶"认识姚三，一边喊着三爷，一边

把二人往楼上领。

走进屋,外屋没人,姚三冲着里屋又喊了一声"老六",里屋有了些微的响动,姚三这才示意孙龙禄坐下来。

不大功夫,红门帘一挑,一位身着花缎袄裤、脚穿红色绣花鞋的柔弱姑娘扭扭地走出来。她也就二十岁出头,细眉、长眼、小嘴,脸蛋儿嫩得手一掐就能出水。她一口地道的苏州口音,热情地打着招呼,身上淡淡的清香,立时把屋里的空气激活了。

姚三把孙龙禄和六姑娘相互做了介绍,六姑娘赶紧拿出蜜柑、巧克力糖、橄榄还有点心,分成四个小碟,摆在茶桌上,又沏上茶,摆好烟。姚三向孙龙禄使了个眼色,孙龙禄小跟包一样,掏出二十块钱,规矩地放在果盘里。六姑娘细眉一挑:"哎哟,四爷,谢您了。"

姚三始终没有落座,在屋里来回转悠。六姑娘笑起来:"三爷这是来看我呀,还是找房子?"姚三嬉皮笑脸地拉着六姑娘的手就往里屋走。六姑娘回过头,对孙龙禄说:"四爷,您稍坐,我先给三爷烧口儿烟,一会儿过来伺候您。"随后两个人进了里屋,刚进去,粉红色的门帘,唰地垂落下来,分成了两个世界。

孙龙禄没有打过"茶围"的经验,完全听从姚三的安排。他就是姚三的钱袋子,姚三用多少他就掏多少。因治水遭受挫折从而对生活心灰意懒的孙龙禄,在即将成为新郎之前的日子里,茫然的他已经被"帮闲"姚三注入了逍遥的种子。放荡之路充满着无限的魅力,变成了一个巨大的洞穴,闪烁着极强的吸引力。

孙龙禄一个人在外屋坐着,环视着四周,这里的一切在他眼里都是如此新奇,他甚至有些恨自己,和水利科的人争什么气?就是日本人士秋草勋又怎样?

"四爷,您不消遣几口?"六姑娘不知什么时候已经紧挨着他坐下,拿起一块巧克力,兰花指翘着,撕开包装的金纸,把糖直接送到孙龙禄嘴里。

孙龙禄浑身燥热，不好意思地低头吃糖，好半天才说："我不会抽。"

六姑娘说："刚听姚三爷讲，您还是留过洋的洋学生呢，以后您可要常来呀，我还要听听您讲东洋人的事儿呐。"

六姑娘变成一只喷香的小鸟儿，吱吱叫着，落在孙龙禄的肩膀上，一会儿剥蜜柑，一会儿送糖，再一会儿双手举着茶碗给他喝水。

六姑娘说："哪天您来，咱们打牌唱戏喝花酒。"说着又给孙龙禄点烟卷，孙龙禄不抽，她已经点好了，放在他的嘴边，他勉强抽了一口，呛得他连声咳嗽。六姑娘"咯咯"地笑起来。

不知是姚三抽完了，还是六姑娘笑声把他引了出来，姚三精神抖擞地撩开粉红色的帘子，满面春风地走出来。六姑娘忙给姚三斟茶倒水、剥蜜柑。六姑娘侍候着两位爷，两个人都不感觉自己被冷落。

"打茶围"是不能过夜的，一过晚上十二点，那就要摆桌子吃宵夜。价码就要翻几番。十一点多的时候，姚三依依不舍地站起来告辞。

出了班子，姚三见孙龙禄还有些意犹未尽，就说您今个儿初次来，就得吊着点。孙龙禄说，给了二十块钱，是不是多了点？姚三点着头说，给得是多，不是多一点，是多好多，一般高级班子给五块就可以了，可咱给了二十块。您第一次来，必须把台面摆起来。没有台面，被人看不起。

孙龙禄没说话。

姚三说："四爷，六姑娘疼人吧？"

孙龙禄连连点头，紧接着问下次什么时候来。姚三诡笑着说："已经把六姑娘的胃口吊起来了，咱就先不来了，明晚领您去更快活的地方。"姚三又补充说，"出去找乐，人少没意思，那就得人多，那才热闹！这样吧，明天晚上我再给您领一个过来，小白脸，人长得俊俏，还能唱几句，您保证喜欢，是个玩意儿，是个好玩意儿。"

"又是什么场子？"

"到时候您就知道了。"

姚三像说评书的，每次都甩给孙龙禄一个意味悠长的钩子，那钩子不仅亮闪闪的，还散发着喷香的气味，在前方悬浮着，充满着刺激。孙龙禄着迷了。他不知道自己已经咬住了那钩子。

有一天晚上姚三带着那个"小白脸"，陪孙龙禄去打球。打球的地方叫"会贤球房"，都是有钱人玩乐的场所。球是象牙雕刻而成，圆圆的，在台子上傲慢地滚动，透着贵族气息。即使被长杆捅打，也依旧是一脸高傲。三个人打完球，又到楼上饭店吃晚餐，江南风味的鱼虾小笼包。

姚三带来的那个"小白脸"，梳着锃光瓦亮的分头，身上喷着香水。孙龙禄一见他，就莫名喜欢。"小白脸"姓马。喜欢"小白脸"的漂亮，也喜欢"小白脸"目光忧郁的神情。

当我爷爷说这段故事，说到"小白脸"姓马时，我立刻联想到了曾经是失学青年的马景山。我爷爷曾提过马景山傍过的阔少。阔少是不是孙龙禄，我爷爷始终没说。我问他，他也不讲。

孙龙禄看见马小白脸忧郁的样子，就像是看见了自己。自己总是怜惜"自己"的。于是孙龙禄就有了一种既幸福又怅然的感觉。

姚三真是一个蛊惑高手，他撩人情绪的招数总是令人意想不到。当时他们三个人吃完鱼虾小笼包后，又去了一家落子馆。三个人走进去，见戏台上站着一位身着旗袍、脚穿高跟鞋的女子，脸上的胭脂涂抹得像是一层壳子，正在清唱《莲花落》。唱完了，扭扭腰肢、抛一下媚眼，依依不舍地下去了。随后又上来一位红袄绿裤的扁脸女子，唱了一段西皮，嗓音极差，反正让人一听就会联想到鸡鸭被人追赶宰杀时的声音。

孙龙禄问姚三："这就是你说的温柔乡？还逍遥呢，逍遥个屁！"

孙龙禄骂完了，把自己都吓了一跳，姚三也是一愣，没想到文雅的孙四爷爆了粗口。

姚三没有一丝的慌乱，一本正经地回答道，是呀。

孙龙禄站起来就走，姚三也不拦他，任他出去。等孙龙禄出了落子馆，见姚三也出来了，"小白脸"跟在后边。自始至终，"小白脸"一言未发。

来到外面，姚三哈哈乐起来："四爷，我能让您在这儿玩吗？我是让您先看看低等的班子什么样子，那些个丑大姐们，在那亮相招揽客人，咱能找她们吗？今晚我要让您见识一个能唱、能聊、能逗，让您高兴发狂的姑娘。不过四爷，您得拿出真本事来，那可是个冰美人。"说着扬手叫了三辆胶皮车，告诉拉车的"去日升里"，三辆胶皮车排好了队，浩荡而去。

我爷爷告诉我，当初日租界的"日升里"，姑娘都是北边的，可是伺候场面的都是南方来的姑娘，就连打帘子的小伙计也是南方人。为什么这样搭配，我爷爷也不明就里。但是姚三带孙龙禄去见的那个冰美人，我爷爷却是异常清楚。他说那个冰美人，人家都叫她蓝姑娘，他只记得姓蓝，名字记不得了。那是一个漂亮得可以使男人抛家弃业的美人，最早她在北平，被一个王爷包养，每月除了七百元的包养费，还给她置办衣服和化妆品。落魄的王爷是靠着抖家底养她，每到月初的时候，王爷都会乔装打扮，偷偷摸摸地溜到琉璃厂，从袖筒里或是包袱皮里抖出几件早年宫里的珍玩，换了钱直奔外宅，去亲热蓝姑娘。时间一长，落魄的王爷顶不住了，可是冰美人蓝姑娘已经到了没有大把的银子托着，一天都不能活下去的地步了，后来一咬牙，蓝姑娘就进了班子，开始"出条子"，没想到把两个大户人家的阔少同时迷住，互相争抢，最后竟然动了刀枪。蓝姑娘害怕了，怕惹上人命官司，再加上当时北平时局紧张得掉一颗火星子都能瞬间爆炸，于是又偷偷跑到天津卫。哪里想到刚落脚，"七七事变"，随后天津沦陷。来"日升里"玩乐逍遥的人立时减少，即

使这样，蓝姑娘也不出条子，怕惹起事端，干脆坐等。有人慕名来，她也不会与来客做"入幕之宾"，也就是不行鱼水之欢。没想到这样一来，名气反而扬起来。我爷爷讲，凡是这样的姑娘都有过人之处，琴棋书画、皮黄昆曲，几乎样样都行。话又说回来，没有真本事，王爷能包养她吗？

孙龙禄见到蓝姑娘的时候，恍若有一种飘移的感觉，假如说祁姑娘清雅、淡纯，那么蓝姑娘就是若有若无的风骚，隐藏得很深，像她身上香味一样断续散发。男人喜欢那种隐含的风骚，留日青年又遭受挫折的孙龙禄，希望有一种独特的刺激。

姚三对蓝姑娘说："今天这两位爷，都能唱能画，咱们要好好玩一玩。"

蓝姑娘一听，有了兴致，唤娘姨叫来一个拉胡琴的弓背老者，又让娘姨摆好水果茶点。

"小白脸"先唱，看得出他有些玩意儿。也是，傻傻地陪吃陪喝，不能当帮闲，既然帮闲，就要有些本事。就要能哄着人乐。

"小白脸"先唱《卖马》的西皮，上来一口"店主东带过了黄骠马……"便让在座的拍起了巴掌。蓝姑娘眼毒，三个人一进来，就知道谁是掏钱的主儿，就知道该哄着谁乐，她对孙龙禄说："四爷，您唱什么？"

出生在大宅门里的孙龙禄也能唱几口，去日本多年有些口生，可哪禁得住蓝姑娘在他膀子上蹭来蹭去的，再加上姚三在边上架秧子，孙龙禄就问拉胡琴的弓背老者，反二黄？

弓背老者忙站起来，弓着腰说："可以，可以，不知您唱《碰碑》，还是唱《乌盆记》？"

孙龙禄选了《碰碑》。这是一个老生的段子。

"金乌坠玉兔升黄昏时候，叹杨家秉忠心大宋扶保，我父子倒做了马前的英豪……"孙龙禄唱得有板有眼，发闷的嗓音有余叔岩的味道。

蓝姑娘连声叫好，兴致盎然地把旗袍大襟解开，拿起一把泥金扇子扇起来。姚三见扇子上画着一枝彩色牡丹，题着"国色天香"四个字，就对蓝姑娘说："我们四爷扇子画也是叫绝的呀，他学晋唐，写《兰亭序》。"蓝姑娘嚷着要孙四爷画，姚三和"小白脸"忙着帮娘姨上了狼毫笔、砚台和旧墨，蓝姑娘亲手研墨。

孙龙禄被一种燥热鼓舞着，在蓝姑娘迷人的目光和喷香的身体包围中，在姚三和"小白脸"一声声的喝好中，写了一首清平调。

蓝姑娘高兴得就要坐在孙龙禄大腿上了。

姚三趁热打铁，看着蓝姑娘，问："怎么谢孙四爷？"

蓝姑娘就说要摆桌吃夜宵。蓝姑娘摆宴，她不掏钱，是客人出钱。所谓客人，当然就是孙龙禄了。在班子里吃夜宵，比在饭馆里高出许多，要的就是一个浪漫的情调。

蓝姑娘吩咐下去，在等上茶的间隙，"小白脸"又唱了一段《朱砂痣》，蓝姑娘唱了一段《铁弓缘》。

很快饭菜、酒水端上来了，有红烧鱼翅、盐爆鳝鱼，有冬瓜盅、枣泥八宝饭，还有四个凉菜，喝的是绍兴黄酒。饭后又端上香片和咖啡。一直折腾到凌晨才散去。

临走时，姚三对孙龙禄眨了三下眼，孙龙禄放了六十块钱。他俩有密语，只要姚三冲他眨眼睛，意思就是该付钱了。眨眼睛一下，代表二十块钱。

六十块钱值多少呢，当时买洋面可以买十五袋。

在孙龙禄荒唐的日子里，在他被姚三牵引着、被"小白脸"鼓舞着，快乐地进出纸醉金迷的地方时，这一切瞒不住孙老爷。孙龙禄不断到账房支钱，也瞒不过去侯管家。孙老爷把儿子找来，问他天天出去干什么，问他整天跟姚三那样的人泡在一起干什么。

孙龙禄在一句接一句"干什么"的喝问中，始终低头不语。他能说

什么呢，说他吃喝玩乐的事，当然不能说。

孙老爷告诉侯管家，在成婚之前不许四少爷迈出大门一步。

婚礼像一根针，在一天天逼近，已经漫游惯了的孙龙禄感觉银针已经紧挨皮肤了，马上就要扎进去了。未来新郎孙龙禄已经借着看戏之机，被魏四奶奶安排在包厢里相了亲，那是一个脸上平白得没有一点内容的女子，虽说五官好看，肤色白皙，但是因为没有内容，看上去一点都不美丽。祁姑娘、蓝姑娘是那种脸上有内容的女子，因为有内容就愿意与她们待在一起，就愿意为她们花钱，与她们待在一起那是快乐。

孙龙禄又一次陷在苦闷中。

在孙龙禄成婚前七天，他倒在床上沉睡起来，睡得一塌糊涂，旁边那么多人喊叫他，他哼唧说"困死我了，让我睡吧"，随后翻个身，接着睡。就在侯管家拿不准四少爷要什么花招、琢磨是否通报孙老爷时，四少爷却突然从床上爬起来，走出大宅门。奇怪的是，孙家的下人老妈子还有看门人，都没有看见他是怎么走出大宅门的。

孙家人没看见孙龙禄是怎么走出去的，但是大街上许多人都看见了他，在五月的阳光下，他跟跟跄跄地奔跑着，好像还裸着身体……许多人都看见他去了三岔河口。

孙家那只六年不曾出过宅子的冠毛犬也跑出了大宅门，它像疯了一样在大街上奔跑着，一队扛枪的日本兵过马路，它毫不躲闪，迅猛地向前冲，将排列整齐的队伍冲散了。它一声不叫，只是跑。

又气又急的孙老爷一口气没上来，倒在床上，是死是活，外人不知。

孙家乱成一片，大宅院里虚腾着一股灰尘。

我爷爷手扶躺柜，神秘地对我说，孙龙禄孙少爷其实是去了大费家胡同，他是去找了杨天师。唉……他去晚了，不知道杨天师还能不能帮上他……还有一件事也应该说一说，据讲孙龙禄疯癫的原因，是他偶然得知他的导师士秋草勋先生，在天津沦陷前很多年，就把自己多年研究华北地区的水文资料，毫不保留地交给日本军部。

我爷爷语重心长地再次强调："为什么一开始不去找杨天师呢？"

杨天师那用红布包裹着的焦黄色的竹片，再次呈现在我的眼前，那上面的两个字到底是什么？我依旧无法看清。

河口 白卷

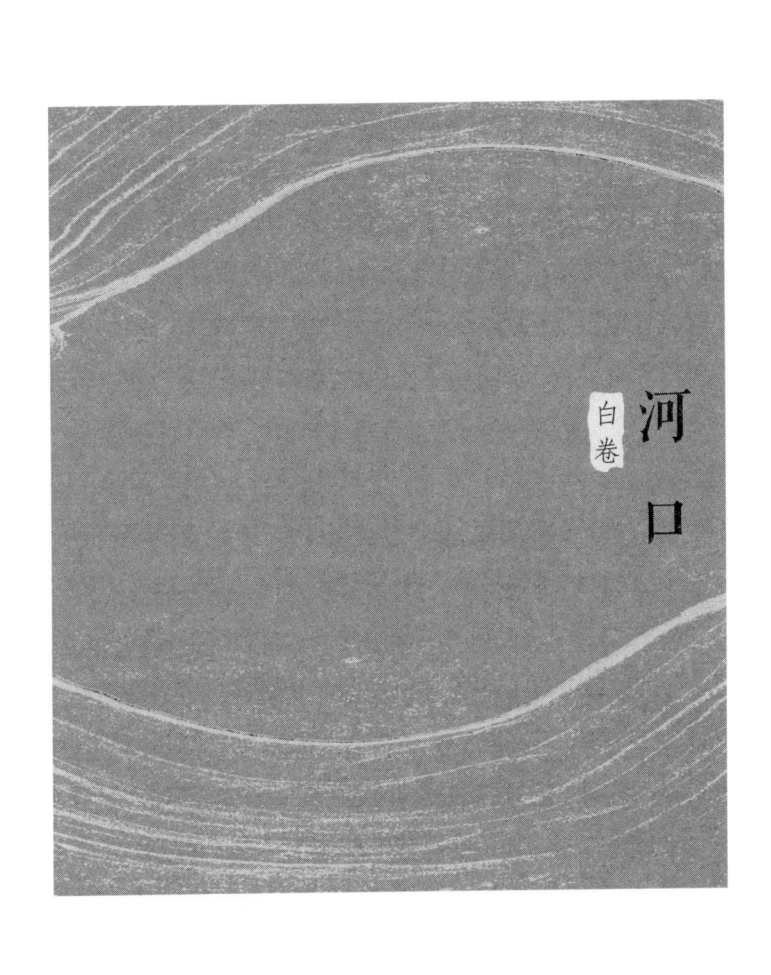

我曾经三次亲近三岔河口。这是因为我爷爷不断提到三岔河口，我在没有见到过三岔河口之前，已经强迫自己在心里描绘它的形象。除此之外，涌现在脑海中的还有在此摆摊算命的红鼻头，以及红鼻头身边被人疑为大洼里铁匠儿子的铁蛋，还有后来越发神秘的杨天师。

　　我始终在想，到卦摊讨要命运的人，应该不像常人，走累了，找个什么地方坐下来休息。一定不是那样的。就像占卜者不会随意选择摆卦的地方一样，卦摊摆位、方向、周边事物，一切都在神机妙算之中。卦摊不应该是普通的地方。

　　无论如何，被摆卦者相中的地方，一定会有奇特之处。

　　我讲一讲我的三次三岔河口的经历。

　　第一次去三岔河口，是在久远的过去。我至今还是疑为在梦里，或者有梦的感觉。当时我像一只大鸟一样在天空飞翔，鸟瞰下的三岔河口，仿佛一个上身伸展双臂、下面没有双腿的女人，没有任何拘束地仰躺着，从三个方向汇成的河水，从女人的胯下奔涌而泻。似乎是女人将河水分开，然后在此汇聚。产生这样的感觉，不知是我自己的想象，还是当初我作为鸟儿的感觉。

　　在后来的日子里，这样短促而又紧密集中的河口，我再也没有见过。

白卷 | 河口

记得刚刚开春不久,桎梏了一个冬季的河水,似是一个懵懂而起的大汉,它不断伸展浑身的筋骨,发出低沉的吼声。当初许多大船在此航行,白日里大船鸣着汽笛,来来往往,高傲地宣布它们的存在。夜晚卸完货的渔船泊在岸边,渔火点点,闪烁不已,绵延数里,繁星一般。有船就有船夫,就有货物,就有南来北往的人,就有历史,就有传说。曾经传说这里的水下潜藏着十二只金猪,金猪们会在朔望之日出来觅食。后来南蛮子"憋宝",金猪们纷纷逃窜,繁华热闹的三岔河口冷寂下来,以后逐渐衰败。还有传说,早年的三岔河口有珍贵的银鱼,后来也消失了。银鱼是对河口一带纸醉金迷、暴殄天物的豪绅巨贾们不满、气愤,从而远走异乡的。这些伤心的传说,令我疲惫不堪。

有许多史料证明,天津卫就是在三岔河口一带逐渐长大的,人们就是从船上来到岸边,开始走向离河岸更远的地方。于是有了鱼铺,有了茶馆,有了房屋,随后便是商号、庙宇和衙门以及堤坝和炮台,还有战争和死亡。当然也有了逃亡和迁徙,繁茂与衰亡,就像河水时涨时落。

我曾在河水两岸寻找杨天师的卦摊儿,这当初的想法,至今令我暗笑。无论杨天师在我爷爷心目中怎样至高无上,但从天空俯瞰下去,神奇的杨天师不会绽放夺目的光彩,依然是芸芸众生。像鸟儿一样飞翔的我,依旧感觉不到杨天师的存在,当然也就无法感知三岔河口与卦摊有何关联乃至它的神奇之处。

第二次光顾三岔河口,应该是在我爷爷讲述杨天师之前。那时我为什么要去走访三岔河口,原因不详。可以明确的是,那时我对河口没有一点概念。我的记忆时常错位,这样的情况我自己根本无法纠正,不知是如何产生的。

我是沿着陆地走向河口的,这样的角度当然是平视,看到的也就是模糊的影像。那应该是个冬季,河面上已经结冰,有许多本来在陆地上的东西,那会儿却在冰面上欢快地奔跑着。没有停泊的船,没有船而又

结冰的河流，看上去有一种孤独的味道。岸边上行人稀少，偶尔过去一辆马车或是汽车，像个贼人一样鬼鬼祟祟。在静寂的街道上，撞上卦摊、巧遇杨天师，应该是一件并不困难的事情。尽管那时候我还不知道杨天师和他卦摊的存在，但也不应该没有看见，那么平晃晃的街面，应该能够看到的。

我从西岸走过一座被称为大红桥的年代久远的铁桥，然后去了东岸，又从东岸走过闻名中外的金刚桥，再重新回到西岸。三岔河口，就在这两座有名的铁桥之间。

需要说明的是，当初我像一头健壮的驴，在河边精力旺盛地走动，没有明确的目的，也没有去找杨天师的卦摊。那是去干什么呢？如此想来，我对第二次光顾三岔河口的真实性，又一次产生了深刻的怀疑。怀疑我是否真的去过。这是一件极其苦恼的事，我总是不能确定我的行为。我试图去找到两个或一个参照坐标，证明曾经的前往，可是一次次地失望，总是不由自主地以那个虚无飘渺的杨天师和他的卦摊作为参照物。

第三次去三岔河口，应该是一件真实的事。那是在我爷爷慷慨悲壮地去世之后。那会儿狗屁的杨天师和他的卦摊早已顺水漂走，我完全是以我自己作为参照物前往的，甚至在去河口之前，我庄重而又严肃地照了照镜子，掐一掐身上的肉，确认了我的真实存在。

那又是怎样的一个河口呀，在炎热的阳光下，有高耸入云的吊车，还有大型推土机，有许多强壮的工人正在拆着两处的堤岸，他们裸露的肌肉上流淌着闪亮的汗水，他们要把堤岸压低，改建成亲水的状态。他们挥舞着"突突"作响的工具，每走一处便是狼藉一片。放目远望，许多房屋都拆掉了，有人告诉我，将来这里会变成清水环绕的水城，漂浮着乌篷小船，河口中间还会建一座小岛，小岛上将会歌舞升平，那将是一派江南水乡风光。

六百年了，该变了。一个白发老者在我旁边自言自语。

这个与我爷爷长相毫不搭界的老头，却让我一下子想到了死去多年的爷爷。我爷爷死时，端坐在床上，像个得道的圆寂高僧。我爷爷光顾过三岔河口吗？在他的印象中，河口又是什么样子？

在施工的岸边上行走，许多活生生的生命存在，由此证实我来过。后来我就想，其实我只来过一次河口。以前无数次的来过，只是在我爷爷的讲述中。

还有未来吗？我不断地问自己。

游走三岔河口的经历，曾让我长久徘徊在历史与现实的交叉点上。我爷爷的讲述，仿佛三岔河口倒流的河水一样，分成了三个方向。我像一个天真的孩子，追随一个方向，再追随一个方向，又追随一个方向。这样的追随不能不说，是与我爷爷混乱的讲述有关。也正是在这样的追随中，我逐渐清晰1937年至1939年的人和事。我还想到了杨天师选择三岔河口占卜的真正意义。

河边，常常是失意者光顾的地方。旧时的贸易经常出现在桥头，绝不是生活上的巧合。有许多失意者沿着河边无目的游荡，望着流淌的河水，决断如何选择人生之路。为什么要到河边来？这会不会与人在胎儿时期孕育在羊水里有关？水，能带给人一种慰藉。

三岔河口弥漫着一种神秘气息，像是巨大的空穴，有着强大的吸附力。

河边又是最具危险的地方。奔走的河水会吸走人的魂灵，生存与死亡，在河边永远有看得见、看不见的较量。杨天师的卦摊矗立在河口旁。假如生存与死亡是两个秤盘，他的卦摊就是一个支柱，也有可能是一个砝码。只要有人来到河边思考生与死时，无疑就会走向杨天师的卦摊。我忽然明白，河口还有着另一层意思。

一个有着灿烂阳光的早晨，我会不会再一次走向河口呢？

幸运
绿卷

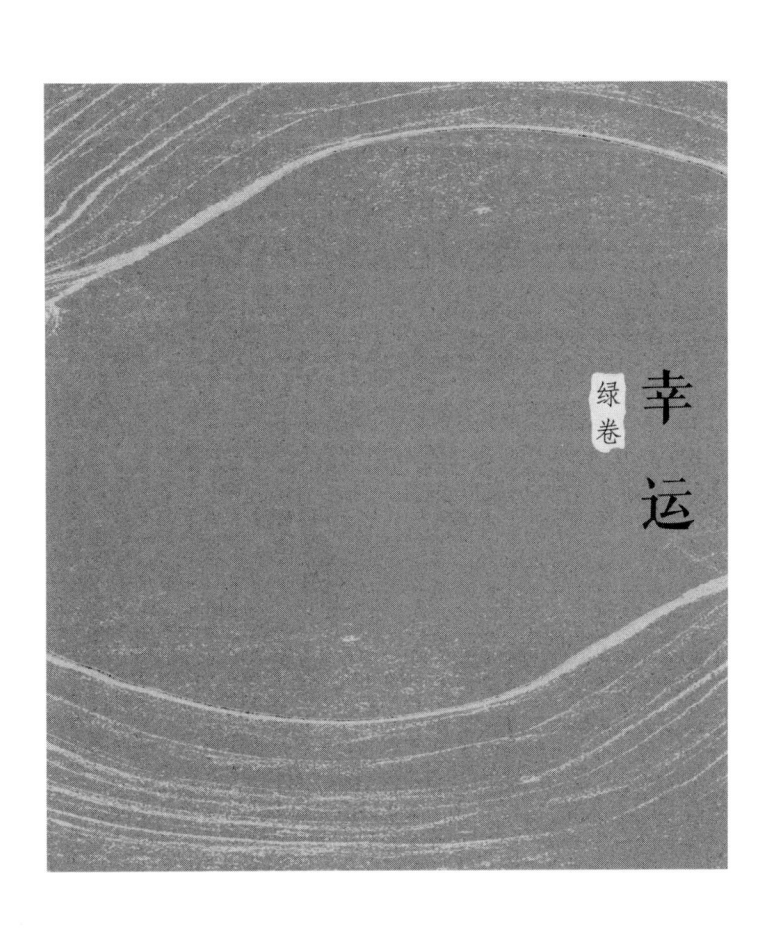

我爷爷不再喝茶了。他说放多少茶叶也感觉不出味道。他向前探了一下身子，小声地对我说："有酒吗？"他进一步要求说，"我要喝一点酒。"

　　在我爷爷死后的很长时间里，我一直责备自己不该给他喝酒。他年岁太大了还有着外强中干的身体，怎么能让他喝酒呢？可是我为了让他兴奋、让他激昂、让他不断地讲述，终于给了他烈性酒。酒真是一个使人兴奋的家伙，喝完酒，我爷爷彻底变成一架讲述机器，他更加滔滔不绝，几乎没有停歇下来的时候，我咒骂自己残忍，是我渴望听讲害死了讲述的爷爷。假如非要给我爷爷制定一份责任，那么他的讲述、他的故事，还有故事中的人，则是完全充当了谋害他的凶手。这是当初我和爷爷都不曾想到的。

　　我问爷爷："您为什么不讲讲自己的故事？"

　　我爷爷怔了一下，手扶躺柜，反问道："我有什么好讲的呢？我没有故事。"

　　我说，譬如1937年到1939年，您在哪里？您做过哪些难以忘记的事？

　　我之所以框定这段时期，因为这段时期是我爷爷故事中的人物最为活跃的时期。我真的想知道，在这个时期里我爷爷在干什么。不容置疑的是，这段时期他肯定就在天津卫。

我爷爷把杯子推到我面前，让我给他倒点酒。随后很失望地说："你怀疑我不是你爷爷？"

我被他问得不知所措。

我能感觉出来，爷爷是在被动状态下讲他自己的，是在我追问、逼迫之下讲述的。可是他没有讲发生在1937年到1939年的事。至于为什么，我无法做出判断，只能在他的讲述中捕捉蛛丝马迹。

爷爷在讲他自己经历的时候，显示出一种幸灾乐祸的神态，一点都没有庄重感，他吊儿郎当地说我的故事只有两个字——幸运。

他说他曾经口袋里只有两毛钱的日子，据他预测（在以后的故事中他会不断地提到"预测"这两个颇具文化的字）在未来半个月时间里，不会再有一分钱的进项。只有两毛钱，该去哪里？我爷爷选择了去澡堂子。他说在走投无路的时候，必须要冷静下来，洗澡就是一种最好的冷静方式。

饥肠辘辘的我的爷爷，昂着脑袋、挺着干瘪的肚子，快速走进了澡堂子，伙计撩起门帘儿，高声吆喝着，把他请进去。湿热的空气立刻包围了一贫如洗的他。他把衣服脱在了柳条筐里，穿上木质趿拉板，肩膀上搭上一条毛巾，晃晃悠悠地进了热水池。

他不知道自己在热水池子泡了多长时间，似乎有泡了一辈子的感觉。后来他感觉飘飘欲仙，这才离开热水池，穿上趿拉板，向大厅走去。一个小伙计把盛放衣服的柳条筐，高高举过头顶，一路小跑，放在一张铺着白床单的床铺前。他顺着伙计的手势走过去。

他坐在床铺上，有些朦胧的双眼忽然慢慢睁大了，原来地上有一枚闪闪发光的金戒指。再仔细地看，没错，是戒指，金的。

我爷爷操着怪里怪气的腔调说:"我看到了金戒指,没有去捡。走道两边都是床位,每个床铺上都有洗完澡的人,有躺着抽烟的,有坐着喝茶,还有半躺半坐聊天的。"爷爷非常机智地说,"我要是直接走过去,弯腰捡拾起来,周围的人肯定会看到。说不定金戒指就是周边某个浴客丢失的。我得有个伪装的办法走过去,趁人不注意,再快速捡起来。"

我爷爷说他想了许多办法。比如去要热毛巾,比如要一壶茶,要一碟青萝卜,可这都不是办法,因为要这些东西,躺在床上喊一声,伙计就给你送过来了,用不着你去亲自办。关键的是,他已经没有一分钱了。

在我爷爷绞尽脑汁想着各种办法又否定各种办法的时候,那枚亮晶晶的金戒指依旧得意扬扬地躺在地上,伙计们、浴客们就那么若无其事地从它身上迈过去,竟然没有一个人看见它、踩上它。我爷爷认定这枚金戒指就是他的,在等着他去拿。于是他从床铺上慢吞吞地下来,没有围毛巾,裸着身子,从容地走过去,大大方方地起来,又大模大样回到床铺边,安安稳稳地躺下去。

在捡金戒指的过程中,周围散布着几十双眼睛,却没有一个人看见。我爷爷眯缝着眼睛,呷一口小酒,津津有味地品味自己的故事。他谆谆教导我:"无论干什么事,不用想办法,你就直接去做,这就是办法。"又补充说,"这是我预测出来的呀!"(我爷爷又说到了"预测")

爷爷在澡堂子里安安稳稳地睡了一觉,幸福地穿衣回家。

第二天他去了当铺,把金戒指当了。

我问爷爷为什么不卖。

爷爷狡猾地说:"我上哪里卖?一个穷光蛋哪儿来的金戒指?那金戒指得有三十克呀!去当铺没事,钱少点,不会出事。"

我爷爷依靠那个金戒指,有滋有味地过了两个多月的幸福生活。

我问爷爷,这是哪年月的事。

爷爷脱口而出,1937年前的事了。

绿卷 | 幸运

爷爷始终没有给我讲过他在天津卫依靠什么谋生。天津卫是个大码头，没有本事站不住脚，脚下一个土坷垃都会让你站立不稳。我爷爷有什么谋生的本领？我曾几十次问过他，他始终闪烁其词，避实就虚。没有办法，我只好继续听他的幸运故事。我越来越发现，爷爷根本不像我想象的那样简单，他的讲述不再像当初那样颠三倒四而是越来越清晰。他在讲述中逐渐清醒起来，逐渐抛弃过去，变得精明强干。

我爷爷说，他曾遇见过一个热烈纠缠他的女人。

他提起这个话头，我立刻兴高采烈。我一直想知道他和我奶奶之间的故事，当初苦于找不到合适的话题，如今他引火烧身，自己主动讲起来。我仔仔细细倾听，发现他讲得没有时间、没有地点，只有人物。

"——那个姑娘大概十八九岁，每次看见我都停住脚步，不错眼珠地盯着我，那会儿我已经快二十岁了，身子里有了怪怪的感觉，尤其是被姑娘看着时，那种感觉特别强烈明显。姑娘盯着我，我也盯着她。姑娘穿着红袄，红绣花鞋，大眼睛，双眼皮，嘴角向上翘着，不乐自乐，不笑自笑。我和红袄姑娘总能碰见，有时在胡同里，有时在水铺里，有时在买好吃的冻柿子的晚上，有时在早上'磕灰'时，还有夜晚在我的屋里。我预测（呀！我爷爷再次用了预测）和她会有故事。那天晚上我睡觉，做梦了，梦见我在芦苇荡里奔跑，不远处起了大火，火光冲天，芦苇被烧得人一样疼痛得喊叫，还刮起了大风，火光冲天，像一个个妖艳的恶妇在挑逗着吓呆的人群。我在人群中奔跑，芦苇扫着我的脸，刚开始痒痒的，后来感觉疼痛。我睁开眼睛时，见到那个红袄姑娘坐在我的床头，她把长辫子松散开，正用头发抽我的脸。我以为遇到了鬼，'嗷'地喊一声坐起来，她没有叫，也没有跑，端庄地坐在那里，她的两个大眼睛，像是两个玻璃球，闪着亮光。从那以后，她有好几次夜里跑到我屋里，每次我都是在芦苇荡里懵懵懂懂地醒来，发现她正用长发抽我的脸。我不管怎么插上门闩,她都能悄无声息地打开,然后坐在床边,笑着用发梢抽我。后来有一次,我从芦苇荡里醒来时,发现她钻进了我的被窝儿。"

我立刻做出判断,这个红袄姑娘就是我奶奶。

我爷爷苦笑着,手扶躺柜,颤巍巍地说:"不是呀,红袄姑娘是个没人管的疯子!是个花痴。后来死了,她被人配了阴婚。"

后来的情况令我毛骨悚然:在红袄姑娘——花痴——女疯子睡了我爷爷的被窝儿之后,她就再也没有光顾过我爷爷的小屋,我爷爷芦苇荡里的梦境也从此消失。他再也没有做过芦苇荡的梦。

不久胡同里一个水性极好的年轻小伙子在三岔河口游泳,刚下河就被淹没了。不到一个时辰,红袄姑娘,不,是那个女疯子就在家里上吊死了。

溺死的小伙子没成婚,家里为他举办阴婚。一下子就想到了上吊的女疯子。我算了一下……不是我,是有人测算了,两个人的生辰八字完全合适,很快就配了阴婚。吹笛打鼓地下葬。操办这场阴间婚礼的知事人,事后对我爷爷说新婚媳妇肚子里有内容呀,说不定还是个大小子呢!

我问爷爷:"'知事人'是什么人?"

爷爷说:"丧事操办人。"

我又问:"为什么这个知事人要跟您说这件事?"

爷爷喝了一口酒,用手拍了一下脑袋,答非所问地说:"我真是幸运呢!"

我问爷爷,这件事发生在哪一年。

爷爷想了想,大概1935年吧。

讲完这段故事,之后好多天我爷爷都是神色黯然,他似乎在想着上吊的疯女子,疯女肚子里的"内容",与我爷爷相联;疯女的离去,不仅带走了我爷爷的记忆,也带走了她身体里的东西。

绿卷 | 幸运

我爷爷心里明白,在那个有着异味的晚上,那湿乎乎的东西让他与疯女之间有了生命的关联。不能不说,疯女带着我爷爷的"东西",到阴间和另一个男人结婚,这是一件多么令人惊惧的事。

我爷爷的生活经历充满各种各样的破绽,他津津乐道的 1937 年至 1939 年的故事,里面始终没有他自己的影子。这期间他像是丧失了关于他自己的记忆,他似乎在拿着望远镜,从远处瞭望 1937 年至 1939 年期间的人和事。他讲给我的不过是回忆别人。我爷爷是他人生活的记录器。

1937 年到 1939 年,我爷爷到底在哪里?他做过什么?至今依旧是个谜。

我爷爷酒量在不断增大,我没有阻拦他,任他放纵。

后来爷爷再一次提到了他的幸运。譬如 1940 年那场险些将他置于死地的大火。这次讲述有时间、有人物,但没有地点。

我爷爷说他预感(和预测极为接近,这又让我浮想联翩)将要发生灾难。

那是一个极为寒冷的冬季,他莫名其妙地很早就钻进了被窝,很快就入睡了,明知就要发生灾难却不能避免,还知道自己就是灾难的中心,这件事令人非常紧张。好像胸口里的一股气,始终呼不出去。

那场灾难是一场大火,发生在后半夜,那会儿人都像死狗一样睡着,像把生命都丢失了一样。天空阴暗,连星星都又冷又乏地不再活跃,蔫蔫地闭着眼睛。

这场大火突然燃烧起来,之前毫无征兆。我爷爷在跑出屋子的时候才非常孤独地发现,他是第一个挣脱梦境的人。燃烧的大火,鞭炮一样叫醒了其他人,也叫来了鸣锣打鼓的人,随着混乱的锣鼓声,在东门晒米厂内的"公善局"也赶来了,他们是救火的水会,几十口子人推着一辆称作"云龙"的水激,六七个人上下压动水激上的横杠,还有几个人

挥动着挠钩,把我爷爷住的屋子孤立起来,以此镇压火势,让火苗子不乱蹿。

火灭了,只烧了我爷爷住的房子,其他房子没受丝毫损失。这场奇异的大火是怎么着起来的没有人知道。我爷爷说他自己也不知道。他当时只是庆幸自己躲过了火灾,没有变成一截焦炭。

1940年的那场怪火,使他成了一个无家可归的人。

爷爷充满哲理地告诉我,当命运使你离开的时候,是没有任何理由的。有时一场大火,可能就是一个理由。

一场大火驱逐了我爷爷,不知道他后来去了哪里。但肯定的是,他最终没有离开天津卫。否则不会有了我父亲,也不会有我。

爷爷将他自己的经历,极为潦草地讲给我,毫不负责任。

听讲者的被动,在于你无法掌握故事的进程。当然包括内容。讲述者掌握着听讲者。

在我爷爷的人生经历中,为什么被删掉了1937年至1939年?是别人删掉的,还是他自己删掉的,我无从知道。我爷爷把在这个时段里关于他对自己的记忆,放进了一个坛子里,用蜡封上坛口,深深地埋入地下。

我在一个深夜,贼一样偷偷潜入爷爷的房间。我记得那天晚上月光皎洁,月亮充当了我的帮凶,充满臊味的小屋,像一个羞涩的姑娘那般安静、那样明亮。我潜入的目的很明确,偷盗我爷爷的最初身份和真实经历。他谜语一样的身世,制造了他讲述的障碍,我在听讲过程中,不断想象起初的他到底是一个什么样子。无疑,这样的联想,总是干扰我的专注程度。

搜寻爷爷身边的实物,是最为有效的证实过程。我早已瞄准了他身边的那个躺柜。那个他时刻摸着的躺柜。躺柜里装着什么?这问题已经折磨了我许久，是应该打开看一看了。

　　我爷爷在黑夜里的睡态，婴儿一样安然。你甚至听不到他的喘息声，与他白天里张牙舞爪的喧嚣姿态，形成了鲜明的对比。

　　月光下，我忽然心酸起来，饱经风霜的爷爷，像一颗枣悬在秋日的枣树上，他没有女人，失去了儿子和儿媳妇，只有一个旁听的孙子，而且这个年幼的孩子还对他的经历充满了怀疑。我的哥哥姐姐从来没有光顾过爷爷的小屋，他们就像没有爷爷一样，他们忙着挣钱，忙着花天酒地，忙着制造自己的辉煌历史，却遗忘了自己的最初历史。

　　我流泪了。泪水冰凉，像被雨水打湿了。

　　流泪的我残酷地爬上床，屏住气，（真幸运，爷爷竟然忘记给躺柜上锁）用力地打开箱盖。其实根本不必用力，只轻轻一抬，箱盖就自己打开了，似乎有谁在暗中协助。我闭着眼睛用手去里面探摸，什么也没有，只有一团团刺手的空气。我轻轻地将箱盖盖上，像是盖上了一枚硕大的问号。

　　我重新站在屋中，显得无可奈何。我无法证实爷爷曾经说过的话是否真实，他有许多的人生疑问在我身边飘移，我却不知如何抓住。

　　我蹑手蹑脚地走出小屋，似乎感觉到爷爷睁开了眼睛，但我不敢回头。即使他发现我，我也不回头，不做任何解释。我不清楚他将怎样看待我，但我只能把他当成历史。

　　搜索躺柜的失败，让我更加疑惑，爷爷为什么那样专注地守着一个毫无内容的柜子？由此更加说明我爷爷有着不可思议的深厚内容。

谋生

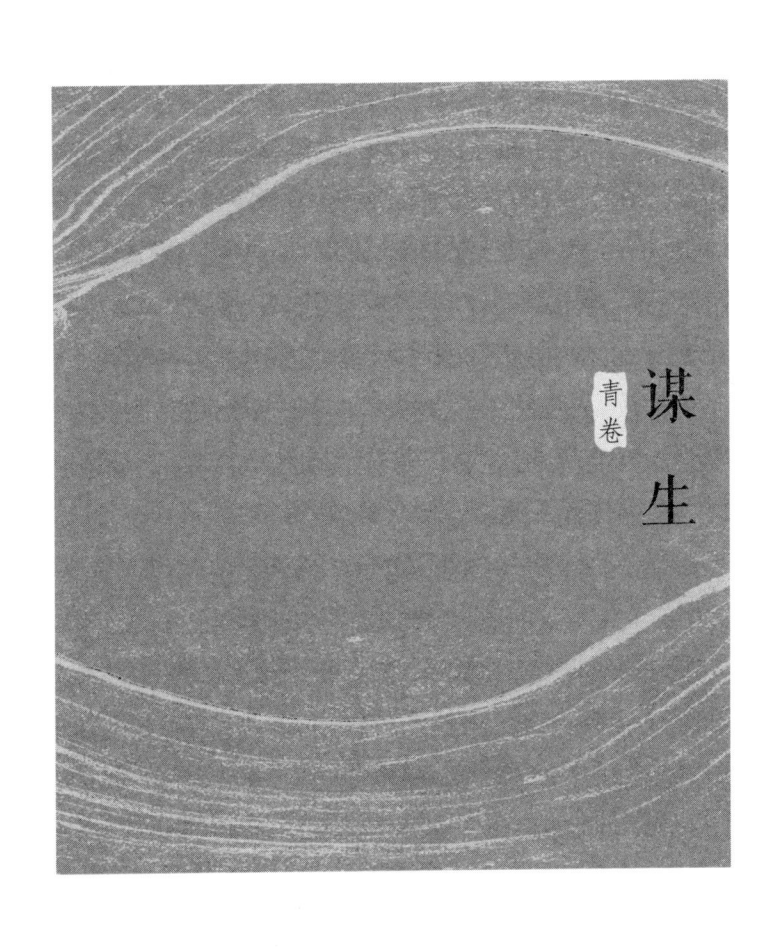

青卷

从饮茶到饮酒，爷爷讲述风格也悄悄发生了变化。他变得汪洋恣肆，一泻千里，故事开始有着评书的味道。讲述使他快乐，使他思维敏锐。同时我也发现，他更加迷恋杨天师，沉醉于对杨天师的幻想之中。

因为讲述风格的变化，他开始有了比较。讲到天津卫老城里和租界地的不同风格时，他是这样比较的——

天津卫分成两大地域，一是天津旧城也叫老城里。明朝永乐二年建城，距今有六百多年的历史。虽说旧屋早就没有了，但是老地名依旧存在。老城里人特别"板正"，凡事必言老祖宗，就像老城里的房子在没有拆迁前，虽然被岁月风蚀得破屋烂墙，但只要仔细端详，黑硬木的雕花窗棂、飞檐陡起的屋檐、用米浆和白灰抹的墙缝，依旧显示出来过去的严谨和大气。在很长一段时间里，甚至截止到今天的21世纪，那些住在高楼大厦的老城里人，当然是上了年岁的老人，说起话来还是六百多年前的味道，上厕所叫"上茅房"，倒脏水叫"倒干筲"，环卫工人叫"磕灰的"。老城里的文化蕴含着牢不可破的固执。

天津卫的另一地域那就是租界地了。在老城里人嘴里称"下边儿"。自八国联军入侵后，天津有九国租界，后来美国私自把租界转给英国管理，后来成为八国租界。租界地里各种各样的建筑都有，现在拍电影拍电视的，也喜欢到天津来找外景。天津租界地里的建筑风格很多，到租界地里混饭吃的人也是风格很多，大概有几十个国家的人，连希腊、比利时、菲律宾的人都来天津蹭饭吃。

当初老城里和租界地老死不相往来，表现在诸多方面都是对立的。当老城里玩"斗十胡"、吃"八大碗"的时候，租界地已经玩赛马吃西餐了；当老城里娶媳妇儿还坐花轿时，租界地已经穿白纱坐汽车去教堂了；当老城里的人还"君子协定"时，租界地已经开始签合同了；当老城里的人还听梅花大鼓时，租界地已经上演歌剧了。

租界地充满着诱惑。

一个叫于生的男孩子，在租界地新生活的诱惑下，在1938年夏天离开老城里东门内的家，跟随舅舅去了租界地。

于生这年才十六岁。

于生的爹得了肺病，不久娘也得了这病，屋里就像安上了两个大风箱，白天黑夜"呼哧"声此起彼伏。后来爹死了，娘也是风烛残年。

于生有个姐姐，早就出门子了，家里指望不上。他还有个妹妹，心灵手巧，在家绣红，卖俩钱给家里补贴一下。可是自打娘得病后，她就整日伺候娘，也没时间做活儿了。

最早于生在老城北门外竹竿巷的同益兴棉纱庄当学徒。他人精灵，手脚麻利，到了新地方能看出眉眼高低，掌柜的非常喜欢他。后来掌柜的姨太太丢了一个碗，这碗是道光年间的，值钱，粉彩三果墩式碗。一个碗，可以换三头牛。姨太太怀疑是于生偷的。掌柜的不信，姨太太把于生叫来，当着掌柜的面，套于生的话，把他往死胡同里领。于生不知是圈套，姨太太问什么，他就麻利答什么。

姨太太手指桌子说："我这桌上经常放什么东西？"

于生说："碗。"

姨太太笑吟吟地问："好看吗？"

于生马上答："好看。"

姨太太说："你还记得碗上图案吗？"

于生以为姨太太要考他记忆，来了精神，摆开架势，说那碗上印着三个桃，三个杨梅，三个石榴。说完了，于生扬扬得意。其实姨太太很少把那个小碗放在桌上，他打扫卫生时见过一次，但他记忆好，立刻说了出来，丝毫不差。可再看姨太太，立刻变了脸色，她一把揪住于生的耳朵，让他招供偷了碗。于生这才明白，大喊冤枉。后来小碗找着了，是姨太太错放在别的地方，她自己忘了，可她也不能裁面子，还是鼓动掌柜的把于生给开走了。

于生回了家，没了事干。两手空着，剩下一张饥饿的嘴。

于生家住的院，一共有四户人家。一家是皮匠，给绱鞋铺子加工活儿，切皮底；另一家两口子是印刷工人；还有一家是兄弟二人，哥哥成家了，弟弟还没成家。弟弟叫二辈儿，在一家叫"珍昌泰"的古玩店打工。"珍昌泰"在老城里东马路上，这一带古玩店都是中等店，主要经营仿古新瓷、炝绿翡翠、岫岩玉件和潍县伪造的铜器，也收一些仿制的假货，专卖租界里的外国人。

二辈儿听了于生被掌柜的赶回家的经过，把他上下打量一番，一拍大腿说，小生子，你就跟我摸古玩吧，凭你的聪明劲，有几年就能人模狗样了。

二辈儿跟于生娘说了，娘见二辈儿身着大褂、头戴礼帽，脚下永远是崭新的礼服呢皮底鞋，天天早出晚归，心里琢磨这行当能赚钱，就千恩万谢地请二辈儿跟柜上举荐。没想到事情非常顺利，"珍昌泰"经理见于生透着股机灵劲，留下来，试着干。

于生每天和二辈儿出去，有时去西广开的早市，有时去北门西的"宝和轩"，还有时去侯家后的"三德轩"。这几处地方都是玩古玩的人常去转悠的地方。每天都有人拿货去，二辈儿看好买回来，然后在店里再卖出去，专吃这"一买一卖的"空当。当然租界地也有玩古玩的地方，二辈儿也去，但不会带于生去，那地方讲"活儿"，不能丝毫大意，弄不好会砸锅的。带着于生，万一让他看见自己"打眼"了，面子实在丢不起，还怎么在街坊四邻说话呀。

当时的古玩业流传着"三年不开张，开张吃三年"的说法，不是每笔"活"都能赚钱，但只要逮住一个大的，就能流油。

于生和二辈儿跑了小半年，没赚什么大钱，除了自个喂饱了肚子，给家里也没拿回多少钱。这样下去可不成，于生不干了，另想辙。这让二辈儿甚为可惜，连呼于生娘眼光看得太短。

二辈儿不知道，原来有一个活儿等着于生了。于生的舅舅在德租界地球厅做事。地球厅想要雇几名捡球员，他舅舅想到了刚刚失业的于生，跟于生娘一说，于生娘就立刻找到二辈儿，把古玩店的差事辞了。捡球员有固定薪水，一个月两块钱。不少了，四块钱能买一袋洋面。

离开家要去洋人的地界，于生又有了恋恋不舍的感觉。他趴在"呼哧呼哧"喘大气的娘的床头，一字一句地说，娘，我一定要挣大钱，等有了钱，给你买好多好多的"槽子糕"吃。又说，娘，还让你天天吃猪头肉。娘听了，说不出话来，从眼神能看出，内心唏嘘不已。

于生孝顺，舍不得病中的娘和瘦弱的妹妹，还朦胧觉得还有点别的什么事情放不下。哦，是小云。

一想到小云，于生像是进了玉清池澡堂子，浑身发热。

小云是二辈儿的侄女，和于生同岁，按阴历算比他小两月。小云是个娟秀的女孩儿，一笑两个酒窝，天生带着甜劲儿。

小云家在这个大院里属于富裕家庭，她爹娘都在日本人开的纱厂做工，把这个宝贝闺女当贴身小棉袄。小云从小喜欢听戏，经常磨她妈爸带她到南市的戏园子听戏，日子久了，自己也能哼唱。自打去年有个叫

赵小芬的唱梅花调的女演员搬到邻院后，小云又对梅花调着了迷，常常站在院外听人家唱。过年时院里人家凑乐子，鼓捣小云唱两句，她用手当板，张口一句词"八月里秋风一刮，人人都嚷凉"，惊得全院人愣住了，那个好听呀。从那天起，于生对小云有了一种特殊的感觉，说不清、道不明。如今他要到洋人那里谋生，临走时想见小云。他故意进进出出的，有时又到胡同里溜达一圈儿，总想着能碰到小云。

娘见他出来进去，问他折腾什么，于生说等舅舅。

大约过了一个时辰，舅舅来了。

舅舅小眼睛，说话不多，总是让人觉得眼睛后面还有一双眼睛。舅舅屁股大，把整个椅子都坐满了，跷着二郎腿，听姐姐——于生娘——不住地嘱咐，吃喝拉撒睡的事全都说到了，还是不放心，看那样子似乎还有什么事没叮嘱。舅舅听得不耐烦，站起来，打断于生娘的话，朝门外走了。于生提着一个小包袱，跟在舅舅身后，看了娘一眼。娘摆手，让他快走，然后转过身子，把脸面对墙壁。

舅舅带着于生坐上胶皮车，拐了一个弯儿，上了热闹的宫南大街。

上午九点钟，街面上挺清静，没有多少人。一般要等到十点多铺子才开门，那会儿一天的热闹才真正拉开大幕。天有些阴，刮过一阵秋风，碎叶子在地上翻滚着，显得有些凄凉。

在"太平洋战争"打响之前，天津卫租界地还是一片乐土，日本人是不能随便进租界地抓人的。租界地也就成为许多有钱华人向往的地方。十六岁的于生去租界地的理想非常简单，就是为了能给娘买"槽子糕"、买猪头肉。

于生跟在舅舅的大屁股后面，迈进地球房，眼睛一亮，像是走进小时候娘给他讲的富丽堂皇的天宫里。满眼的好奇。

舅舅让于生在边上坐好，他去找经理。

于生脖子安了轴承一样，上上下下、左左右右地看着高大宽敞的大厅，纤尘不染，明亮得他有些头晕。窗户又窄又高，挂着白色的透眼纱帘，屋顶是莲花形的吊灯，大白天的也全都拉着，不怕浪费电钱。低头看脚下，两个手指宽的酱黄色的地板条拼接得没有一点缝儿，就那么细细的一个划痕，跟连环画《西厢记》崔莺莺的细眉一样。

在于生坐着的前方，有几条跑道，他仔细数了数，六条。在跑道的前面竖立着几个圆木棒子，上蓝下白。他又数了数，十二个。空旷的大厅只有两个大胡子的外国男人用大圆球，顺着跑道向前滚，去撞击前方的那些圆木棒子。有两个穿白大褂、胸前佩戴着印有红色号码的圆铜牌的年轻中国女人陪着，帮那两个外国人递球、擦球，有时又给他们端水、递毛巾。还有两个与于生一般年纪、白衣白裤的男孩子在前面不停地忙碌着，摆好打乱的圆木棒子，然后再抱着滚过去的大圆球跑过来，就这么跑来跑去，上紧了发条、注满了油，看不出丝毫懈怠、疲惫。

他们这是在干什么呢？于生搞不明白，在他所有的知识储备中，没有见过这样的场景，也就无从联想。

他傻坐在角落里出神，舅舅来了，帮他整理了一下蓝色中式裤褂，又把他偏分头发捋了捋，小声地告诉他现在去见王经理。又嘱咐他，见到王经理要先鞠躬，听王经理说话时要稍微猫着腰，不要把腰板挺得太直，脸上要带着一点点笑，要做出认真听讲的样子，出屋时要往后退两步再扭身走。

舅舅问于生："我说的这些，你都记住了吗？"

于生点点头："记住了。"

舅舅想了想什么，然后领着于生轻手轻脚地上了二楼，穿过铺着红地毯的长廊，又拐了一个弯儿，在一间镶着深紫色门边的屋门前站住了，舅舅敲了一下门，里面有声音，舅舅小心地推开门。

屋子很大，靠左边有一张大桌子，桌子后面坐着一个大胖子，他仰

着脖子，正拿什么东西朝鼻子里塞。于生和舅舅还没站稳，大胖子一声喷嚏，震耳欲聋，吓得于生激灵了一下。舅舅暗地里拽了一下他的胳膊，提醒他镇静。于生静下来时，才看见大胖子把一个小东西慢腾腾地掖进西服的口袋里，于生心想，莫非是鼻烟壶吧。

舅舅把于生向前推了推，大胖子的鼓眼泡在于生身上"摸索"了好半天，才拉长音说，你领他下去吧。舅舅赔着笑脸，连声说了几个"谢谢"，又让于生鞠一躬，这才领着于生退了出来。

于生问舅舅："我能在这儿做工吗？"

舅舅说："经理同意了，从今天开始你就是地球厅的捡球员。"

于生松弛下来，说："听这个人口音是个侉子，他是哪儿人？"

舅舅四下看了看，说："他是咱天津卫边上的人，宜兴埠。"

于生不解地说："一个侉子也能当经理？掌管着这么大一片房子？"

舅舅停住脚步，撇着嘴说："在洋人这地盘呀，今儿是穷光蛋，明儿可能就是大富翁；反过来说，今儿还是人上人，明天就可能一文不值。你看他在咱们面前摆架子，见了大经理，他就不是那副德行了。"

于生发现舅舅说这话时，牙齿咬得咯吱响。

于生问大经理是谁。

舅舅说："是个洋人，哪天你会见到的。"接着，舅舅又对于生说，"好好干吧，日子长着呐。"

舅舅对于生的临场发挥还比较满意，没有怯阵，不像老城里来的孩子，看见这阵势，走路都不会走了。

假如天津卫没有沦陷，假如天津卫没有八国租界地，一个十六岁的老城里的孩子于生会成长为怎样的人？

一个人的成长史，在许多时候不是你自己书写的，是历史书写的。历史有的时候像一个人，改变你命运的一个人。

于生穿上一身白制服，做了捡球员——也就是他进地球厅、看见那些像上足了发条注足了油、抱着大圆球来回跑着的男孩子那样。

　　地球厅的热闹是在晚上，是在鸡香鱼香肉香漫溢之后，那些腆着肚子的外国人和仰头的高级华人才开始陆续来到。这时夜色已浓，灯光也醉了。地球厅里洋溢着缤纷快乐和畅快的笑声。

　　刚开始几天，于生累得丢了魂儿，双腿麻木得不像是自己的，夜里两点多钟上床睡觉累得手刚触着床就睡着了，不过这些劳累于生都能挺住。让他不舒服的是，总是被人另眼相待。经理、领班瞧不起他也就罢了，恰恰相反，瞧不起他的是那些跟他身份一样的捡球员。

　　地球厅一共有六个捡球员，一个人负责一个跑道，一个萝卜一个坑，除了于生是来自老城里之外，其余五个捡球员都是来自租界地的孩子。他们笑于生土，笑话于生走路、说话别扭。

　　第一次对于生的嘲笑，是他来后的第一顿早饭。于生面对一块黑面包、一节深褐色的硬肠，实在有些不知所措，他非常艰难地吃，几乎就是强迫自己往下咽。自言自语地说，这可没有大饼夹果子好吃，窝头泡豆腐脑也好吃。那几个租界地来的孩子在旁边指手画脚，笑他满身泥土，都往下掉渣儿了。

　　于生聪明、机灵，但是不会奉承。看见王经理，别的人从老远就把身子弯下来，他总有些迟疑，显得不大情愿。地球厅里的人们，甚至包括他舅舅，私下里都认为这孩子不会待长久。他舅舅怎么也不明白，于生这孩子为什么不能把第一次见王经理时的乖顺劲儿发扬光大呢？

　　就在谁也没有看好于生前途的时候，地球厅发生了一件事，正是这件事，把于生托举到了一个令人瞩目的高度。在说这件事之前，必须要把地球厅大经理说一下。

　　这个在八国租界地里最大地球厅的经营者是英国人。他叫霍查德。人长得高高大大，一抹小胡子又浓又黑，胡子两头向上飞翘，额头又宽

又厚，腰板又直又挺，有点威廉大帝的派头。他穿着黑西服、白衬衣，脖颈上扎着蝴蝶结。

霍查德的派头看上去像个贵族，实际上在来天津之前是个一文没有的穷光蛋，他曾在伦敦街头睡过，靠着下水道冒出来的热气度过伦敦阴冷的夜晚。"一次大战"爆发时他应征入伍，后来从军中潜逃，走了欧洲几个国家，去过东方印度，后来落脚在古老中国的天津。

霍查德长得彪悍，却又女人般心细，刚到天津时他干珠宝翠钻的"跑外"。这是一个非常容易接触上层社会的职业。霍查德整日在租界地公馆、别墅进出，把那些军阀、政客、买办、富绅手里的宝物时而捣弄出去，时而又捣弄进来，时间长了自然也就非常熟稔了。那时租界地里的上层人物都有自己的社交圈，霍查德经常在各个圈子里"跳来跳去"，他的那副洋面孔也帮了他不少忙，后来他又结交一些下野军阀，搞起军火生意，很快便发了财。置了房子，还置了地。

人一有了钱，就要追求地位，就要有声誉。这个当年的逃兵也不例外。霍查德觉得"跑外"的身份太低了，他决定自己要搞个金融机构。

开洋行，单凭霍查德的那点钱肯定不行，脑瓜聪明的霍查德用了大价钱租了花旗银行楼上一间屋子作为他洋行的办公房，然后又租了花旗银行保险库一个库号，作为他存放钱款的保险柜，这样给人印象就是霍查德的洋行是以花旗银行为依托的。他在众人眼里也就有了一定实力和可信度。

没用几年，霍查德壮大起来，从最早小本经营的商号，发展成一个庞杂企业群，有人寿保险业务、房地产，还有金矿，另外还有不少娱乐设施，地球厅是众多娱乐设施中的一个。另外他也没忘老本，还开了一家珠宝翠钻商行。

这时的霍查德已是天津租界地里有头有脸的大人物了。他早已娶妻生女，妻子是中国人。他妻子的父亲是上海滩一个洋买办，有一次来天津做生意时带来女儿，在一个社交场合，洋买办漂亮的女儿吸引住了霍查德，二人热烈交往起来，后来结了婚，转年生了一个女儿。女儿如今十四岁了。

于生命运的转折点，是从霍查德的女儿开始的。

转眼到了盛夏，于生在地球厅已经两个月了。这两个月于生大开眼界。来到地球厅的人，甭管是中国人还是外国人，都有钱有地位，这些人举手投足都是老城里见不到的。小孩子容易受环境影响，那个拘谨、害羞、胆小的"老城厢于生"已经消失了，大方得体、彬彬有礼的"租界地于生"诞生了。这两个月来他也明显长高了一大截儿，像个大人的样子了。

这天晚上，于生照旧抖擞精神、来回奔跑。似乎不是捡球，是在完成一件艺术作品。

大经理霍查德来地球厅视察。

霍查德好长时间没来地球厅了。在他众多企业中，地球厅的生意实在算不得什么，他常常遗忘这里还有自己的产业。过去他即使来地球厅也是自己来，就像路途上的驿站，歇个脚，这次却把女儿带来。过去巡视他的企业时，女儿嚷着跟他走，他从没有答应过，这次女儿一说，他就爽快地应了。他最近心情太好了。他新开办一项小型人寿保险业务，格外红火，第一个月就收进保险费七千元。除了这个业务，他还在英租界的中街买下一块地皮，请了一位法国著名建筑设计师为他设计一座大楼，他要在中街盖一座楼层最高、外观最豪华的大厦。眼下已经奠基完毕，超乎寻常的顺利。两年以后，这座大厦就会矗立在中街。

心情格外愉悦的霍查德带着女儿，坐上他一尘不染的奥斯汀牌小轿车来到了地球厅。

大胖子王经理不知道大老板今天来，听于生舅舅飞报后，愣在安乐

椅上，一时说不出话来。

"怎么也不打招呼呀……发生……什么事了？"王经理结巴着问。

"不知道。"于生舅舅一头大汗。

"现在……在哪儿了？"王经理忙着穿西装。

"刚下车，在大门口了。"于生舅舅指着外面。

王经理急急地朝外走，于生舅舅跟在后面给他抻拽衣服。两人前后下了楼。

王经理来到楼下，霍查德和他女儿已经在大厅里了，霍查德挺着腰板，看着各条球道上都有人玩，脸上露出满意的笑容。

梅纳，好吗？霍查德用手摸着女儿的头。他的汉语相当流利。

十四岁的梅纳个子高大白细，像十七八岁的姑娘。无论是身材还是神韵都已经有了女人的味道。她像大部分混血儿一样，取了父母的优点，漂亮得令人心乱。

梅纳在父亲脸颊上亲了一下，灰蓝色的眼睛洋溢着喜悦，她的嗓音像银铃一样清脆。

"亲爱的父亲，您真是一个了不起的人，为什么不早带我来玩？"梅纳半是嗔怒、半是撒娇。

霍查德笑起来，说："你还小，这里不是你来的地方。你要好好读书才对。"

霍查德非常疼爱他的女儿梅纳。本来他想把女儿送到当时条件最好的中西女中上学，又因学校在租界外面，他不放心，怕出事。他还想把女儿送回英国读书，又舍不得，最后把她送到法租界的海大道上新学书院上学。这个新学书院前身是专门培养传教士的部门，后来英租界工部局为了培养更多符合英国利益的人才，把它改成了学校。梅纳在那里上学已经两年了。

霍查德和女儿兴致颇高，王胖子王经理和于生舅舅一头大汗跑到眼前，先是九十度一躬。

"霍大人，"一开始王经理喊霍查德"霍大人"，霍查德不爱听，让他喊先生，不过今天一着急，王经理又喊"大人"了。于是忙又改口。

"霍先生，不知道您来，没有迎接您，小人罪该万死。"王经理满脸堆笑。

霍查德笑了笑，接着向女儿介绍地球厅。看得出他今天格外高兴。王经理这才舒口气，他看了一眼梅纳，大概猜出了她的身份。又讨好地跟霍查德说："这是您的……千金？"

霍查德点点头。

王胖子忙说："霍先生，您和小姐上楼坐。"

"我在这儿看看。"霍查德说完，便再也不看王胖子了。

梅纳显然不喜欢眼前这个低眉顺眼的王经理，没好气地冲他说了一通英语，意思是"快离开这儿，这里不需要你"。

王胖子从梅纳语气和神态上也看出来自己不受这个姑娘欢迎，也就讪讪地退到一旁，不再言语。于生舅舅始终没多说一句，用一双小眼睛细细观察。他非常清楚自己的身份，多说一句话，可能会被王胖子嫉恨，有故意显摆自己的嫌疑。所以他只是随着王胖子点头，暗中却努力寻找时机，怎样才能让大经理霍查德加深对自己的印象。于生舅舅看不起王胖子，他认为自己要是当经理的话，肯定要比王胖子好上一百倍。

于生舅舅正在心里琢磨自己的小九九，看见梅纳用手指着靠近她身边跑道上奔跑捡球的捡球员对她父亲喊道："您看那个小男孩儿，多可爱呀！"

于生舅舅看得清楚、听得真切。梅纳说的"可爱的小男孩"就是于生。

霍查德顺着女儿手指的方向，把目光锁定在了于生的身上，于生这会儿果然精神抖擞地抱着球，朝气蓬勃地跑着。于生舅舅这时听到霍查

德对王胖子说，找个人替那男孩一下，让他过来。一旁的梅纳紧拽住父亲的胳膊，高兴地欢迎父亲的决定。

来自老城里的"小男孩"于生，就这样站在大老板霍查德和他漂亮女儿的面前。

于生留着小平头，红扑扑的脸上淌满汗，同样都是一身的白制服，于生穿了就是比其他孩子精神。他用手抹了一把脸上的汗，向眼前几个人鞠躬，然后转动着乌黑发亮的眼睛。没有紧张感，也没有羞涩感。

梅纳热烈地望着这个可爱的中国男孩，白皙的脸颊飞满红晕。

十四岁的英国女孩子梅纳，喜欢十六岁的中国男孩于生，接下来将会发生什么事情？这在成人世界里颇费琢磨的一件事，在十几岁的孩子们眼里，却是一件极为普通的事。大概谁也不会想到，梅纳和于生要好的目的，就是为了领他去逛公园，或者说是为了让他陪着她去公园玩。

每个国家的租界地都建有大大小小的花园，各国公园风格不同、情趣迥然。梅纳要领于生出去逛花园没人敢阻拦，连她父亲霍查德先生也只是耸了耸肩，嘱咐仆人一路跟好，绝对不能出意外。

一辆黑色小汽车停下来，梅纳牵着于生的手，两个人双双上了小汽车。小汽车已经拐过路口了，霍查德还站在房前，脸上显露思考的神情，任何人都能看出来，他在想着和女儿完全不一样的事。

两个少年先去英租界维多利亚花园。这个花园在今天看来，不过是一座普通的花草园。但是最初这座为纪念英国维多利亚女皇诞辰，在一片臭水坑上修建起来的花园，却是许多外国人和高级华人流连忘返的地方。

十四岁的梅纳比十六岁的于生个子还要高，言谈举止早已超出她的年龄，她手指着花园东南角上的欧战胜利纪念碑，骄傲地说："我们国家永远打胜仗，这样的纪念碑在世界各地都有，我们为什么要建在你们国家呢？"

于生望着那座像皇冠形状的纪念碑，没有回答。

梅纳像蝴蝶一样沿着长满花草的甬道，跑向园中间仿中式六角亭，她又向于生喊道："你们国家为什么总是挨别人打？"她的声音很大，想必站在不远处的两个中国女仆听得真切。

于生没有追随梅纳浪漫奔跑，他脚步迟疑地走上六角亭。在梅纳对他发出这样的疑问之前，他没有考虑这些，他只是想着挣大钱给娘治好病，让妹妹穿上漂亮的衣服，还隐约觉得应该要为小云做些好事。如今梅纳问他了，他真的开始思索起来。

公园里异常安静，只有几个外国妇人在阳光下撑着小花伞，在不远处放养虎豹的栏杆前欢快地观赏动物。北面是戈登堂，雉堞式檐墙上站着一只乌黑的喜鹊。那肯定是一只中国的喜鹊，大概正同中国孩子于生一样，思考着同一个问题。

梅纳不吝惜语言，面对少语的于生，她继续自己的提问。

"你有父母吗？你有姐姐妹妹吗？你喜欢玩什么游戏？你愿意干捡球员？你不想去英国吗？"

于生不是愚笨的孩子，他其实是一个善于观察事物的孩子，也是颇有心计的孩子，他在说什么话之前，一定要了解对方心里想什么，要明白对方心里的真正想法，只有完全清楚之后他才张嘴说话。在地球厅两个月是于生谋生技能突飞猛进的两个月，他变化很大，开始与他年龄不大相称。感觉他在疯狂地成长。

于生少语，梅纳不认为于生对她不感兴趣，相反更加充满好奇。有着一半东方血统的梅纳，想要彻底了解东方男孩的神秘。

地球厅上午不营业，这样于生就被放暑假的梅纳拉着去逛公园，他们又去了皇后公园和久布利花园，还去了法租界有着和平女神雕像的霞飞广场和俄国租界花园里的圣母饼幪堂。在决定去日租界的大和公园时，于生与梅纳有过认真的对话。

"那里有拿着大枪的日本兵站岗,我是中国人,他们不让我进去。"

"我是英国人,我领你进去,他们会让咱们进去的。"

"我不能让一个姑娘保护我。"

"你胆怯了?那你只能埋怨你的国家无能。你应该让我保护你,因为……我喜欢你。"

"我不要保护,我要帮助。"

"帮助?"

"我想……"

随着梅纳在父亲耳边提起捡球员于生的次数不断增多,大经理霍查德有些不安,他不想让女儿被一个捡球的中国小子迷住,同时也惊讶这个十几岁的中国孩子表明要做地球厅的领班,真是人小鬼大。大经理霍查德提防有"理想"的人,包括有理想的孩子。霍查德本人有着狂妄的野心,他认为野心来自大胆的欲望,没有欲望什么也做不成。正是在欲望的催促中,他从一个一文不值的穷小子,变成腰缠万贯的大富豪。自己有野心,永远就会提防其他有野心的人。霍查德记住了于生这个十六岁的中国小子。

在1938年的天津租界地,活跃着一群既道貌岸然又心狠手辣的人,没有他们做不出的事儿。他们和租界地外穿军装、拿着大枪的日本人,有着不同的观点,但在对待中国人上,却常常有着惊人的相同,中国人在他们眼里,不过是解饱解渴解恨解仇的食物。西方人和日本人不过就是体量不同的大小动物。

体量犹如大鲨鱼的霍查德吞吃小虾米于生,不过就是吸口气的力量,可是充满着贵族气质的霍查德却是费了一番心思,他想出一个计策,让于生死得不让人同情、让他死得肮脏卑鄙,以此保护自己的女儿;同时还能达到告诫女儿的目的，不要和中国人走得过于亲近，一定要远离他们。就像几年以后，他"远离"中国妻子一样。

霍查德先生想好了，为了让这出戏演得真实，也让女儿相信少年于生是个骨子里就藏着坏水的小坏人。

我爷爷对 1937 年至 1939 年的天津卫，有着惊人的记忆力，尽管对他自己以及他自己的事情茫然无知，但是对于别人、别人的事他却烂熟于心。有一天他告诉我，"七七事变"后租界地上的外国公司，生意举步维艰，他以航运为例给我细细讲解。过去英国人在天津航运中具有主导地位，当初的海河工程局就是英国人掌握的，他们牢牢控制着海河的拖驳、引水和海运。海河连通渤海，由于海河的深度和船只的吃水以及大沽坝的阻挡，再加上冬季河道的冰凌，货轮需要在港外驳卸部分货载，便于轮船驶入港内。最初几个英国船员买了两艘英军旧炮艇，办起驳运业务。海河流域上最早的驳船厂挂着的都是英国旗子。到了后来日本驳船厂才开始逐渐在海河领域壮大。到了 1938 年的时候，基本上由日商把持天津航运业务了，中国轮船招商局的船只都被合并到日本人的艀船株式会社，英国人被逐步挤出天津航运势力之外，就连过去主要由英国人担任的引水员，也逐渐变成日本人占多数。

表面上日进斗金的霍查德，其实完全是虚张声势，他的生意全都在维持之中，在中街上已经奠基的大楼都有些担心能否盖起来。他到了最后只剩下一条真正赚钱的道，就是暗中和海光寺日本特务机关的刘麻秆走私军火。

刘麻秆极受日本人信任，日本人对他的话深信不疑，他仰仗着日本人的势力，暗地为自己捞钱财。刘麻秆早年摸过"古玩"，霍查德在做珠宝翠钻的"跑外"时，两人曾经打过交道。后来霍查德经营珠钻的小商号，刘麻秆暗地里还给他进过货。那些货来历不明，很大一部分是刘麻秆敲诈勒索而来。

"九一八事变"后，日本人加紧在华北的间谍活动，刘麻秆又转投了日本人，暗地为日本人递送情报当特务。日本人占领天津后，刘麻秆干脆脱下伪装的外衣，成为光明正大的汉奸。他跟霍查德始终保持联系，霍查德知道刘麻秆的身份后，更是不敢得罪他，甚至有时候还有求于他，当然也是利用他。刘麻秆知道霍查德有过干军火生意的经历，便与他勾成生意。霍查德负责输入、输出，刘麻秆利用自己的身份使货物进出畅通无阻。在日本人的眼皮底下搞军火，刘麻秆和霍查德承担了极大的风险。尤其是刘麻秆，一旦让日本人知道，他肯定是必死无疑。

在20世纪三四十年代的天津卫，租界地多，给各国间谍来往提供了极大方便，一时间各国间谍云集天津码头，互相递送各国情报，倒卖军火，生意极为兴隆。日本人知道这种情况，他们不担心外国人之间倒卖军火，而是担心军火落入中国人手里，尤其是落入抗日分子手里，那可就麻烦大了，那些抗日的中国人拿到枪炮后，想都不用想，肯定要打日本人。日本人深谙其中的利害，对军火生意极为敏感。只要得到情报，绝不放过任何蛛丝马迹。

最近刘麻秆坐卧不安，日本特务机关给他下达任务，抓捕倒卖军火的中国人。只要是中国人参与倒卖军火，不管什么原因，哪怕就是望过一次风、得过一点小钱，立刻抓捕枪毙。刘麻秆为了显示他的能力，也为了给日本人交差，他必须要办好这一起案子。也只有办了这样的案子，抓到人，敲了脑壳，也才能给他走私军火的生意建造一道屏障。刘麻秆太了解日本人，肯定是听到什么风声，否则不会下命令。

两个人共同赚钱的事，不能让一个人为难。这天，刘麻秆在英租界赛马场约见霍查德。选择在人头攒动、喊声鼎沸的赛马场见面、谈事，不易被人发现。

说到英租界赛马场，我爷爷突然中断讲述，有些垂头丧气，爪子一样的枯手摸着身边躺柜，好像在变魔术。在我再三追问下，爷爷才从魔术状态中回返过来，苦笑着说他在赛马场输过钱。我爷爷的话令我备感惊讶，口袋里只有过两毛钱的一个穷光蛋，竟有过在英租界赌赛马的经历，真像是梦语呀。我相信爷爷又开始颠三倒四起来，不过他讲述赛马场和赛马的规矩时，说得头头是道，令人不信不行。假如不是梦语的话，只能惊叹我爷爷惊人的记忆力。

在刘麻秆、霍查德去赛马场的路上，听一听我爷爷关于赌马的知识，算是再一次体味我爷爷"卖关子"的水平。

他告诉我，那时要想赌马，是要参加马会的，只有马会的会员才能享受赌马的荣耀。最初华人不能入会，到了20世纪30年代，由于南方的九江、汉口的英租界先后被收回，天津卫的英国人不再嚣张，开始接纳华人入会。每个会员每月要交会费，赛马场发给会员证章，凭会员证章才能购票，才能入场。马的主人和骑马师依旧规定为英籍人，中国人骑马水平再好，也不能成为骑马师。

我爷爷说他不够入会条件，只能让会员代买，然后坐在家里猴子一样抓耳挠腮，熬过一晚，转天去买报，报纸上登有胜负情况。赢了，拿着马票去兑钱；输了，自己扇自己的嘴巴子。

我爷爷说他一次都没有赢过，伤透了心。他说他能预测人的事，却无法预测马的事。我爷爷在说"预测"两个字的时候，情不自禁挺了挺身板。但很快说起别的事，快速把"能预测人的事"抹过去，说他说着玩的，让我不要当真，他怎么能够预测人的命运呢。虽然爷爷不住地解释，还是让我联想到杨天师。

我爷爷说，赛马不是马能跑得多快，马跑得快还是跑不快，都是由人控制的。看上去跑得快，那好办，快马加鞭。可是跑得慢，不好办，不能故意慢吞吞，也要快马加鞭。这就需要作弊了。作弊不能体现在骑马师身上，那就要想好办法了。参赛马匹都有一定的负重标准。如果骑马师负荷标准不达标，需要在马袋子里加铅饼，以此达到负荷标准。可

有的骑马师过磅后，在备鞍时，暗将铅饼交给马夫，赛后马夫再把铅饼放马袋里，然后再去复磅。作弊就在这个过程。如此一来，想让哪匹马跑得快或是跑得慢，就能娴熟操作了。

我爷爷摇头晃脑地说："当年傻呀。"

这是我第一次听到爷爷说自己傻。他说赌马时总是把眼光盯在马的身上，忘了马的后面还是人。奔跑如飞的马，还不是人操纵的？看上去所有骑马师都在挥动马鞭，其实还有后面的作弊。

我爷爷说："每个人都有犯傻的时候，杨天师也有呀。"

这也是我第一次听到爷爷贬低杨天师。我想起深夜潜入他屋里的事，又一次放松了对我爷爷的考证。

在我爷爷跟我"卖关子"的时候，我猜想刘麻秆、霍查德已经进入由巡捕站岗的赛马场。

刘麻秆穿着一身西装，戴着大号墨镜，把他的瘦脸显得无限悠长。他旁边的座位就是刚到不久的一身白色西装的霍查德。赛马还没有出场，赛场上早已人声鼎沸，人比马更兴奋。

两个人面朝赛场，低声说着话。

刘麻秆讲了要抓一件走私军火的案子。霍查德却讲又有一批捷克枪过来，要刘麻秆安排好船只，要求要在远离海口的地方接手。

刘麻秆说："不抓个案子交差，下面的活儿不好干。"

霍查德说："你不该跟我说那些，那是你的事。"

刘麻秆说这是咱俩的事。霍查德说这批货是今年以来最大的一笔生意，利润可观。难道都进入我的钱包，跟刘先生没关？

已经有十匹赛马出场了，赌客们认真地填写马号，准备去买马票。

霍查德说："我买七号，刘先生，您呢？"

刘麻秆看上了四号，那是一匹阿拉伯纯种马。刘麻秆："霍查德先生，您必须替我想办法，这关系到咱们的长远利益。"

许多事情就是这样，必须要有重复，尤其是利益的事。利益常常在重复中，变得色彩浓重起来。

刚开始，霍查德并没把刘麻秆说的话当回事，穿堂风过去了。当刘麻秆第四次说起的时候，霍查德突然想起了一个主意，这就像他买马号一样，要赢的感觉是突然降临的。

霍查德胸有成竹地低声讲给刘麻秆。刘麻秆听着，脸上绽开笑容，那笑容会使人想到赌徒赢钱后的脸。

赛马开始了。

于生舅舅领于生和王胖子王经理去听评书的那天，是夏季里一个悠然凉爽的天气。刚刚下过一场夜雨，第二天感觉世界被冰镇过。

在这样一个好天气里，于生舅舅带给王经理一个好消息，要请他吃饭，然后去听评书。王胖子板着的大胖脸，像是放进热油锅里的腰花一样幸福地翻卷起来。王胖子对于生舅舅请他吃饭不感兴趣，他说不用吃饭，听书就行。王胖子感兴趣的是听评书。他是评书迷，一沾听评书，让他喊人家爹都行。

王胖子吃过、见过，去哪儿他都敢去，去"三角地"他确实害怕。他一直在租界地转悠，租界地以外的地方，他心里没根，不敢去。可是要想听纯正的评书，就得去"三角地"。租界地里的评书，不纯粹。"三角地"一带的评书，真正听得过瘾。

于生舅舅过去请过王胖子去"三角地"听评书。王胖子恨不得天天去听，可是地球厅的业务太好了，脱不开身。再说他也不敢独自前往"三角地"。

于生舅舅说："王经理特别照顾我外甥，我要感谢您呀。"

王胖子大度地一挥手："都是自己人，不说两家话，哪天去听书？"

于生舅舅说："今天晚上。"

王胖子想了想："行，就今天。"

于生舅舅又说："我外甥于生也是书迷，我把他也带上，也让他长点见识。"

王胖子说："带上吧，我准他假。这小子聪明，我喜欢他。带上。"

那天晚上，于生舅舅带着王胖子和外甥于生，坐上两辆胶皮车，王胖子自己坐一辆，于生和舅舅坐一辆，两辆胶皮车像一股欢快的旋风，愉快地吹向"三角地"。

"三角地"在天津城外，离著名的"三不管"不远。地理位置注定这一带不是安稳之地。混混儿、"杂八地"到处都是，这里的生活气氛、规则真就像三角一样，不顺南、不顺北，找不准任何规律。

我爷爷喝着酒，说到评书的时候，昏黄的双眼闪着亮光，比讲赛马还要兴奋。他仿佛一棵枯树发芽，重新长出新枝。

爷爷告诉我，甭看评书兴起皇城北平，最火爆的地方还是在天津卫。评书的祖师爷叫王鸿兴，出生在北平。从王鸿兴开始，往下依次是"臣"、"亮"和"魁"三代。一代比一代人多。"魁"字辈之后，就是"致"字辈，于生舅舅带王胖子听的评书，是"致"字辈的英致长。英致长早年在北平说书，后来因为一场人命官司躲到天津避灾，后来官司了啦，他也没再回去，在天津卫下了场。他是"三角地"所有评书场中最大的角儿，人们听评书其实就是奔着他来的。听不到英致长的评书，再去选择其他人。

胶皮车停在了书场外，王胖子三人下了车。

一座二层小楼的书场，外面两盏大汽灯悬挂在大门两侧。大门口贴着大红海报，上书"本场特邀名家英致长自七月八日说《明英烈》"。评书分早中晚三场，早场生意不好，都是三四流的演员，再有就是刚上道的雏儿。人们把早场称为"上板凳头"。只有晚场演出才能见到叫牌的演员。可是晚上的"三角地"，也是一天中最乱的时候，什么想不到的事情都会在晚上发生。

王胖子心里踏实,有于生舅舅在旁边护驾,他什么也不怕,况且他外甥也在身边。再说于生舅舅在"三角地"一带熟门熟路,所有书场管事人都跟于生舅舅熟悉,不会有人招惹他们。

王经理在前,于生舅舅侧后,于生像条小鱼一样尾随。三个人上了二楼,找了座位坐下,他们来得早,不一会儿工夫就坐满了人。台上的小桌上摆着说书人的三件宝:醒木、折扇、白毛巾。它们显得格外高傲,不动声色地审视着台下乱糟糟的看客,处惊不乱。

于生第一次来"三角地"听评书,眼睛不够用的,兴奋得像是过年等着吃肉的少年。他觍着一张笑脸,问舅舅评书怎么就这样抓人。舅舅显得有些心不在焉,左右望着,用"嗯啊"来应付着。王胖子兴致很高,主动接话头,普及评书知识。他说评书的规矩可多了,人有多形,书有多种,说书的跟唱戏的一样,也讲究手、眼、法、步,分"袍带书"和"短打书"。

于生问什么叫袍子书和短打书?

王胖子哈哈笑起来,也不去纠正于生的错误,继续说:"袍带书的特点是清亮、肥厚,短打书则是声音尖、快,男人就得听短打书。"

于生舅舅听不进去他们说什么,坐卧不宁,屁股上像长了痔疮,一个劲地嘀咕"怎么还不讲呢"。

于生被王经理的热情搞得热头涨脸,四肢僵硬,出了一身大汗,水淋淋的。

三个人都在忙着说话,忽然剧场里爆出一阵掌声,原来评书大家英致长先生身着长袍上台了。英先生抱拳相谢,随后醒木一拍,开讲《明英烈》。评书门里有"十三宝"之说,所谓"十三宝"就是十三个拿人叫座的书目。《明英烈》是"十三宝"之一。

英先生讲得扣人心弦,王胖子和于生不错眼珠地瞪着前方。于生舅

舅坐不住，小声说他要去撒泡尿，说着起身走出去。王胖子和于生都没有过多注意，依旧伸长脖子细听。英先生的评书抓人，情节紧扣情节，把所有人脖子都提了起来，人们不仅听，还要看他肢体动作。

只有台上一个人说话的书场忽然动乱起来，一群穿黄色军装的日本兵端着大枪冲进来，旁边还有几个头戴礼帽、手持短枪的便衣队。这支队伍方向感非常明确，直接冲到王胖子和于生跟前，一个便衣猫下腰，从王胖子座位底下摸出一个黑布包，"哗啦"一抖，几支短枪掉了出来。便衣队领头的吆喝一句"走私军火"，几个日军士兵把大枪挺在了王胖子、于生眼前。随后不由分说，日军士兵把王胖子和于生就往书场外面推，两个人吓傻了，被推到门口时，王胖子才缓过神儿来，大喊"冤枉、冤枉呀"。

这时于生舅舅从外面撒尿回来，见要抓走王经理和外甥，勇敢地上前理论，嚷嚷着"抓错人啦"，一个便衣冲过来，"啪啪"就是两个耳光，于生舅舅捂着脸，吓得再也不敢吭声。于生"哇"地哭了起来，大喊救命，一个日本兵举起枪，用枪托朝他后背一顶，于生就被踉跄地顶出了门外。王胖子扭过头，想说什么，也挨了枪托。两个人连滚带爬地被押上卡车，卡车"轰隆隆"地开走了。

抓人的过程短促而又突然，直到两个人被抓走了，书场里众人才嘘了一口气。管事的站出来，招呼大家坐好，随后又把英先生重新请上台，说了一番压惊的话，然后继续开讲。

人们很快忘了刚才的惊险，很快又被台上的悬念重新吸引。

我爷爷是个嫉恶如仇的人。

爷爷扶着躺柜说，于生的舅舅被大经理霍查德收买，把王胖子陷害了，也把自己亲外甥害了。他当上了地球厅的经理。

人赃俱获、走私枪支的王胖子、于生，是霍查德、刘麻秆共同设计的妙棋。这步棋一箭双雕，既除掉了在偶然一次事件中得知霍查德秘密走私军火的王胖子，又解决了刘麻秆在日本人面前的难处。在抓获为共产党走私军火的"秘密情报员"王胖子和于生之后，一艘装载两百支捷克长枪的渔船，从子牙河上驶过，经三岔河口，最后到了汉沽，运上岸后被几辆大马车运走了。马车上拉着稻草，稻草下面是枪支。霍查德、刘麻秆在这批长枪走私中挣了多少钱，具体数目旁人不知。

于生舅舅拿着一笔钱送到姐姐家，痛哭流涕地说姐姐命苦，养了一个不争气的儿子。于生娘闻听经过，当场晕死过去。于生舅舅说，只要他在一天，就要管姐姐一辈子。

于生舅舅安慰姐姐后，屁股还没坐热椅子便匆忙走了。他刚上任地球厅经理，不能出现任何差错。他要对得起霍查德先生对他的信任。

于生舅舅刚进地球厅，就听见霍查德先生训斥女儿梅纳，大声喊叫道："你了解那个中国猪吗？这么小的年纪就走私军火，胆大包天呀。我让你不与他接近，对不对？你被他的假象迷住了。"

梅纳继续哭。

霍查德先生继续教训女儿："你还替他辩护，说他好？岂有此理！以后对待中国人你必须要时刻防范他们。"

梅纳突然理直气壮地说："我妈妈也是中国人，我也要防备她吗？"

霍查德没有直接回答女儿问话，而是提高声音说："你要好好学习，你要永远记住，大英帝国才是你真正的家。记住！"

突然听不到梅纳的声音了。

于生舅舅躲在柱子旁侧耳听着，脸渐渐变成灰白色。他这才明白，霍查德要求他把于生也带去听评书的缘由。于生舅舅蹲下身子，双手捂住脸，过电一样全身抖动起来。他终于明白个中缘由，正是于生的前往，才让王胖子完全放松警惕，舅舅怎么会害外甥呢？估计脖子上挨刀的那一刻，王胖子也不会相信于生舅舅参与阴谋之中，大概只能埋怨自己不

走运吧。

舅舅知道于生不会回来了,永远都不会回来了。大经理霍查德所有的许诺都是一场阴谋。他也只能打掉牙往自己肚子里咽了,没有办法解释也不可能解释,包括自己将要离开人世的姐姐。

我问爷爷,于生还有他舅舅,为什么没有人去找杨天师预测一下呢?

我爷爷也认为很奇怪,他放下酒杯,扬着头,突然想起来什么,说好多年以后,好像有一个叫小云的戏子找过杨天师,她提过"于生"这个名字,问杨天师该怎样抚慰一个被冤屈的灵魂。

杨天师是不是又拿出竹片占卜?我问道。

我爷爷不断地摇着头,随后又举起酒杯,说,不管那些了,这么多年过去了……

那天晚上下了一场大雨。电闪雷鸣。似乎要将世间的一切全部冲走。我感到了一种恐惧。再看爷爷,他端着酒杯,竟然睡着了。

酒杯端得平稳,我以为那酒杯本来就是爷爷的另一只手。

赔命

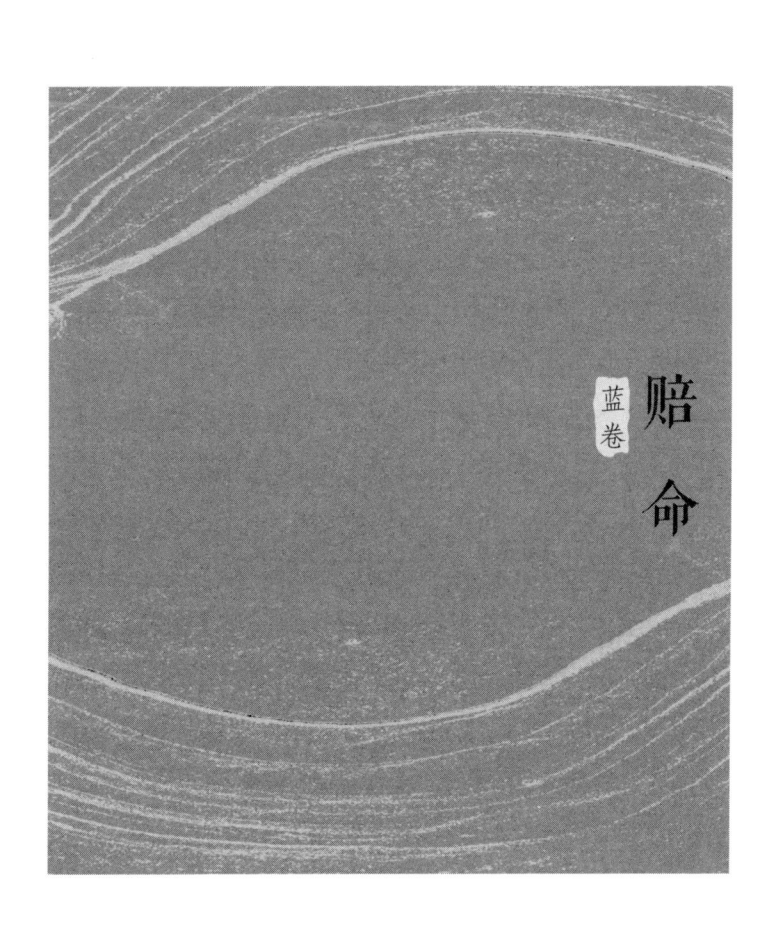

蓝卷

我爷爷已经把酒当水喝了。

没有酒喝的时候，他就打盹，喝了酒，红枣眼也睁开了，变成战国时期的蔺相如，开始口若悬河。他的讲述越来越富有戏剧性，不再平静、不再忧郁，充满谐趣。他的讲述仿佛孩子终将长大变老，他在讲述中悄悄改变着他的习惯、他的风格。

几十年前的事，始终吸引着我。

那天，爷爷又和我聊起天津卫的少爷。

他说，过去外地人知道天津卫有三宗宝：鼓楼、炮台、铃铛阁。但是久居天津卫的人都知道，天津卫除了三宝之外还有一宝——少爷。

"少爷"在天津卫可是响当当的一道"名胜风景"。在久远的年月里，天津城的大报小报，天天都有少爷的新闻。有一大户的少爷曾经放话，说是全城的报业应该给天津少爷们颁发"荣誉奖"。假如全城少爷们联合起来，一天之中集体沉默不语，转天好几家报社就得关门。为什么？没了新闻。这话说得大了点儿，可也是实际存在，谁让天津少爷特别爱做大事、爱讲大话呢。少爷们喜欢说大话，喜欢做露头露脸的大事，一个少爷一个脾气，肯定不会重复。哪家少爷脾气大，他家老子家业也大，少爷早晚也会干出惊天动地的大事。

为什么少爷们能造出大事？关键在于富贵人家把家族发达的希望，寄托在少爷们的身上，希望子承父业、代代相传，家业兴隆不衰。可是当家族重任在肩而少爷又不能承担起来的时候，大事很快就会来临。

鲁少爷大名鲁文天。

鲁少爷出生时，正是鲁家兴旺的时候。他爹中年得子，生下鲁文天之后，医生断言他娘再也不能生养了。鲁文天一落地，伴随他的除了锦衣玉食，还有空前绝后的珍贵。

鲁少爷已经二十四岁了，鲁家上下宠爱他，无论什么事他都是说一不二，从来不考虑后果。一身的猴性。鲁老爷倒是理解，感慨地说："文天是腊月生的，天生动（冻）手动（冻）脚呀。老话就是准呀。"

鲁少爷从小顽皮。一会儿把德国造的自鸣钟捣弄坏了；一会儿吃黄豆喝凉水，挨屋走，屁声隆隆，臭气熏天，老妈子、丫环捂着鼻子乱跑。还有一次用新买来的夜壶沏茶喝，家里来了好几位客人，鲁少爷抱着夜壶冲着客人"吱儿吱儿"地喝，客人哭笑不得。鲁老爷挂不住脸，用"文明棍"扫了他屁股一下。没用劲儿，不疼。可是犹如天地崩裂，鲁文天咧着大嘴，张着一口小黑牙，坐在地上，面对满屋子宾客，大哭大闹。在外人面前总是一脸端庄的鲁老爷，着实下不来台，喝令老妈子快点领走少爷。

鲁少爷从小精米白面供着，却是长了一口黑牙。牙齿小、碎、乱，看着让人恶心作呕。他脑壳向前突起，瘪嘴。长相让人过目不忘。鲁文天的名气随着年龄增长越发远扬。听戏、养鸟、打茶围，吃喝嫖赌样样熟儿。听一声蛐蛐儿叫，就能知道是来自山东宁津的外埠货色。再听一声，还能知道是来自天津卫老地道外的乱葬岗子。

鲁少爷的爹，叫鲁兆庄。

鲁兆庄是天津卫有名的大纱厂——诚洋纱厂的大股东，他股份占了百分之三十。百分之三十是多少钱？算不好。这么说吧，诚洋纱厂有八万纱锭，八万纱锭要是同时旋转起来，一个月赚的钞票，三十个人一起清点，可能一天都点不完。只要诚洋纱厂的机器转动一天，可以让鲁少爷随便花天酒地。

爷爷在讲述中，不断给我普及知识。他说"七七事变"以后，局势大变。日本人抓紧在中国的经济垄断，尤其是对棉纱业的控制。比如天津的棉纱行业。1938年的新年钟声敲过没有两月，已有裕元、恒源两家纱厂倒闭，在华北一带赫赫有名的北洋纱厂开始负债经营。行里人心里都明白，这是日本人在暗中捣鬼，他们通过各种卑劣手段，造成"棉贵纱贱"的市场格局，瞬间导致一大批纱厂陷入困境，日本人再转手进行收购。每天大街上日本人都在鸣着警笛抓人，但在商战上却是形迹诡秘、不露声色。表面上商会都是华人，其实背后都是日本人操纵。只要心中民族感没有泯灭的中国商人，特别是那些不想投靠日本人的棉纱业大户，早就把日本人恨得牙根儿八丈长。可是恨又只能恨在心里，根本无计可施。日本人异常狡猾，在控制全部局面后，善用"以华治华"策略，商战风起云涌，却看不见日本人的影子。商人愤怒、百姓骂街，却找不到日本人的踪迹。棉纱业大户想要应战，都找不到具体靶子，急了的时候动用粗口，骂上一句"我操小日本八辈子祖宗"。

1938年的鲁家风雨飘摇，鲁兆庄度日如年。满天下的人都知道诚洋纱厂快要撑不住了。别看大户人家生意兴隆，一旦生意遇到挫折，很快就会发生逆转，卖房子卖地可能也填不上"窟窿"。如今天天忙着收拾残局的鲁兆庄，顾不上他的宝贝儿子了。

鲁少爷照旧荒唐，可是无论怎么胡缠，在账房要出的钱也是一天比一天少。前几天，鲁少爷去劝业场"大罗天"游玩，进到天纬球社，身穿红背心的领班脸上没有笑模样，开口便说："鲁少爷，上个月的账还没结清，这个月您老不能再记账了。从今天开始，现钱，付钱开局。"

过去谁敢跟鲁少爷这么说话？跟财神爷这样说话，等于把钱往门外推。过去鲁文天去天津卫任何地方，口袋里还带钱?！都是记账，月底到鲁家账房去结。如今落到这份上，真是落架的凤凰不如鸡。

这天，鲁文天鲁少爷跨出东马路鲁家的朱红大门，站在门前望着满天的柳絮，一脸茫然。去哪儿呢？要是过去，鲁少爷就会学着群英后妓院大老鸨小李妈的一句口头禅"这不跟大姑娘的手一样吗"，可是眼下，鲁少爷没有丝毫的情趣。他把眼睫毛上面的柳絮，用巴掌胡噜一下，骂了一句脏话。

"这么大的火气？"身后响起一句公鸭嗓。

"你怎么蹦出来了？"鲁少爷不用回头，知道谁来了。

来人是潘效生潘少爷。

潘少爷的父亲潘子夫是诚洋纱厂的协理，鲁、潘两家财力旗鼓相当。潘子夫、鲁兆庄情绪相投，时常一起纵论时事。两家住得不远，鲁家在东马路的南头，潘家在东马路的北头。

潘少爷比鲁少爷小一岁，虽不像鲁少爷那样整日胡耍，可也不是省油的灯。俗话说得好，鱼找鱼，虾找虾。潘少爷在胡闹方面不逊鲁少爷。别看他长得瘦小枯干，胆子奇大。什么刺激干什么，什么怪僻玩什么。他曾用点心纸包住新鲜的屎，站在房上朝街上警察身上扔；他还偷过天津警察局长李汉元的汽车牌照。

潘少爷做事荒唐，脑瓜却是聪明。他最大爱好是研究电匣子。零七八碎的零件，在他手里摆弄几天，就能发出声响。中外所有电匣子，潘少爷几乎都收集齐全。不要以为潘少爷买电匣子是收藏，不，他是为了"研究"。可惜的是，他"研究"过的电匣子，已经拆得乱七八糟，零件到处都是。兄弟姐妹没人说"不"，潘子夫有话，只要他不出去惹祸，多少电匣子都给买。

潘少爷跟鲁少爷异曲同工，都是爹给宠坏的。

两个少爷在飘着柳絮的早上相见，兴奋异常。

鲁文天问："你不是回宁波老家了吗？"

潘效生嘴一撇，没好气地说："我爹倒是想回老家呢，哪有心思，天天在家唉声叹气，大门不出，二门不迈，跟个小媳妇一样。"

鲁文天"嘿嘿"笑。笑过，问潘少爷，为何几天不来找他玩。

潘效生目光警觉，四下看了看，把嘴凑到鲁文天耳边，压低声音说："这儿人多眼杂，借步，咱俩去个清净地方。"

鲁文天顺手拍了下潘效生脖子，笑问："你小子又要玩什么花活儿？哥们现在一分钱都没有。"

潘效生梗起脖子，小胸脯一挺，严肃道："人命关天的大事。"

潘效生潘少爷祖籍宁波，潘母还有家里下人老妈子都是宁波人。潘少爷是在浓郁的宁波氛围里长大的。可是奇怪，兄弟姐妹中唯有他从小操着一口纯正天津话。潘子夫曾经纳闷，我在天津地界三十多年还是说着家乡话，这小子怎么……潘子夫哪里知道天津卫的厉害，整座城市就是一口深厚的大缸，只要生在天津卫，甭管是人是物，就得染上天津味儿。

鲁文天见潘效生的神情不像开玩笑的样子，也严肃下来，小声地问："真有大事儿？"

潘效生一摆手："老地方说去。"

两个人叫了一辆胶皮车，手拉手上了车。胶皮车直奔小梨园。

小梨园是法租界内的一家剧场，由中国人经营，建在一家商场的楼上。面积不大，正好面对中外驰名的劝业场。这座剧场包容各种流派的曲艺节目，像乐亭大鼓、奉天大鼓、太平歌词、单弦，曲目多、流派广，喜好各种曲目的人都来，小梨园也就热闹非凡。来小梨园听曲的客人，都有些身份，不像"三不管"一带的剧院嘈杂，还有一个特点，干净整洁。在这里看不到青帮头子袁文会在南市开的庆云戏院里面闹哄哄的景象。演员在台上唱曲，下面观众安静，没有大声喧哗的，服务员服务也不收小费。观众遇上不爱听的段子，外面有休息室，可以在休息室喝茶聊天。

鲁少爷、潘少爷走进剧场，白天，又是上午，人不多，显得更加安静。

剧场楼上两边是包厢，楼下摆着十几个小方桌。一个小方桌，配四把椅子。桌子、椅子都是大漆的，黑得锃亮。

两个人找到边上一个角落，坐下来要了一壶茶。台上一个水灵灵的大姑娘在唱梅花大鼓。有板有眼，倒是好听。

鲁文天和潘效生，这两个不安分的少爷，除了调皮捣蛋，还有一个共同雅好——听曲儿。一边听曲儿，一边说话，算是大俗中的大雅。天津卫的戏园子，两人全都去过。听曲是雅士所为，做了雅士，就得上文雅的地方。两人选来选去，最后选定小梨园。

鲁文天喝口茶，迫不及待问潘效生到底有什么事。

潘效生的瓜条脸没有表情，双眼看着戏台上唱大鼓的女演员，公鸭嗓里一字一句挤出一句话："我——想——杀——人。"

鲁文天惊得手一抖，茶碗险些掉在地上。他了解潘效生性格，看着吊儿郎当，却从不开玩笑。尤其是杀人的玩笑，从没有过。

"你疯了。"鲁文天说，"现在虽说不比从前，日子过得不顺心，可也还没到为了饭局抢钱杀人的份儿。对不？"

"马上就要吃不上饭了，难道你还真要等上你家变卖东西吃饭的地步？"潘效生说，"到那会儿，晚了！"

"有这么厉害？"

"快了。我爹讲了，马上就要到了。不瞒你说，我家已经遇到难题了。你家也好不到哪儿去，你爹没跟你讲而已。"

鲁文天不言语了，想起爹从早到晚紧锁的眉头。

"我问你，咱们现在苦日子谁造成的？"潘效生问。

鲁文天说:"还能有谁,小日本呗!"

"对,就是小日本呀。"潘效生叹口气,"咱爷们啥时候到外面玩口袋带过钱?如今人家进门就找咱要现钱。为啥?担心咱们给不起。还用我多说吗?明白了吧?就是今个儿这小梨园的茶钱,还得让咱现钱付,丢死人了!"

鲁文天低了头,小眼睛眨巴着,又想起前几天在"大罗天"的遭遇。

潘效生继续感慨:"想当年,咱哥俩在外头什么样台面,去哪儿不是远接高迎……不提了,知道咱两家走到今天这么惨,咋回事吗?告诉你,就是那个人!把那个挨千刀的捅死了,咱们两家的日子就好过了。"

"你绕了半天的脖子,这人是谁呀?"鲁文天把脑袋伸过去,把一只手放在自己耳边,做成喇叭状对着潘效生的嘴。

"木村德二。杀了木村德二,我们日子就好过了。"潘效生咬牙切齿。

"你疯了!你疯了!"鲁文天举起一根手指头,来回摇。

潘效生不言语。

"杀日本人那是共产党的事,我爹还留着我传宗接代呢,我这颗脑袋宝贝着呢。"鲁文天摸着自己后脑勺,不住地摇头。

潘效生冷笑一声:"是呀,你要是要脑袋,你就过穷日子。没了纱厂,你家老爷子就得垮,家都没了,你就喝西北风去吧,要饭去吧。没钱花,比死还难受!"

鲁文天不说话了,眼睛发直。

两人默默望着台上穿粉色旗袍的女演员。过了好一会儿,鲁文天若有所思地问潘效生:"杀死木村德二……管用?"

"木村德二是谁?天津棉纱协会的会长,咱们的纱厂走到今天,还不是木村德二操纵的?"

鲁文天疑惑地说:"不对呀,听我家老爷子说过,木村会长还不错,有一次……"

潘效生打断鲁文天的话，断言道："日本人有好人吗？他们不在自己岛上待着，到咱这儿来干什么！明摆着抢钱。再说了，咱天津爷们的事儿，要他日本人管？这不是脱裤子放屁吗。小日本阴险狡猾，没一个好东西。"

鲁文天被潘效生说明白了。不知道什么时候他已经站起来了，一只脚踩在旁边椅子上，向前探着身子，自己的脑袋顶着潘效生的脑门，有些抑制不住兴奋了。

"你说，怎么个杀法儿？"鲁文天问。

潘效生让鲁文天坐下来，发狠说："这回少爷要杀人。"

鲁文天说："我从来没听过你的主意，这回听你的。杀了木村德二，咱们能有好日子，那就杀吧。这穷日子也是没法儿过了。"

"好，一言为定。"潘效生拍了鲁文天肩膀。

"怎么下手？拿刀拿枪？白天晚上？杀完了怎么跑？……"鲁文天问完，又马上笑起来，说道，"这木村德二长什么样儿？咱没见过呀，这怎么下手？"

潘效生说，别着急呀，我有办法摸清他常去哪儿。我家老爷子有个聚会的地方，那地方什么消息都能打听出来，甭说一个木村德二的行踪，就是日本天皇拉屎用哪只手擦屁股，在那个地方都能打听出来，不管什么消息，都能搞得一清二楚。

潘效生犯了老毛病，还没做事就开始吹牛皮。

鲁文天连忙拦过话头，止住他吹牛皮："别说了、别说了，我知道那是什么地方了。我家老爷子也经常去。不过那地方只让会员进，咱俩可是进不去呀？"

"进不去没关系，咱两家老爷子进去，就等于咱俩进去了。咱俩套他们话呀，那还不容易。"潘效生轻松地说，"我就不相信套不出！"

潘效生不愿读书，看见书本头就痛。他对他爹曾经说过，我是不愿

做，我愿做的事，脑袋就聪明。眼下准备刺杀木村德二这件事他愿做，所以鬼点子也就特别多。

鲁文天赞扬潘效生有主意，迂回打听肯定能成。

两人高兴，禁不住笑起来。笑声刺耳，引得周边几个客人朝他们这边看过来。两人同时把食指放在嘴边，做了个"嘘"的动作。接着，这两位少爷又开始走板了，叽叽咕咕地"品"起了台上那位唱大鼓的姑娘，还时不时地冲着台上坏笑起来。二位如今吃不上女人"豆腐"，也只能过嘴瘾了。

我无法相信爷爷对天津历史竟然有着如此翔实的了解。他几乎成了"天津词典"，没有他不知道的事。他仿佛是一部有力的拖车，带着我不断地走向历史的纵深。

两个少爷——鲁文天、潘效生在小梨园说他们各自父亲经常去的"那个地方"，不是电台、不是报馆，更不是警察局、侦缉队，而是"董家俱乐部"。

"董家俱乐部"和一般俱乐部不一样，当初组建者是有来头的人，来俱乐部的人也都有来头，都是社会上有头有脸的人。可是后来这个俱乐部逐渐变了味道，说白了，变成一个聊天会、撒气会、牢骚会。最初"董家俱乐部"可不是这样子。

1933年日军进攻热河，热河省主席汤玉麟不战而逃，顿时引起全国激愤。蒋介石借此机会逼迫时任军事委员会北平分会委员长的张学良引咎辞职，逼他出国考察。东北势力版图逐渐缩小，在全国的影响也开始消退。当时在天津租界悠闲无事的东北旧臣王树翰发出号召，在英租界董士恩的家里组织了一个俱乐部，什么目的呢？主要是召集张作霖、张学良的旧部还有一些东北老臣聚会，通过聚会聊天的方式，借此加强联系、互通消息，也有抱团取暖的意思。后来规模越来越大，一些非军界、非东北籍的人也加盟进来，名义上大家一起赏画、品字、打麻将，实则是互相联络。在高谈阔论之中，摸清全国局势，提前做好各种准备。前面说过，来董家的人都是大人物，比如潘复、张作相、吴景濂等人，就连当年寓居上海的章士钊来天津时，也曾到董家一聚。可见这个俱乐部影响力有多大，消息来源也就可以想象。

鲁兆庄和潘子夫来"董家俱乐部"凑热闹，算起来时间并不长，可是每一次回来后，都会伴随一番感慨，有时免不了还会在家里念叨两句。过去鲁少爷和潘少爷听见各自老爷子念叨，没往心里去，这耳朵进去、那耳朵出来，全当了耳旁风。可是自从两人在小梨园有了密谋之后，两少爷算是绞尽脑汁，真是下了大功夫。那些日子，两人患上了木村德二"综合征"，无论何时何地，闭着眼还是睁着眼，只要听到木村德二名字中的任何一个字，眼睛立即睁得溜圆，耳朵也是立时竖得老长。即使鲁兆庄、潘子夫不讲在"董家俱乐部"听到的消息，他俩也会引诱话题，总之费尽心思。还别说，应了那句老话"皇天不负苦心人"，一段时间后，他们俩还真是搞清了木村德二的户外活动规律。

木村德二除了在棉纱协会履行职务，剩下的业余时间，经常去三个地方：国民戏院，仙乐舞场和"中华后"妓院。

摸清木村德二的行动规律，两位少爷兴高采烈。可又很快有了失落感。下一步该怎么刺杀，两人确是犯了难。最后还是潘效生拿主意，你就听我的吧，自有办法。

自从订了暗杀计划，潘效生有些牛气。过去他什么事都得听鲁文天的，因为鲁文天家比他家有钱。谁家有钱、谁家钱多，谁就会说话牛气。少爷之间的衡量标准，就是这么订下的，大家也都服气。

可现在鲁文天则听潘效生的。鲁文天会玩，调皮捣蛋的事，他有主意。真正办大事了，他就没主意了。潘效生遇上大事，反而要比鲁文天镇定。如今，事事潘效生都挺在前头，弄得鲁文天有些不自在。

有一天，为了一件简单的事，鲁文天发火了。他把潘效生指着他嘴巴的手打开，眼一瞪，骂上了："臭德行，说话少跟我指指点点的，你懂个屁，问谁去？他爱去舞场，你就去舞场问去？问不好，问到侦缉队的便衣头上，你呀，你就等着进侦缉队受刑吧。要是再问到日本便衣身上，你就等于送死去了。"

潘效生倒是没有生气，反而乐了起来，说："这事哪能明问，得暗访。暗访，懂吗？使点钱，找小混混们去打听。"

听潘效生这么一说，鲁文天倒是平静下来。不过，使钱给小混混儿，鲁文天还是舍不得。口袋里的钱这么紧，每块钱都是宝贝，给那些小浑蛋，舍不得舍不得。

潘效生解释说，使钱给小混混儿们，让他们去打探消息，也就是那么一说，不可能，那样容易走漏风声，要是让日本人知道了，性命不保。那帮小混混儿办完事，说不定什么时候还会找麻烦要钱，找他们办事后患无穷。

潘效生说他已经有了打探主意。既要刺杀木村德二，还要保住自己的命。拿自己命换那日本人的命，绝不那么干，傻子才那样干呢。

潘效生把自己的想法，一五一十地讲给鲁文天。

这场1938年春季发生在天津卫的天津少爷暗杀日本人的大事，就这样秘密开始了。

20世纪30年代的天津舞场，已经非常西化，租借地上有名的舞场十多处，不仅是简单的跳舞，还有其他花样。像英租界的圣安娜舞厅，除了通宵营业外，还有时髦的化装跳舞和游泳跳舞，游泳跳舞不是在水池里，是穿着泳装跳舞，舞女露着白胳膊、大白腿。20世纪30年代老城里的小脚女人们还是足不出户，这边租借地的女人已经泳装出现在陌生男人面前。

这天晚上，鲁少爷、潘少爷走进英租界的"仙乐舞场"。

两位少爷风格大变，一人一身浅色暗格的英式西服，足蹬锃亮的尖皮鞋，大背头闪着亮光。两人合体的西服是前两年在小白楼"裁缝里"定做的。潘少爷籍贯宁波，"裁缝里"的裁缝们都是宁波人，潘家所有男人的西装都在"裁缝里"定做，他也把鲁少爷介绍到"裁缝里"做西装。

自从"裁缝里"出名后，天津的达官显贵还有租界里的外国人，都在"裁缝里"做西服。那里做出的西服在天津城赫赫有名。比如潘少爷是大溜肩，穿上小白楼"裁缝里"的西装，一点看不出来溜肩膀，身高还被西服衬得高了不少。

鲁少爷、潘少爷进到"仙乐舞场"，立刻明白日本人木村德二为什么经常到这来了，敢情这里的大班——舞场主管人是陈子岳呀！

陈子岳，舞场大班的顶尖人物。他的大照片出现在报纸上，出现在舞场外面的海报上，出现在舞女的梦境里，出现在舞客的嘴边上。陈子岳英俊潇洒、风流倜傥，业务能力超众。

我爷爷给我普及旧时代舞场规则。

当时舞厅里有舞女，她们被称为"货腰女郎"（也就是说让人搂腰的意思）。舞场大班对红舞女逢迎备至，可是红舞女也要靠大班拉主顾捧场，再红的舞女也要给大班好处，至于那些"汤团"舞女——姿色平平、舞技一般——为了在舞场争得一席之地，更是为了维持生计，不得不对大班尽力巴结。舞场大班是舞场里的霸王，是个穿针引线的人物。舞厅生意的好坏，许多时候是看大班的能耐，大班组织来当红舞女，舞厅的生意就会好，相反组织不来当红舞女，生意就会黯淡，即使组织来了当红舞女，还要能够让她们沉下心来，否则还会被别的舞厅"挖"去。真要发生当红舞女被"挖走"的事，估计这个大班离走人也差不多了，舞场老板丢不起人，没有面子。

陈子岳到哪家舞场，哪家舞场就会红火。租借地有名的舞场，陈子

岳都去过，或者说都被"挖过"。他在小总会舞厅待过，后来被永安舞场高价挖走。这两家舞场也都是有名的舞场。鲁少爷、潘少爷在小总会、永安都见过陈子岳。

两位少爷跳舞的技艺平平，实在不敢恭维，却是爱"泡"舞厅。花钱抱穿着泳装的小姐，也是一种特别的乐趣。两人每次来舞厅，找个能观全局的位置坐下，一边喝着茶，一边选人，花五十块钱选个舞女来"坐台"，可以神仙一晚上。两人也有玩"花"的时候，专找坐冷板凳的"汤团舞女"，大把地给钱，让红舞女莫名其妙、不知所以，不知道这两位是哪方神仙。为了探听他们俩的底细，也为了大把的赏钱，后来只要看见他俩来到舞场，红舞女们便向他俩献媚，对"汤团"出手如此大方，肯定有大钱。既然分不清"当红"和"汤团"，一定是有钱的"土包子"，从"土包子"手里拿钱更容易。后来他俩来到舞场，总会闹出一些动静。"当红"和"汤团"发生矛盾，还有一次甚至相互掐巴起来，互相扇了耳光。潘少爷、鲁少爷站在旁边看，决出胜负后，二人才拿出钱打点受伤的舞女。图什么？找乐子。好玩儿。

这次来到"仙乐舞场"，两人一反常态，没找舞场中央那些坐台子的舞女，也没招惹那些缠人的"汤团"，找了一个僻静处坐下，要了一壶茶，做起了"测字先生"。所谓"测字先生"是指身在舞厅却又不跳舞的人。

两位少爷在角落里摆了一会儿"卦摊"，觉得这样摆下去，肯定找不到木村德二的行踪轨迹。不能白来一趟。两人在幽暗灯光下商议对策，一壶茶快要喝完了，鲁文天不高兴了，嘟囔着潘效生出的这是馊主意，谁知道木村德二啥时候来？猜不准呀。总不能找大班陈子岳去打听吧？

鲁文天的揶揄，倒让潘效生灵光乍现。他问鲁文天带了多少钱。鲁文天反问他，你带了多少？

潘效生说他带了八十。鲁文天不知他什么意思，眨巴着小眼也说带了八十，其实他带了一百，今天早上从账房那里偷的。如今两位少爷手里真是紧巴，放在去年，怎么可能是这般光景！

潘效生说，一百多块钱也够了，找大班给叫个当红小姐，过来坐台子。

两位少爷小半年没来舞场了，舞场行情依旧了解。和舞女跳一场，给十元；坐一台，五十元。当红舞女台费还要高。

你疯了？鲁文天朝潘效生瞪眼睛。他觉得潘效生脑子出了问题。

潘效生哄鲁文天，说，得让人家说实话，不多给钱能套出情报？舍不得孩子套不来狼呀！说完，潘效生不再理睬鲁文天，打了个响指，叫来服务生，让他把陈子岳叫来。

服务生立即去请大班陈子岳。没过一会儿，陈子岳走过来，打个哈哈，哟，两位爷，今个儿好兴致，是不是都看不中了？那好，我们刚来一位白小姐，条子（身材）没挑了，要不要叫来看看？

没等客人回话，陈子岳扬下手，服务生弯腰俯耳听陈子岳吩咐。陈子岳用手比画了一个"七"。服务生点点头，立刻转身离去。

很快，一个身穿藕荷色旗袍的女子朝这边走过来，款款的，每走一步，旗袍开衩处，隐隐露出里面黑色花边裤衩。她脚下是一双白色高跟鞋，上衣领口披着一条白色手帕，烫着时髦的"飞机头"。

白小姐走到桌边，先向两人点点头，还没说话，诱惑十足的笑容已经挂在脸上。男人想要不看，犹如骨头缝里有蚂蚁爬行，难受得要死。

两位少爷见过不少美女妖妇，还是被白小姐迷住了。两人同时起身，拉椅子让座。陈子岳见状笑了笑，说了一声"玩好"，及时告退了。

讲到"仙乐舞场"的这位白小姐，我爷爷突然停止讲述，意味深长地看着我，提醒说这个白小姐极有可能是陈雪梅。爷爷在说"陈雪梅"三个字时，脸上有着异样的神情。爷爷似乎不在意我探究的目光，他依旧带着感叹的语气。没有女人故事的男人是索然无味的。因为猜想到了爷爷与陈雪梅之间可能有何关联，尽管我只是猜测，毫无根据，但还是

令眼前长相丑陋的爷爷,有了一些暧昧的气味。这很好,让他的讲述还有对他的认识都能进深一步。当然,我不会详细问陈雪梅与我爷爷是怎样的关系。我早就看透了,爷爷不想说的事,问也是白问。他只想说他想说的话。

没有被打断思路,爷爷继续讲下去。

和女人打交道,是鲁文天、潘效生的拿手本领。白小姐坐定后,鲁文天和潘效生一人拉着白小姐一只手,一边不停地抚摸着,一边把脑袋里动听的词儿对着白小姐讲起来。看得出来,白小姐有些恶心,抽回手,打了个响指,向服务生要酒。

白小姐捏着鲁少爷下巴说,光是坐着聊,多没意思呀,我们喝酒跳舞吧。

鲁少爷心里不痛快,他就想动手动脚,跳舞有啥意思。白花了那么多钱,不摸几把太亏得慌了。干脆搂住白小姐,嘴上甜言蜜语,手上动作更加放肆。

潘效生瞪了鲁文天一眼,没好气地对着白小姐说:"我这兄弟不能喝酒、不会跳舞,你别跟他下功夫,到我这边来。"

白小姐也不搭腔,只是笑。过了一会儿,潘效生见火候差不多了,开始套白小姐话。

潘效生问白小姐,近来舞场外国人多不多,大概日本人不少吧。白小姐脱口说,天天都能看见,哪国人都有。

潘效生说:"我有个日本朋友,他也天天来这儿玩,你是这儿的当红头牌,应该知道吧。"

白小姐嗲声嗲气地说:"您说对了,来这儿的大金主,没有我不认识的,不知您说的这位日本朋友叫什么?"

鲁文天抢话说:"也不是我朋友,是我爹的朋友,棉纱业协会的会长木村德二。"

潘效生没想到鲁文天如此直白，也没办法阻挡，也就干脆直问白小姐，认识木村德二先生吗。

白小姐没有顺着他俩话走，笑了两声，望着桌上空了的酒杯说："二位爷，新来一批正宗的英国香槟，味儿好，你们喝吗？"

两位少爷没想到白小姐不接茬儿，还撺掇他俩要香槟，手够黑呀。一壶茶二十元，开香槟捧场，没有百十块钱，香槟拿不下来。白小姐今天是要磨刀霍霍呀。

鲁少爷说他不爱喝香槟，没有烧酒有劲儿。不就是台子钱吗？不用点什么香槟，现在就给你台子钱。

潘效生把一百五十块钱按在桌上，用一根指头推到白小姐面前。

白小姐平静地收起钱，不紧不慢地说："二位爷有事吧？尽管说，只要我知道，肯定会告诉你们。"

鲁文天燃起一支英国"匣克力"牌香烟，慢吞吞地说："明说吧白小姐，你认识不认识木村德二？他一般什么时间来？来几个人？玩多长时间？"

潘效生心想，不绕圈子也成，直接问。这个白小姐看上去也是爽快人。

白小姐说："我不认识这个人，不过请二位放心，我记着这事，只要打听到了，一定立刻告诉二位……可我怎么告诉您二位呢？"

潘效生说，白小姐，我们还会再来的。

鲁文天还想说什么，潘效生用脚在底下踢他一下。鲁文天莫名其妙看了潘效生一眼。潘效生站起来，拉起鲁文天，说还有别的事，告辞了。随后两人匆匆离开了"仙乐舞场"。

刚出舞场，鲁文天就急不可耐地问他为什么急着走，还什么都没问出来呢。潘效生摇头叹气："不是提前说好了吗，这件事你应该听我的。你问得过于直接。"

"白小姐是木村德二的相好怎么办？"潘效生说，"得转着圈儿打听。如今这世道呀，水太深了，搞不好要淹死人的。"

　　鲁文天做事没有规则，胆子跟他性格一样，时大时小。起初他还提心吊胆，现在又满不在乎了，给了潘效生一拳头："你瞎琢磨啥呀，一个'货腰女'还能有什么道行，谁给钱谁就是她大爷。"

　　潘效生皱着眉毛说："恐怕没这么简单，你没注意，刚才我们出门时，我回头看见白小姐正和陈子岳说着什么。"

　　鲁文天一乐："他们还能说什么？你是瞎嘀咕，这帮'货腰女'都和大班有一腿，说不定两人正商量，晚上是到'惠中'还是'利顺德'开房呢。"

　　潘效生一脸严肃："这事儿没那么简单。"

　　鲁文天满不在乎，说："我都不怕死了，你怎么又胆小了？"

　　潘效生不服输，说："我胆小？我他妈怕过什么？"

　　鲁文天一摆手："那就得了吧，快说说下一步怎么办。"

　　潘效生说："还得容我想想，回去咱再商量。"

　　鲁文天"唉"了一声，今天冤了，白白扔了一百多块钱，屁股都没摸一下，要是把这钱放在"中华后"，那得是什么成色呀。

　　潘效生撇着嘴说："行了，别觉得冤，过几天咱还真得去趟'中华后'，钱我拿。成了吧？"

　　鲁文天横着膀子嚷嚷："我心疼过钱？"

　　两个人一边争执、一边前后上了胶皮车，分头回家了。

　　鲁少爷和潘少爷年岁不大，荒唐事没少干，也没少逛窑子。

　　1937年的天津城，除了令人叫绝、难以忘怀的吃食，还有"三多"：艺人多、混混儿多、妓女多。家里有些钱财的少爷羔子，没有没去过花街柳巷的。妓院分成两大块，"本土"和"洋派"。

本土妓院集中在候家后和南市一带；洋派妓院集中在租界地，英、法租界里的妓院有俄国妓女、荷兰妓女，还有希腊妓女。日租界妓院最多，有华人妓女，也有日本妓女和高丽妓女。

"中华后"是以"中华茶园"为地标，意指茶园后面七八条胡同里的妓院。这些妓院属于日租界管辖，是天津卫的二等班子，虽然不是高级妓院，但很有特色，排场挺大而且"窑规"很严，完全按规矩行事，不会乱来。但又有许多能做的事。其他租界里的妓院，甚至包括南市一带的"六毛随便"的末流窑子，也不能在妓院里面吸食鸦片，倒不是不想赚钱，主要是担心引起混乱，影响治安。可是"中华后"一带妓院可以吸食鸦片，因为管理严格，从来没有出现过混乱状态，所以这一带妓院"生意"兴隆。

那天晚上八点多钟，潘少爷、鲁少爷各乘一辆胶皮车，沿着日租界最繁华热闹的街道——旭街——由北至南，奔着"中华后"来了。两个人没有让车夫快跑，碎步小颠。原来两个人坐上胶皮车了才想起来，"中华后"有几十家窑子，木村德二常去哪家？他们到哪家去找？这么瞎猫碰死耗子地乱撞能不能碰上木村德二？

春天的晚上很有诗意。

夜晚的旭街，车水马龙、人声嘈杂。"中华茶园"招牌金字黑底，在汽灯照射下，显得格外夺目。两个人在茶园前下车后，溜达着向后面走。"中华后"茶园后面更是热闹。

沿街房屋都是戏园子，不断从里面传出叫好声，仿佛快要掀开盖子的蒸锅。两个少爷心情大好，路过一家落子馆时，正好从里面传出《杜十娘》"归舟抛宝"里的一句唱词——"闻听此言大吃一惊"。这句唱腔最有韵味。两人不由得放慢脚步，想进去听会儿。落子馆有特点，随时买票随时听。

潘少爷说，咱俩还有正事。

鲁少爷"嗯"了声。

两人继续往前走。

此时已有几家窑子在大门口支起锅灶，火苗熊熊，一派热火朝天景象。在刀勺叮当作响之中，还夹杂着从木质二层小楼里传出的麻将牌声，站在二层楼下面，如果闭眼细听，会以为下雹子呢。

"中华后"的街道，路窄人多，再加上从窑子门口向外跑的带有好多灯泡的胶皮车——也就是"出条子"——更把本已不宽的路面给挤没了。过去妓女出窑上门服务是由伙夫（也叫龟奴）扛着走，后来变得文明了，也快捷了，都改坐胶皮车了。只有候家后一带的妓院还保持着人扛的传统，余下妓院都革新了。

鲁少爷和潘少爷，一人一身淡青色大褂，天还不太热，两人已经摇起喷香的折扇，他俩一边走一边寻思，先从哪家班子下手呢？

几天前两人从"仙乐舞场"出来吵嘴后，一直没见过面，都来了大少爷的脾气，两人都想让对方服软。于是两人僵住了，各自忙各自的事。

潘少爷不出屋，捣弄起他那一屋子的废旧电匣子，怎么玩起报废的电匣子，还不是手头没钱了。潘家已经吃存款了，没有进项了。

鲁家一样窘迫。

鲁兆庄让账房清查库存，看看还有多少家底，几十口子人还能维持多长时间。大户人家就是这样，今儿还光彩夺目，明儿可能遍体鳞伤。变化之快，常常令人瞠目结舌。

鲁少爷看见账房每日盘账，心也慌乱起来，怎么说不行就不行了呢？他琢磨着自己还不至于上街要饭吧，可是没钱的日子，还有什么过头呢？鲁文天见他爹整天叹气，他也跟着着急。急着、急着就来火气了。如果他爹还是棉纱行业的会长，如果那个木村德二不来棉纱行业捣乱，他家的好日子和鼓楼大钟一样稳稳当当的。

鲁文天越想越气，还得杀了那个木村德二。

气头上的鲁少爷，忘了跟潘效生赌气的事了，去了潘家大宅子，见着潘效生，抓着他回到房里，两人把房门一插，又开始密谋刺杀木村德二的事了。两人决定转天晚上再到"中华后"摸摸情况。

当鲁文天和潘效生东张西望的时候，潘效生扭头拉了一下鲁文天的袖子，低声说："你快看，那是谁？"

鲁文天正歪着头，看一个身穿朝鲜族服装的高丽妓女与路边一个人调笑，被潘效生一扭胳膊，吓一跳，转过头来，连声问是谁。

潘效生指着不远处路边一个烟摊说："你猜我刚才看见谁了？'仙乐舞场'的大班陈子岳，我们俩对了一眼，不知怎么回事，他赶紧扭过头，像是做了缺德事。我扭脸喊你这会儿工夫，人不见了。"

鲁文天说："一惊一乍，你都吓死我了。"

潘效生说："奇怪呀。"

鲁文天说："有啥奇怪？你能来这找乐子，人家就不能来？"

潘效生嘀咕道："陈子岳到这来干啥，这会儿他应该正在应酬呢。"

鲁文天"哼"了一声，咱找那个日本人，又不是找陈子岳。走吧，别嘀咕了。

潘效生还是不死心，踮起脚尖，伸长脖子四处寻看，来来往往的人差点把他挤倒了。

鲁文天数落潘效生，看你是中邪了，从见着陈子岳那天起，你就跟他拧上了。莫不是你也想做大班，跟"货腰女"有一腿？

潘效生听不进鲁文天的奚落，依旧若有所思的神态，嘴里嘟嘟囔囔的，虽是跟着鲁文天往前走，双眼还是四下张望，还在找陈子岳在哪儿。

走着、走着，两个少爷终于在一家挂着"横滨馆"的班子门前站下来。

"横滨馆"是日租界中有名的红班子，清代末期就开张了。开张之初，爆出一个天大的新闻。天津"八大家"的"益德王家"的王益孙，

密语者

竟然花费万金从"横滨馆"接走了一个日本妓女为妾，又花费千金为这个日本女人建起了一处日式庭院和日式房屋。无论从哪个角度看，这个举动等于为"横滨馆"发了一个货真价实的大广告，"横滨馆"身价倍增。一般日本人来"中华后"游玩，必来这里，似乎成了一个景点。"横滨馆"从服务到侍者全是地道的日式。

鲁文天和潘效生对视一眼，望着牌匾，不约而同道，今天就是这儿了。两人说着抬脚往里走。

日本妓院和朝鲜妓院、华人妓院有区别，端着架子，门口没有拉客的。日本人即使干了下三滥的勾当，也还要拿着大日本帝国的架子。

鲁文天和潘效生迈着四方步，晃进了横滨馆的大红门。

这是两位少爷第一次进日本馆子，有些新奇，东张西望。一位穿着和服的日本女人弯着腰、踏着小碎步走过来，鞠躬后，叽里哇啦说了一通日语，见两人瞪着眼不言语，日本女人明白了，立刻改说汉语，问他俩是吃饭还是听歌。

俗话说没吃过鱼还没闻过鱼腥吗。尽管两位少爷没进过日本馆子，可也听说过日本馆子的情况，这里分娼妓和歌伎两种，你要娼妓，那就要先吃饭，然后再"干事"，这套程序价钱很高。要歌伎，人家只管唱歌，你是绝不能碰人家一下，要是碰了，歌伎喊一嗓子，你就走不出馆子了。

今天二位少爷有备而来，带了不少钱。两个人看着眼前日本女人白皙的皮肤和漂亮的脸蛋，淫劲儿上来了，异口同声说要吃饭。日本女人将他俩安排在一间古色古香的日式风格的屋子，随后跪着说了声"让您等候了"，悄悄拉上木门，退了下去。两个人坐在榻榻米上，相视一笑，按捺不住地兴奋。

潘效生说："我们今天也'抗日'一回。"

鲁文天露出一嘴小黑牙："八路杀日本男人，我们先'干'日本女人，再杀日本男人，我们也要为国效力。"

两人开心地笑起来。这时，拉门一开，两个年轻的日本女子走进来，一边一个坐在鲁文天和潘效生身边，日本女人身上散发出来的香味，立刻罩住了两位少爷奔跑的心。

两个日本女人把鲁少爷和潘少爷手里的折扇放在一边，一人拿过一把日式小团扇。这两个日本女人都会说中国话。

潘效生细看手中团扇，见团扇的一面上印着穿和服的日本女人，另一面印着"横滨馆"三个字。日本女人见潘效生盯着扇子看，柔声道："这把扇子送给您了。"

这会儿工夫饭菜也摆好了，明炉、烤架还有汤汤盆盆的，竟然摆了一大桌子，又拿上两瓶日本清酒。两个酥胸半露、媚眼迷笑的日本娼妓靠在两人身上，开始频频劝酒。鲁文天和潘效生一边喝着酒，一边上下揉捏着日本妓女，两个日本妓女像块胶皮糖，紧紧贴在他们身上，弄得两位少爷热血沸腾。

鲁文天自始至终一字不提"木村德二"四个字，上次挨了潘效生的数落，他也觉得潘效生说得有道理，杀人的事怎么能到处讲；还有眼下只顾与日本妓女耳鬓厮磨，也把那事给忘了。

潘少爷的手脚也没荒废，与他缠绵的日本妓女，名叫"幸子"。她捧着潘效生的脑袋，问为什么以前没见过他。

潘效生鬼点子多，他摸着幸子的脸蛋，说，你每天见这么多的客人，怎么记得住我呢。

幸子噘着猩红色的小嘴说："你骗人，你要是来过，我就能记住，幸子别人记不住，你肯定不能记不住。"

瞧着幸子撒娇发嗲的模样，一旁的鲁少爷和那个日本妓女同时笑起来，接着两人又亲又抱。

潘效生顺着幸子的话，觉得此时正是打听木村德二的好时候，他捏

着幸子的鼻子，说："你说你脑子好，那我要好好考考你。木村会长，你记住了吗？"

幸子问道："木村会长？哪个木村会长？"

潘效生灵机一动，说，上次我和棉纱业协会木村会长来时，正看见你送一个大胖子出去，那个亲热劲儿……想起来了吧？

潘效生编了一段故事，非常自然地提到木村德二。没想到幸子还真仔细想。这时鲁少爷怀里的那个妓女说话了，幸子，你还想什么，今天木村会长也来了，就在隔壁呢，一会儿我们吃完饭，问问木村会长不就行了吗？

幸子一听，连连说好，又指着潘少爷的脑门说："一会儿见了木村先生，要是他说没有这回事，幸子可不饶你呀！"说完，又斟酒让他喝。

潘效生本来就是套话，哪里想到要刺杀的人眼下就在隔壁？这可怎么办？哪还有心思喝酒呀，不知不觉间，汗水下来了，衣服湿透了。

鲁文天也吓住了。

爷爷讲到这里的时候，忽然仰天大笑。他说天津卫的少爷就是这德行，天天梦里想着大美人，美人当真站在他们面前，他们一准手忙脚乱。两人天天设计要杀木村德二，但当"目标"就在隔壁，他们不知所措。这会儿两个少爷才明白一个理儿，不是人人都能杀人。

见鲁文天和潘效生直着眼儿出神，日本妓女还以为他俩喝多了，她俩双眼对视，不由心中暗笑。

鲁文天不时地瞅一眼潘效生，目光透出焦灼、恐惧，额头上也有冷汗冒出来。潘效生见鲁文天看他，心里也就清楚了，鲁文天跟他一样，心里也是毛了。潘效生想，不能再待下去了，万一鲁文天害怕，不知哪句话露出破绽，事情可就闹大了，干脆脚底抹油——溜吧。

潘效生假装喝多了要呕吐，趴在榻榻米上。鲁文天还算机灵，对两个日本妓女说，我这兄弟喝醉了有个毛病，除了吐，还又拉、又尿。两个妓女一听，赶紧躲在一边，仔细观察潘效生的"上下通道"。

鲁文天假装遗憾，说："看来今天留宿不了啦。"说完，照着潘效生屁股上就是一巴掌。

两个日本妓女见状，也是无可奈何，到手的钱只能放走。鲁文天拍拍巴掌，喊来领班，结了账，给了小费，扶着潘效生出了大门。站在大门口，忙不迭地叫来一辆胶皮车，也顾不上和两个妓女告别，猛踩脚下的铜铃铛，车夫立马拉起车跑了起来。夜晚凉风一吹，潘效生直起身子，摸着心口说，今个儿可真够悬的呀！

鲁文天闹脾气了。说什么也不去暗杀木村德二了。潘效生上门找了他两次，都被鲁文天骂走了，他说不担这"惊"，不受这"怕"。家里还有几十处房产，老老实实地过日子，就是诚洋纱厂倒闭了，也够我们鲁家吃一辈子的。有吃有喝，总比没了脑袋好。

劝说鲁文天无果，潘效生也不想干了。杀人偿命，况且杀的是日本人，没那么容易逃走，还要连累家里，真是划不来。

两位少爷又恢复到原来的生活状态中。暗杀木村德二的计划，像是一阵清风刮过，似乎在他们生活中没有留下任何痕迹。

我天真地问爷爷，这件事就这样过去了？

爷爷智者的模样，摆着手说，天津卫的事，可没有这么简单的。

正如我爷爷预料的那样，就在两位少爷放弃暗杀计划的第七天，两个人各自收到一封信。信是以友人的口气写的，告诉他俩已经有人向木村德二通报了他们的暗杀行动。木村德二已经开始着手调查，一旦情况查实，将会立即报告宪兵队。写信人还说，你们应该知道，中国人进了日本宪兵队，有活着出来的吗？自己死掉，家里也要受到牵连。写信人提醒他俩，你俩现在已经没有退路，只有杀了木村德二才能保住你俩的性命。信的末尾，还告诉他俩，四天后木村德二将去国民戏院看童家班

的演出。还叮嘱道，木村德二看戏有个毛病，最后一出戏不看，总是在最末一出戏开演之前提前退场。信的最后一句话，这是个机会，到时会有人在暗中帮助你们。

看完信，鲁文天、潘效生完全吓傻了。两个人像是提前商量好了，立刻约见，躲在鲁家后花园的假山石后，手里捏着信，没了主意。

沉默好长时间，潘效生突然大喊一声，这封信是陈子岳写的！

陈子岳这个人不简单，我见他第一眼，就感觉他脑袋后面还有一只眼。那个白小姐也不简单，是她把咱要找木村德二的事告诉了陈子岳。潘效生口气坚定地说，那天我们去"横滨馆"，不是也看见他了吗？陈子岳一直在暗中监视我们。

鲁文天只好相信了。

日本人侵占东三省后，一直把天津作为向华北地区扩张的基地，在天津设立了许多特务机构。有明的也有暗的。一些所谓的"株式会社"机构，有的也是特务机关。每个日本特务机关下面，都有自己的密探。各个特务机关都是直接面对日本大本营，所以特务机构之间争功邀赏、明争暗斗，线索非常复杂。同样在天津城，重庆方面、延安方面的特工人员也在秘密活动，还有许多抗日救国的外围组织也在暗中活动。

鲁文天把手里的信又看了一遍，那封信已经被他手上的汗水搞得皱皱巴巴的。他抿着厚厚的嘴唇，问："那天在'中华后'，你千真万确看见陈子岳跟踪咱俩？"

潘效生发誓说："千真万确，看见的就是陈子岳。"

鲁文天说："陈子岳掺和这事干吗呢？我们俩最近接触的人，那两个日本女人，不知道我们的身份，只有白小姐和陈子岳知道。难道他们是共产党？要么是重庆那边的？"

潘效生接过话头："说不准还是'杀奸团'的人。世道这么乱，谁知道他们真实的身份。有一点可以肯定，不是日本那边的人。"

鲁文天突然显得有些老练，赞许地点点头。

抗日战争时期的天津城，有两股力量杀过日本人和罪大恶极的汉奸，一股力量是共产党，另一股力量便是国民党军统局在天津的外围组织，被社会上的人称为"抗日杀奸团"。

"下一步怎么办？"鲁文天问。

"怎么办？"潘效生说，"这件事已经有人知道了，那就不好说了，说不定以后还会有人知道。好汉不走回头路，到这份儿上，只有接着干了。"

鲁文天低头想了想，突然说："你自己干吧，我不干了。我死了，家里那些蛐蛐儿谁照管？那可是山东宁津的虫，值钱呢。"

潘效生见鲁文天变卦了，有些生气，赌气道："你不干就不干吧，不过咱哥们一场，我给你提个醒，以后出门可要小心点。我现在有预感，恐怕没有后路了，只能豁出去了，弄不好，还成了抗日英雄，做英雄总比被人暗地弄死好，还能青史留名。"

鲁文天脸色煞白，哆嗦地说："你小子可别吓唬我。"

"我这是好意。"潘效生说。

鲁文天见潘效生阴阳怪气的神情，没好气地说："我这些日子哪儿也不去，就在家里待着，看谁能把我怎么样。我倒要看看，有谁敢去我们家杀我。"

潘效生冷眼瞅着鲁文天，鲁文天也瞪着他，两个人在斗气中不欢而散。

鲁文天与潘效生分手后，真的不出屋了。可即使在大院子里，他也觉得后脖梗子有凉风掠过，时常突然转过身，看身后有没有人，眼睛里满是惊恐。

鲁兆庄见儿子不出屋学老实了，内心一阵窃喜，不过很快发现儿子情况不对头，把他叫到眼前，父子俩要好好谈谈。

密语者

天气逐渐热起来，鲁兆庄脱去棕色长衫，又换上一件烟灰色的长衫，背着手在青花大理石的客厅里踱步。近来，鲁兆庄时常背着手在屋里、院里踱步。时局的变化与纱厂的命运，让鲁兆庄感到巨大的压力，他忽然有一种无能为力的感觉。

鲁少爷来到客厅，见老爹正在凝眉蹙思，悄无声息地坐在黄花梨木椅上。鲁兆庄回身猛然看见儿子时，冷不丁吓了一跳。看着这个让他费尽心血、四十岁得来的宝贝儿子，一时竟想不起来要说什么了。

见爹面容严肃地看着自己，鲁少爷心里敲起小鼓，以为自己和潘效生的暗杀活动让老爹知道了，他刚想主动坦白，没想到老爹说的却是另外一事。

"文天呀，你也不小了，现在的时局变化你也清清楚楚，你想过往后的日子吗？"

鲁文天的心，揪紧了一下，莫非纱厂真要垮了？他急忙问爹，到底发生了什么事。

鲁兆庄长叹一口气："文天呀，我只问你假如有一天纱厂没了，家也没了，爹也没了，你怎么办？"

鲁少爷被爹的话给震住了，他下意识地接口道："爹，你永远得跟着我，没有你，我怎么办？"

鲁文天说这话的时候，突然变得小模小样的，这还是他二十四年来，头一次在老爹面前如此温顺。

鲁兆庄说："儿子，你得正面回答我的话，我是说万一有那么一天，你该怎么办？"

鲁少爷露出满嘴的小黑牙，蹦了这么一句，说："你是想听真话，还是听假话？"

鲁兆庄一愣，看了看儿子，说："假话真话都要听。"

鲁少爷屏住气，好像在酝酿自己的感情。他站起来，面对着爹，说：

"真话是，我要学您做生意；假话是，入南市丐帮，要饭去。"

鲁兆庄手捻着下巴上几根稀疏的胡子，半闭着眼睛想了好一会儿，才向前探了探身子问道："你这真话、假话的想法有几年了？"

"实话跟您说，前天晚上。"鲁少爷一本正经。

鲁兆庄没言语，突然站起来，扭身走了。

鲁少爷一个人呆愣愣的，一时没明白怎么回事。他转过身，向院子里眺望，想看看爹去了哪儿。

院子里的海棠树鲜艳夺目，融融的阳光洒满院子，阔大的客厅却是阴凉。眼下正是外面热、屋里凉的月份。也是扑朔迷离的季节。鲁少爷跟爹说的话，都是心里的大实话。这段日子里，他开始思考人生的问题。特别是几天前他退出与潘效生约定的暗杀后，他开始琢磨这些年过的日子。刚才爹跟他说的那番话，更刺激了他有生以来从没有过的思索。二十多年来，我过的什么日子呢？这也是鲁少爷前天晚上睡不着时突然质问自己的话。我难道就那么浑浑噩噩地活到五十岁、六十岁？

这时，爹又回来了。

爹后面还跟着账房先生。

走进客厅里，爹努下嘴，账房先生从袄袖口里抽出一张黄纸。那纸张的颜色，鲁少爷太熟悉了，那是银票的颜色。

鲁兆庄说："文天呀，这张三百两银票，是我给你的最后一笔钱了，你不是想做生意吗？权当本吧。不多，可也不少了。我当年闯荡的时候，你爷一分钱也没给过我。哎呀，过去的老事，不提了。说现在吧，你要是做买卖赔了，爹管你吃口饭，别的就别想了。你要是发了，说明你小子不是孬种。不过，你如果愿意要饭吃去，爹也不拦着你。"

鲁兆庄说完，转过身，大踏步走了。

账房先生把银票送到鲁少爷手上，目光中充满着忧虑、无奈，也悻悻地转身走了。

鲁少爷手举着这张银票，立在屋中，感觉自己突然变成了一个没有任何内容的人。

潘少爷有个毛病，他喜欢做的事要是没做完，他无法睡觉。原本被按下的杀人念头被那封神秘来信完全搞乱了。反而激发起来他继续做下去的决心。他准备一条道跑到黑，豁出性命也要刺杀木村德二。

潘效生开始了与鲁文天完全不同的生活内容。

刺杀前，他需要彻底放松，毕竟是见血杀人的事。他要放松的方法和别人不一样，独树一帜。潘少爷在屋子里摆上文房四宝，把门紧紧关上，又把纱帘拉上。他从小见着笔墨纸砚就头疼，一岁"抓周"时，他抓的是刀子。那怎么这会儿摆上文房四宝了？他不是"抓周"，他要给人写信。给市长，给公安局长，给他能想起来的官面上的大官们写信。不是慰问信，是恐吓信。信的大致内容差不多。说的是，抗日锄奸队先把他们家里的大老婆、小老婆一起绑走，扔到海河里喂鱼，再往这些大官们的家里放炸弹。潘少爷挥挥洒洒、歪歪扭扭地写完之后，数了数一共有七封。出门到了北马路邮电所，放进了信筒里，然后他溜达着到了有着北方"银窝子"之称、集中了上百家大银号、大绸缎庄等商号的竹竿巷对面的"耳朵眼炸糕铺"，买了三个炸糕，吃着一个，举着俩，坐上胶皮车这才回了家。

随后几天，潘少爷开始注意报纸消息，当报纸上登出"锄奸队"准备在天津卫杀人、爆炸的消息后，潘少爷乐了。

人活着，就得要随时找乐子！这是潘少爷的人生名言。

快乐的潘效生准备战斗了。

我爷爷是一位彻头彻尾的戏迷，讲起有关戏剧的事，真是如数家珍。爷爷告诉我，童家班是国民戏院的常驻班底，由一大家子人组成。

领班的是童汉侠，他有四个子女都唱京剧，分别是童侠苓、童芷苓、童葆苓，还有一个叫童祥苓也就是几十年后红遍新中国的现代京剧《智取威虎山》中杨子荣的饰演者。那时童祥苓才十几岁。

这天，国民戏院门前热闹非凡。戏园子门口立起两人多高的巨幅海报，大字书写着童家班的演员名字及戏目。既是常驻班底，为什么还要这样宣传？原来童家班前些时候到南方演出了几个月，这是刚刚回到天津的第一场演出，有点类似多少年以后出国巡演结束的汇报演出。

国民戏院贴出大海报，观者如潮。众多戏迷围在海报前面，议论着演出戏码，各自发表自己的高见。

童家班开场戏的日子，也正是潘效生潘少爷这些天来既盼又怕的日子，也就是恐吓信里提到的可以刺杀木村德二的绝佳时机。

这天晚上，潘少爷只身来到国民戏院，随着入场看戏的人流走进去。潘少爷本想最后一出戏快完的时候到国民戏院门口，面对面刺杀木村德二，可还是忍不住提前来了。

童家班今天上演的是《铁笼山》，这出戏过去是杨小楼的戏，对他来讲有很大吸引力。潘少爷除了玩电匣子，对京戏也略通一二，主要得益于他小时候常陪父亲看戏的缘故。今天早上他想来想去，还是决定先听戏、后杀人。万一刺杀失手，童家班的这出戏可就再也看不了啦。

进了戏院，潘效生坐定后，不断用手去摸西服内侧口袋里的家伙。那是一把攮子。前几天从鬼市买来的无比锋利的攮子。当时卖他攮子的人，低着头，不动声色地说："这把攮子有来头，一个大人物被它送上西天。它见过血，用它办事，不会失手。保证您用来得手。"

今天，为了杀人方便，潘少爷穿了一身西装。当他手再次触到攮子时，警觉地四处望着，整个人的神经高度紧张，不由自主地微微颤抖，满脑子全是木村德二骨瘦如柴的身子在他的刀下倒下的画面。自从前些天给官面上的那些人发完恐吓信，潘少爷一个人在自己的卧房里，反复

琢磨和演练刺杀木村德二的动作与过程。他把木村德二的相片掖在怀里，演练一次，拿出来看几眼。潘少爷把自己当成了职业杀手，这使他备感刺激。可真到了实施的这一天，他还是有些紧张，之前的演练过程，变得有些模糊了。

戏还没开场，已是座无虚席。"三孩"们在走道上来回窜。

"三孩"是戏园子里的独特场景。是指卖茶水的，卖食品的和递手巾把的男童。那年头的戏园子，这三种服务缺一不可。是戏园子的标配。

三通鼓过后，戏开演了。

第一个出场的是童侠苓，他刚一亮相，满场喝彩。这叫碰头彩。

可是看了不一会儿，潘少爷就坐不住了，这么多人，木村德二坐在哪儿？今晚他会不会像往常出来那样不带保镖……他心里随着锣鼓点也敲起了边鼓。一个即将杀人的人，怎么会有闲情逸致看戏。第一出戏还没唱完，潘效生就出了戏院，弄得戏院看门的直纳闷儿。

"先生，戏码儿不好？"守大门的问他。

心不在焉的潘少爷连声说："好好，太热了，出来散散肠子。"

潘少爷有自己口头语，别人透透风、换换空气，叫"散散风"，可是潘少爷喜欢说成"散肠子"。

在看门人诧异的目光下，潘效生走出戏院。

他站在高台阶上，望着人来人往、灯火通明的街道，还有戏园子门口卖糖堆卖烟糖小食品的小贩们，心头掠过一种怅然的感觉。一阵燥热的春风吹过，他感到浑身上下异常燥热。走下台阶，在戏园子对面的一个茶水摊前坐下。这位置视野极好，能看见从戏园子里走出来的人。

这是潘少爷第一次"平民"。昨天他都不会想到，自己会坐在这样一个茶水摊前。

茶摊主人是个光头的中年汉子。厚墩墩的，挺爱说话。他把大海碗茶水放在潘效生面前，用抹布擦着茶壶，搭讪着问："这位大爷，怎么不看戏了?"

潘少爷一惊:"你怎么知道我看戏了?"

摊主嘿嘿一乐:"做买卖吗,眼勤嘴勤手勤。看您从戏园子里出来,像您这穿着打扮,肯定是看戏的。这么好看的戏码怎么不看了,可惜呀!"

潘少爷"嗯"了一下。沉吟了一会儿,不知怎么,忽然有了聊天的兴致。他问摊主一天能挣多少钱。

摊主长叹一声:"不瞒您说,一晚上不到五毛钱。"

潘少爷不相信:"不可能吧,五毛钱够买什么?"

摊主一边给潘少爷续水,一边摇头,您是在小洋楼里长大的,怎么知道我们小买卖人的甘苦呀,这一天要是能平平安安挣上五毛钱,那就念阿弥陀佛了。

见潘少爷三心二意,摊主故意挨近潘效生,低低地说:"瞅您老这面色,遇见不顺心的事了?"

潘少爷一愣,旋即问道:"你怎么知道?"

摊主一摆手:"您脸色告诉我了,再说您不听戏,坐在我这小摊上,有反常态,肯定心里有事。"

"你猜猜我有什么事?"潘少爷有了兴趣,问。

"血灾。"摊主随口道。

其实,摊主只是胡乱猜测。

世面乱,外有外强侵入,内有流氓混混,血腥的事几乎天天发生。再说摊主在外摆茶摊也不是一天两天了,什么人没见过呀。见的人多了,自然有了几分眼力。跟卦摊也差不多了。

呀!潘少爷一惊,心想此人眼力太厉害了,把他心事看出来了。他上下打量摊主,说:"你给我细说一下。"说完,他掏出二毛钱,放在了桌上。

密语者

摊主忙用手把钱推了回去,连声说:"这位爷,我随口一说,您别当真。都怨我胡言乱语。"

潘少爷无所谓的样子,把钱掖进摊主短袄口袋里。

"别客气,这钱你收着,给孩子买点糖果吃。我今天想听别人说道说道,你只管说你的,说什么都行,我不在意。"

"那谢了。"摊主收了钱,压低声音对潘效生说,"这位爷,我讲了,还是那句话,当是耳旁风。"

潘少爷眼睛望着国民戏院门口,点点头。

摊主凑近说:"您脸上带杀气,且您老印堂发暗,过一会儿您要做的事,对您来讲可是凶多吉少呀。"

啊?!潘效生霍地站了起来。

就在这时,过来两个穿着短褂的男子,走到茶摊前,摊主急忙停住话头,招呼两个男子落座。

潘少爷坐回小凳上,心扑扑跳得厉害。这摊主怎么猜得这么准,他到底是干什么的?

潘少爷脑子全乱了。那两个穿短褂的男子,坐在潘效生对面,用余光瞅着潘效生。

潘少爷站起来,向摊主告辞。

摊主不好意思地说:"让您破费了。"说完,欲语还休的样子。

离开茶摊,潘效生跑到马路对面拐角处,直勾勾地盯住国民戏院的大门口。站了一会儿,感到双腿有些累了,这时候一个穿着浅色中式大褂、戴着黑色圆边眼镜的老年男人,从国民戏院慢慢走出来。

潘少爷紧张得脖子发紧,老年男子正是木村德二,本人比照片和气许多。他站在路边,好像在等车。他像往常一样,身边没人。他喜欢独来独往。

潘效生右手插进怀里,紧紧攥着攮子,机械地迈着步,迎着木村德二走过去。近了、更近了。那张瘦削的脸越来越清楚。

距离木村德二还有十几步远,一辆小汽车从潘效生的面前开过去,差一点把他带倒。他打了个趔趄,更紧地抓住怀里的攮子,这么一攥,他才清醒过来,这里太亮了,人来人往,哪是杀人的地方。他有点胆怯了。

正在这时,马路对面有人用日本话高喊木村德二。木村德二四下张望,寻找喊话的人。这是一个机会,木村德二没有注意对面走来的潘效生。

杀,还是不杀?潘效生飞速地思考。

但鬼使神差,潘效生走向木村德二的脚步并没有停止,五步、四步、三步……他与木村德二都要面对面了,潘效生拔出攮子,朝着木村德二胸口扎下去。力量太大了,他感觉连手一齐捅进去了。木村德二没有任何反应,转过脸,疑惑地看着眼前的陌生男子。

潘效生躲开木村德二的目光,撒腿就跑,拐过正兴德茶庄,直插进对面的宫南大街。疾跑中他迅速回头看了一眼,惊讶地发现木村德二还站在那里,竟然没有倒!潘效生动作飞快,木村德二也没有喊,热闹的东马路上没有一点纷乱的迹象,好像什么事都没有发生。

第二天,天津城所有报纸发了一条重要消息:天津棉纱行业协会的会长木村德二先生被刺杀。由日本人暗中操纵的报纸《庸报》登了满满一大版,说这是对大日本帝国的挑衅,刺杀者有意扰乱天津社会秩序,破坏经济繁荣,大日本帝国要追查到底。

那天晚上潘少爷东跑西窜,绕了好大一圈才回家,之后大睁眼睛,怎么也闭不上了,恍恍惚惚地总是觉得外面有人砸门抓他。紧张一夜,直到天亮才迷迷糊糊地睡着。他睡得惊心动魄,梦见被日本人抓住了,又是老虎凳又是辣椒水,把他拉到一片乱坟岗子,一阵拉枪栓声,"哗啦啦"响了起来,他大喊一声,醒了。睁开眼,看见娘和老妈子在床边站

着。他浑身像是散了架，没有一点力气，身体像是被水淋湿了。

娘一个劲儿地摸他额头，问他哪里不舒服。

下人老妈子又是端水，又是递毛巾。侍候在床边上。

过了好一会儿，潘少爷慢慢缓过来。问娘几点了。

娘嗔怪道："十点多了，你这是怎么了，大喊大叫，睡觉也不老实呀？"

潘少爷听见从客厅那边传来说话声，问娘这是谁来了。

娘说："文天他爹。"

潘少爷说他们嚷嚷什么，把人都吵醒了。

娘说："哪里晓得。"

潘少爷爬起来，穿上衣服就向客厅跑去。

客厅里，鲁兆庄正和潘子夫说着话，两人脸色不好看，绿中带白、白里透绿。

潘子夫说："这下可惨了，商会里凡是不肯和日本人合作的理事全给抓走了，诚洋纱厂的四个股东抓走两个了，就差我们二位了。"

鲁兆庄说："看来咱要是不同意让出诚洋纱厂的股份，明儿个咱们也得进班房。"

潘子夫点点头。

鲁兆庄向前探探身子，压低声音说："今天一早，日本人派来新会长，叫木村次郎，听说是木村德二的弟弟，这个人比他哥阴险狠毒。你说，日本人怎么动作那么快？咱们该怎么办？"

潘子夫没有任何想法。

鲁兆庄用手指蘸着茶水，在桌上写了一个字。

潘子夫看了，低声问道："你往哪儿去呢？"

鲁兆庄眉毛一挑，坚定地说，我生在天津卫，你说我还能去哪儿？我留下来，跟他们斗一斗。

见鲁兆庄说得十分坚定，潘子夫没再说什么，只是担心地看着老朋友，说了声"保重"。两人目光对望了一下，鲁兆庄匆匆告辞了。

转天的大、小报纸上，登的消息大致相同。木村德二会长被人暗杀了，杀人者目的是破坏经济，日本帝国要加强干预和控制。

在随后的日子里，各大工厂、货栈派驻日本人监管，日本人可以随时查看进货、销货数目，了解买卖双方的各自情况。很快又加大征税额度，说是为了中国经济发展还设了"公益税"，也是为了维护社会治安。

又是不长的一段时间，日本人把各行会进行改组，不仅棉纱业又派了日本人做会长，其他行会都有日本人进驻。买卖家们叫苦连天，不赚钱的，买卖黄了；赚钱的，都给日本人拿走了。还有的商户投靠日本人，为日本人服务。

特别奇怪的是，日本人只是大喊大叫要抓住刺杀木村德二的凶手，但是没有具体行动。打雷不下雨。随着时间推移，这件事过去了。

木村德二被刺一案成了一个谜。

我问爷爷，到底怎么回事？

爷爷说，直到日本人投降了，这个谜才解开。原来策划暗杀木村德二的不是别人，正是日本特务机关，他们借刀杀人，那"刀子"就是少爷潘效生。为了彻底控制华北地区的经济，他们搞了一个苦肉计：一边是除掉亲近、同情反战人士的木村德二，另一方面借机完全控制经济命脉。

那天，鲁兆庄刚离开潘家。潘子夫把夫人叫过来，叮嘱她不要声张，马上收拾家私细软，连夜回宁波老家。随后，又把四个儿女叫到眼前，告诉他们赶快收拾收拾，今晚离开天津城。

潘效生的弟弟问了一句："全家都走？这家不要了？"

潘子夫扬手就是一个大耳光。响亮的大耳光，打傻了潘效生的弟弟，

却把潘效生给打清醒了。他突然明白了什么。

在潘子夫指挥下，全家人只带了两个贴身的仆人，拿着大包小包，趁着夜幕，悄悄出了大门，上了早已等候的一辆大卡车，直奔火车站。

潘效生是最后一个登上大卡车的潘家人，他站在空荡荡的庭院里，用浓浓的津味儿恶狠狠地喊了一声："少爷我走到哪儿都是少爷！"

潘子夫真是老狐狸，料事如神。就在一家离去的转天早上，日本宪兵队查封了鲁家的所有财产，响着警笛，到了鲁文天家。罪名是鲁兆庄参与了对日本商界要员木村德二的谋杀。将鲁兆庄押上警车后，几个汉奸拥上去在鲁府朱红的大门上贴了两道封条。

看见父亲被押上警车，鲁文天跳着脚大喊，刺杀木村德二的不是我爹，是潘效生，是潘效生他爹潘子夫。可是鲁文天的喊叫，没有人听他的。鲁文天哪里知道，在日本人那里，有一个替死鬼足够了，况且他爹鲁兆庄又是唯一不肯听日本人调遣的棉纱行业的理事、不肯让出纱厂股份的股东呢。这是除掉鲁兆庄的大好时机，搞掉鲁兆庄要比搞掉一个少爷更有价值。留着那个少爷，说不准什么时候还能派上用场。

站在自家大门前，望着两道封条，鲁文天"哇哇"地哭了，边哭边念叨着，潘效生你不是东西……还有小日本子也不是东西……骂着，鲁文天四下一看，周边没有一个人。他一抹眼泪，甩出一句话，明儿个我就去参加锄奸团！我要抗日！

鲁文天喊完了，心里还是纳闷：日本人没抓着潘效生，怎么不抓我呢？为什么要抓我爹呢？

鲁文天越想越糊涂……

在关于鲁文天未来命运的问题上，我和爷爷像两个哲学家一样展开辩论。也可以说，是两个精神错乱的人争论。

我完全变成了我爷爷，操着我爷爷的口吻说，鲁文天一定去找了蚩声天津卫的杨天师。

爷爷有些急了，连忙摆手说，不要这样讲，杨天师也不是万能的。

我惊讶地问："您不是这样讲过吗？"

爷爷的手摆得像鸟儿的翅膀，争辩说："那是你理解的。"

"鲁文天去了哪里？"我问爷爷。

爷爷将酒杯放到躺柜上，答非所问，杨天师就是一个二十多岁的毛孩子。

这是我再次听到爷爷贬低杨天师。我不能接受。爷爷转变得毫无基础，没有任何过渡。也没有特别的征兆。假如非要找出前兆的话，就是他在讲述中，"杨天师"这三个字很少提到，不像过去那样挂在嘴边。

我记得有人说过，讲述者在讲述中，往往随着讲述的推进，会产生一种自己并不知道的偏离或是偏差。这样的行为没有任何目的，不过是讲述的惯性使然。我爷爷似乎并不是这样，他在讲述中却是逐渐归于真实。

是他突然意识到了什么，还是突然清醒了？

鲁文天的命运不再那么重要了，我的关注重新回到了我爷爷的身上，回到那个逐渐褪去神秘色彩的杨天师身上。

我甚至大胆地设想，我爷爷是一个普通人，杨天师也是一个普通人，只不过在讲述中，我爷爷和爷爷故事中的杨天师，都不知不觉地膨胀了。

还原他们真实面貌的唯一办法，只有继续倾听爷爷的讲述。

找寻 紫卷

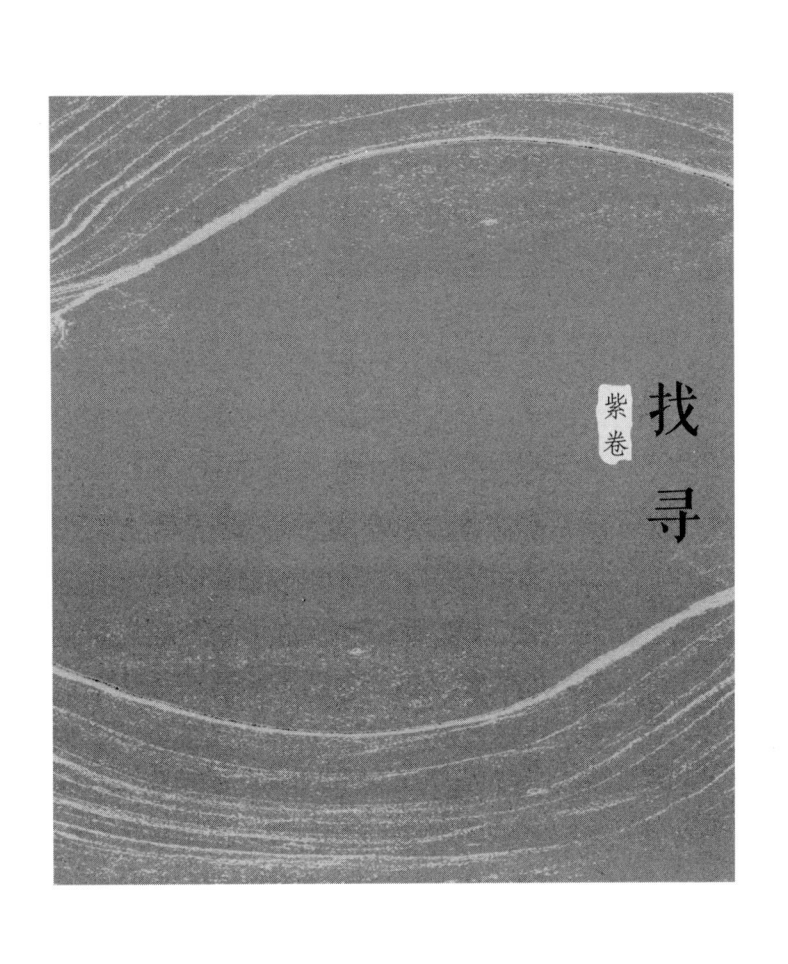

我觉出爷爷的讲述到了狂放的阶段,他控制不住自己,没有了停顿,没有了故弄玄虚,甚至连卖关子都很少了。故事不再支离破碎,变得越发完整。他已经不再顾及我的反应,不再停顿下来与我进行探讨或是解释。杨天师还有杨天师躺柜中焦黄色的竹板,也几乎要隐遁而去了,真的已经很少出现在讲述中了。那一刻当我意识到这个问题时,还是有些担心的,担心讲述中再也没有了爷爷的身影。那么,还有谁能帮助我理解故事中的人物思想?

爷爷变得兴奋异常,经常大口地喝酒。

那一天,他用非常有文化的语调告诉我,天津卫不像洛阳、安阳、西安那样出土文物,可它出土故事。多简单的事到了天津卫,准能把它变复杂了,变成一段跌宕起伏的评书。

爷爷说,1939年初夏,也就是这年八月发大水之前,在天津卫老城里出了一档子事,把天津人的好奇心非常瓷实地揉捏了一次。这事是由一个小女孩引起的,而把这件事铺张开的,则是鼓楼南的于大少……

于大少每天晚上吃完饭都要离开"破窑",出门转一圈儿。

"破窑"是天津卫挖苦人的话,意思是你住的房子太破了。有意思的是，这句话有正、反两方面的解释。别人说你房子是"破窑"，那就是挖苦你。可要是你自己说呢，那就是另一个意思了。自己的房子并不破烂，还是新盖的大房子，可是自己也还要这么说，说的时候满脸荡漾着笑容，没有一点痛苦的样子。"咳，我那破窑"。这就不是自己挖苦自己了，是自我调侃了。而且这种调侃有着一种士大夫般的洒脱，看破红尘，什么都无所谓了。

可是"破窑"这句话出自于大少的嘴里，那就另有一番意蕴了。带有一种时过境迁酸酸的味道。于大少的"破窑"在鼓楼南的火神庙胡同。这条胡同曲里拐弯，犹如羊肠一般。

可是今天于大少特别高兴，同院的齐婶给了他一碗熬黄花鱼，他把昨天剩下的一碗玉米面，用手团把、团把，用饼铛（天津卫独有的烙饼用的平底锅）借着齐婶封上炉子的余热，贴了几个玉米面饽饽，美美地吃了一顿，这才拍拍肚子，出来遛弯儿。

肚子里有食，再去遛弯儿，感觉不一样，像是大将军凯旋。

鼓楼南大街两旁都是青砖大院，店铺大多是当铺和银号，这会儿早已关了大门。时局不稳的日子，最明显的特征，商号、店铺肯定早早儿上门板。天还没黑，日头在西边悠着。街上没多少人，街面上有一种和春天不吻合的清静。

于大少到了路口，他习惯性地眺望前方。前方是海光寺，日本宪兵队司令部所在地。前面说过，两年前夏季日本人突发炮火，"七七事变"爆发，天津城就此沦陷。于大少的散步路线，随着时局变化作了相应调整。两年前他就不再往前走了，掉头向左拐，去南马路。

到了南马路，还没走几步路，一辆胶皮车从他身边抹过去，他下意识地闪身，让开快速的胶皮车，就这么晃了一眼，他心里打了愣，车上坐着的那个女人，好面熟呀！于大少立在原地，望着远去的胶皮车，突然一拍大腿，刚才那女人，不是黑马丽吗？

密语者

黑马丽是唱时调儿的名角儿，曾经红透天津城。于大少那会儿有钱，可是没少捧她，只要有黑马丽的场子，于大少都要预订好多座位，还都是前排的座位。于大少在黑马丽身上可是没少使银子。后来黑马丽突然失踪，随后不知去向。于大少琢磨，真是黑马丽的话，她回来干什么？凡是不知去向的走，肯定是遇上什么事了，突然回来有可能先前的麻烦已经摆平了。

于大少遛弯，倒背着手走，两眼四处寻摸。于大少散步有两个作用，一是消食，二是找事。对，就是找事，没事找事。没有事的日子难熬。有事多热闹呀。

于大少早年享过福。家住鼓楼东，一所大院子，十几间青砖大房子。父亲给"鼓楼东姚家"做事。姚家世代盐商也是名绅。于大少父亲靠着姚家这棵大树，也不断茁壮成长。于大少有三个姐姐，当他这个"带把儿"的小子降临于家后，全家上下把他捧上天，从小娇生惯养。上了几年私塾后，于大少学不下去了，贪玩，喜欢热闹，哪有事他出现在哪儿。着火了，救火的水会灭火后，收拾收拾路边绊脚的东西，然后呼啦啦全走了，看完热闹的于大少不走，站在废墟前面给人分析失火的原因；街坊邻居家有白事了，他上蹿下跳，四处张罗，比杠夫、知事人还要累。用天津百姓话形容他，三个字——"不着调"。他爹、他娘硬是让他活活给气死了，死前都不想看他，用眨眼睛的方式轰他走。于大少媳妇是个模样俊俏的漂亮人，又贤惠又能干，最后被于大少气得做出不可思议的事，和"直鲁联军"褚玉璞部队里的一个青年军官相好上了，在一个月黑风高之夜，卷了金银细软和那个青年军官跑了。把一个好媳妇变成坏女人，证明于大少做的事有多气人呀。

于大少没孩子，据讲男人身上的某些功能，于大少不太具备。说他媳妇背叛他，除了他"不着调"外，没有赋予媳妇"男人"的全部涵义，也是其中原因之一。可是于大少反对这样的猜测，只要有人说起这些，于大少就会当众翻脸，很不大高兴的模样。

后来，光棍一条的于大少与一帮狐朋狗友吃喝玩乐，打茶围、捧戏子，没有几年的工夫，十几间大房子就没了，搬到火神庙胡同一间小屋里住下来，天天东一口西一口的叨食。

整日无所事事的于大少就盼着天下有事。他觉得有事就有翻身的机会，即使不能翻身，也能打发枯燥的日子。

于大少在南马路没走多长时间，看见不远处的一个大灯笼，灯罩上面写有"居士林"三个大字。

在讲述故事的时候，爷爷提过"居士林"。我当时没在意，爷爷曾经认真地说，"居士林"名气很大。清末民初"天津八大家"中的"李善人"，在老城厢东南角的草厂庵，建起了一座"清修院"，又从北京怀柔资福寺请来有名的清池和尚住持清修院。最初它有些家庙的性质。后来，北洋政府总统徐世昌为这座"清修院"题写匾额"清修禅院"，名气一下子大起来。再后来，军阀混战，"直鲁联军"进驻天津城，把清修禅院封闭了。北洋政府倒台后，下野的民国政府总理靳云鹏联合归隐的军阀孙传芳，还有一个巨商，一起出资重新修复，改为"天津佛教居士林"。靳云鹏任林长，孙传芳任副林长又自封为"首席居士"。当时这个"居士林"非常火爆，每到周日居士们都来诵经，信徒有千人之多。

我爷爷讲，后来"居士林"在1935年曾经"新闻"了一次。爷爷将名词动词化，令我心中不由赞叹。说明他的讲述越发纯熟。爷爷说，军阀孙传芳在这里，被当年他杀掉的一个军官的女儿开枪打死，"居士林"举国闻名。那个杀死孙传芳的女子叫施剑翘，后来无罪释放。

于大少的命运，在"居士林"的灯笼前发生改变。或者说是一个女孩子改变了于大少的命运；再换个角度说，改变了许多人的命运。女孩子在改变别人命运时，自己的命运也发生改变。

这个将要改变所有人命运的女孩子，从"居士林"方向走过来。于大少来了精神，甩了一下灰布长衫的袖子，兴奋地迎了上去。

小女孩十六七岁，乡村姑娘的模样。一身花布衣裳，个头不高，身子骨结实。发育得不错，紧紧绷绷的身子凹凸有致，两只眼睛乌黑闪亮。女孩子见一个男人迎面走来，不错眼珠地盯着自己，将胳膊上挎着的篮底白花的包袱揽在怀里，贴着墙根儿。

"闺女，这是去哪儿？"于大少和蔼可亲。

女孩子摇摇头，警觉地盯着长脸长牙长胳膊长腿的于大少。

于大少咳嗽了一声，说："我岁数大你两圈儿，不会害你。天快黑了，看你就是从乡下来的，我是怕你遇上坏人。"

正在这时，从挂着"居士林"灯笼的清修院胡同走出来"磕灰的"冯老大，离老远就喊："大少，又遇见事了。"

老城里的人没有不认识于大少的，连"磕灰的"都认识他。

"磕灰的"就是掏大粪的。老城里都是旱厕，人工掏粪。有的院里几户人家共用一个灰桶（装粪便的桶）。"磕灰的"一天来两次，上午一次，人们倒灰桶；晚上一次，掏茅坑。晚上的掏粪时间，不知为什么总是赶上吃晚饭时间，人们一边吃饭一边闻着胡同里飘扬的臭味，这也算是天津人一大"享受"。

冯老大的这声招呼，还有于大少身上的长衫，女孩子猜想这人不是坏人，"扑通"跪下，向于大少磕了个头。

于大少想去扶女孩子起来，又不好意思碰人家。他搓着两手，喊着"快起来、快起来"。天津人喜欢热闹，日本鬼子来了，饱一顿饿一顿，可是看热闹的热情依旧不减，眨眼工夫，已经围上来一圈人，叽叽喳喳地议论。

于大少问女孩子从哪儿来，女孩子说从芦台来，刚在老龙头车站下火车。于大少问她到天津卫干什么，女孩子说找爹。说完，又加重语气补充，"找亲爹"。

"你亲爹住哪儿?"于大少问。

女孩子声音低,从喉咙里挤出一句话,说她就知道是在天津卫,是个做买卖的。

女孩子大概害怕,声音像是蚊子叫。于大少问女孩子,亲爹还有什么特征,比如大眼睛、小眼睛,或是大嘴巴、小嘴巴。

问完话,于大少伸过耳朵,想要听个仔细。

女孩子依旧小声告诉他,她亲爹脸上有个黑痦子。

于大少还想再问其他情况,女孩子说她不知道了。喜欢没事儿找事的于大少,这下子真是犯难了。

这时,看热闹的人开始起哄了,说于大少不要咬耳朵,让人家姑娘大声说,不能只讲给你一个人。于大少挥动胳膊,让众人少说几句,不要吓着女孩子。众人根本不听于大少的话,依旧吵着、嚷着。还有人说,这件事呀,只有于大少能帮助。

天津卫的特点,一人说话,众人搭腔,随声附和。再用民间话语形容,那就是"起哄架秧子"。

人们你一言我一语,把于大少抬上了架子。于大少被人们用热话抬着,有些激动,嘴巴动了动,还是忍住,没有揽活儿。

女孩子见于大少还在犹豫,又跪下,磕了两个头。得了,这回这贴膏药算是死死地贴在了于大少的身上。不过也正是这两个响头,触发了于大少的灵感。

于大少一扬胳膊:"起来吧,闺女,跟我走。"

众人一派叫好。

于大少说:"先给你找个地方住下,慢慢找,你这个脸上长痦子的亲爹,我一定帮你找到。天津卫没有我办不到的事。"

于大少好管事,也好吹嘘。他这一番"铮铮誓言",再次迎得看热闹的老少爷们的热烈喝好。

密语者

于大少在人们欢呼声中，领着乡下女孩子，迎着1939年的初夏晚风，向鼓楼南大街走去。

天已经黑下来了。

一辆环城电车"叮叮当当"地开过去。女孩子盯着看。

于大少说："新鲜吧，赶明儿个领你去坐电车，围着四面城走一趟，开开眼。哦，还忘了问你，你叫什么名字？"

女孩子没了胆怯，脆生生地说："俺叫三荣。"

于大少喜欢睡懒觉，快吃午饭的时候才一脸眼屎地爬起来。晚起来有道理，可以解饱。起早了，拉完屎，撒泡尿，肚子里面没东西了，饿了找谁去？晚起床可以节省一顿饭。赶上谁家饭熟了跟他客气"大少，吃点"。他立刻借坡下驴，"谢您了"，得，一顿饭就蹭上了。

可是今天直到中午，于大少还没起床。昨天晚上他太累了。这会儿他正在做梦，梦见吃"恩发德"的羊肉包，眼看包子到嘴了，手一哆嗦，包子掉在地下，一着急，醒了。

这时，就听院里齐婶喊他，大少，有人找你。

于大少睁开眼睛，找他的人已经立在床前。是苏牧。

苏牧是《白话晚报》的名牌记者。于大少的狐朋狗友之一。苏牧比于大少小几岁，三十四五岁的年纪，一身笔挺的西装，头发和皮鞋就像压油饼的擀面棍儿锃亮，头和脚鲜亮，人也就显得格外精神。

"你来做什么？"于大少翻身坐起来，放了一个清脆的清屁。

"你让我来的。"苏牧嘻嘻笑着，说，"羡慕你呀，活得自由自在。"

于大少撇下嘴："你们这些人呀，嘴上功夫好，哼，我这日子你们过不了。快说吧，什么事？"

苏牧站着，不坐，估计是怕把他白西服弄脏了。他盯着于大少说："我问你呀，昨天晚上那小女孩去哪儿了？"

"你比海光寺宪兵队还厉害,昨晚儿事,你这一早就知道了。"于大少一个劲儿摇头。

苏牧说:"'磕灰的'冯老大,走一路说一路,掏完茅坑了,小女孩的事也传遍了。你说,我能不来吗?"

于大少笑起来:"也是。"

苏牧又说:"咱俩这辈子呀,相互帮衬的好兄弟。"

自从苏牧吃上新闻这碗饭,这些年他从于大少这里挖走不少新闻,实在没事了,他往于大少口袋里掖俩钱,没两天于大少就能折腾出来"新闻"——有南蛮子要北上来天津卫鼓楼押宝;有山东宁津府的蛐蛐大王要来天津卫咬蛐蛐了;谁家黄鼠狼进屋了,大户人家闺女发疯了;哪个大人物晚上遇见鬼神,在坟地走了一夜,把胶皮车夫累死了,原来是"鬼打墙"了。

于大少是苏牧的魔术柜子,三拍两拍,就能折腾出大事来。于大少爱听苏牧的表扬,在苏牧表扬声中,于大少爱热闹的性格被挖掘得淋漓尽致,那个过瘾呀,有时苏牧不给他零花钱,他也愿意发挥自己的特长。

苏牧是抓新闻的好手。他在好几家报馆都干过记者,《新天津报》《天风报》。其实最早他是娱乐版记者,跟唱戏的打交道。苏牧文采不错,笔下生花,捧一个红一个。后来苏牧和一个唱京戏的旦角儿有了床笫之欢。哪里想到,这旦角儿跟他相好的同时,还跟住在"庆王府"的庆王爷有些瓜葛。这还了得,落魄的庆王爷也是人物,要是放在过去,苏牧的脑袋就没了。现在是日本人的天下,庆王爷没有那么大能力了,可是使些银子还是能办事的。报馆很快就把苏牧解聘了。可是苏牧能力摆在那儿,哪家报馆也需要能人。过了一段时间,庆王爷早就把小记者忘了。苏牧被《白话晚报》聘任。从此苏牧在女人问题上格外小心。好,可以,先要说清背景,不说清楚,光着屁股躺在床上,大记者苏牧都不会动心。

《白话晚报》是小市民的报纸,专登一些鸡上房、狗爬树的事。苏牧

来到《白话晚报》后，连抓了几件新闻，手段都挺阴损的。用苏牧的话说，这世道就看谁能玩过谁了。

苏牧最近一次扬名是在去年。那部作品名字是：《英俊小鞋匠秋夜寻风流，俊俏胖姑娘私订终身事》。

说的是南门外一户鞋店，有一个相貌英俊的小鞋匠，定时给老城里某个大户人家的小姐送货。偶尔一次，大户小姐与小鞋匠打了一个照面。大户小姐迷上这个小鞋匠，后来借着做鞋的机会，主动上门找到小鞋匠，两人一来二去变得如胶似漆。两人有过一次偷欢，没想到小鞋匠在小姐肚子里留下种子。小姐哪能和小鞋匠结婚，私下里便堕了胎。不知怎么就被苏牧打听到，他经过深入细致调查，将事情经过登在报上，他没点大户人家的名字，只是把大户人家的特征点明，又雇了几个报童，在这大户人家的周围举着报纸叫嚷。许多人被这标题吸引，买了一看，立刻猜到这户人家。一传十、十传百，很快老城里人们都知道了。大户人家讲面子，家里出了丑事没法活了，私下里找了中间人说和，以百块银元代价，请求苏牧不要再"跟踪报道"。苏牧非常讲究"职业道德"，收了钱，果真偃旗息鼓。这件事报馆发了财，多印一万多份那天的报纸，还扬了名，来报馆主动登广告的排起长队。苏牧也赚了一笔，除了百块银元，报馆又给他加了薪水。

眼下，苏牧见于大少摆架子，对于大少说，今天我做东。你说吧，去哪儿吃？

于大少"嘿嘿"乐了，拿了破搪瓷缸子，在屋角水缸里舀了点水，然后"咕咕"冲冲嘴，撩起终年挂着的油腻腻的竹帘子，将漱口水吐出去，这才清清嗓子，清爽地吐出三个字——"恩发德"。

什么人什么命，于大少刚还梦见吃"恩发德"羊肉包子，现在就有人主动请吃了。于大少想的就是饭局。要不这么多年，什么事都不干的于大少早就饿死了。于大少要求不高，有饭吃、混个乐儿，这日子就有

174

滋有味儿了。

两个人出了院,正碰上齐婶的儿子老四回来。老四在鞋厂做工,切皮底,三班倒,整日加班,人都干傻了,双眼发呆。

"加班加到这会儿?"于大少脸上挂着笑。

老四哭丧着脸说:"早上我刚出厂大门,在河边遇见小日本卸货,扛大个的罢工了,小日本在河边见人就抓,给他们扛箱子。那箱子死沉死沉的,不知装的什么,扛了一上午,我都要累趴下了。一下也不敢停呀,两边都是端刺刀的日本兵,妈的,白扛,什么也没给。"

"四儿,早跟你说了,置办个长衫穿,你就是不听。瞧你这小短袄,日本人不抓你抓谁?我这长衫,甭看破,管事。谁敢碰我!我在街上溜达,日本人从来不敢碰我。"于大少撩起长衫的下摆,一个劲儿抖。

老四丢下一句"穿不惯",脚步拖沓地进了院。

苏牧高瞻远瞩地说:"我猜那箱子八成是军火,看来局势紧张呀。"

"甭跟我打岔,我就知道人得先喂肚子。"于大少拉住苏牧的胳膊就往街上走,离老远就唤住了一辆胶皮车。

苏牧说:"你可能摆谱呀。"

于大少反唇相讥:"这是你求我。"

"好了,不跟你打嘴架。"苏牧拦住于大少的话头,"你先给我透点底,简直把我急死了,那乡下女孩子让你藏哪儿去了?"

于大少笑道,姚家。

苏牧大吃一惊:"真的?"

"谁骗你,谁是这个——"于大少五个手指一撮,做了一个小乌龟的形状,满脸荡漾着得意的笑。

两个人上了胶皮车,直奔南市"恩发德"羊肉包子铺。

那天晚上,于大少的确是把三荣领到"鼓楼东姚家"。

姚家是天津八大盐商之一，又是诗书世家。在鼓楼东占地十亩，有四百多间房子。于大少仗着他爹过去和姚家特殊的关系，出入姚家没人阻拦。于大少有自知之明，一般情况下他不去，实在没饭吃了，偶尔觍着脸去一趟，拼命吃，能抵挡三天的饥饿。

于大少想起那天晚上的情形，依旧无限感慨。

他领着三荣从南大街进去，远远地看见黑乎乎的鼓楼。鼓楼是旧时天津卫的精神中心，砖砌的方形墩台，楼高三层，砖木结构。四面设券门通道，无论是白天还是晚上，无论哪个角度看过去都带着一种轩昂的气势。当年天津警察厅长杨以德——《杨三姐告状》里的杨帮子——把鼓楼拆掉。可是拆完之后，他一家子人都得了病，尤以他爹最厉害，天天头疼，后来杨帮子又照原样盖了鼓楼。说也神了，盖好后不久，他一家子人的病全都好了。

于大少见三荣望着鼓楼，不走了，对她讲："看见了吗，这叫鼓楼，上面那口大钟呀一敲，小站都能听得见。小站知道吗，当年袁世凯练兵的地方。"

三荣似懂非懂地点点头，感激地说："大叔，你对俺真好，等找着了俺亲爹，俺请你吃炖肉。"

于大少乐了："这闺女，嘴还真甜，好，我就等着吃你亲爹的炖肉。"

拐上东大街，有一箭多远，就是姚家大院。

到了门口，看门人见于大少领着一个小姑娘，向他打趣道："于爷，又有什么新段子？"

于大少摆手："别贫嘴、别贫嘴。"他领着三荣进了院。看门人朝着于大少背影撇了下嘴，自语道："愣充大尾巴鹰。"

姚家大院到处都点着大灯泡子，夜晚如同白昼。

顺着写有倒"福"字的影壁墙左拐，穿过"海粟轩"院子，再右拐过"雨香亭"的跨院，再走过两旁种满香椿树的长亭，就到了四管家的上房。

姚家大院人多事多,共有六个管家。于大少和四管家感情最好。当年于大少爹在姚老爷面前保荐过四管家。那会儿四管家还是一个跑腿儿的"利巴",也就是杂役。

四管家刚吃完饭,才在客厅里坐定,水烟袋还没抽上两口,抬头就看见于大少进来了。

"四爷,给您请安。"于大少进门,打了个千。

"打千"是大清国规矩。民国已经二十七年了,于大少看见有身份的人或是年老长辈,照旧"打千",在屋里、在大街上,于大少都是礼仪不变。行大礼,没亏吃。

四管家的光头在灯泡下闪闪发亮。他欠了欠屁股,说道:"志明来了,坐。"

于大少的大号叫"于志明"。

于大少没时间坐,凑到四管家面前,堆着满脸笑容说:"四爷,上回听您说院里缺个粗活丫头,我呀给您找了一个。"

四管家挠了挠光头,想了想说:"志明呀,姚府要丫头这茬儿可有年头了,你怎么想起这个来了。"

于大少干笑着,把三荣往前推,说:"小丫头有个机灵劲儿,求您了。"

于大少有时脸皮厚,有时脸皮薄。

四管家上上下下看了会儿,"嗯"了一声,说:"好孩子。"

于大少竖起大拇指,说:"四爷好眼力,比X光机器还厉害。这孩子机灵,保准给您老露脸。"

那些日子老城里人要是夸谁眼力好都比作X光机器。报纸上登了消息,说是英租界的马大夫医院,从英国进了一台X光机器,拿灯光一照,肠子、心、肝、肺,全都一清二楚,没有秘密。那阵儿街面流行"X

光",成了时髦语。

四管家"透视"完了三荣,还要进一步了解,一句接一句地询问。于大少在旁边听着,这才明白三荣来津的前前后后。

原来,三荣不知道开香油坊的爹是她后爹。她爹下手打她,手劲儿特别大,她还纳闷呢。问娘,爹为啥嫌弃她。娘不言语,只是抹眼泪。后来有天晚上,三荣闹肚子,一趟一趟跑茅厕。听隔壁屋里,爹和娘又吵架,听了一会儿听明白了,原来她亲爹在天津卫做生意,她还听后爹说"见着面,非把他脸上的大瘊子给抠下来"。第二天,三荣哭着问娘实情。娘还是不说,她性子急,胆子也大,偷了家里几块钱,带上几件衣服,跑了出来。

四管家问三荣,她亲爹脸上的大瘊子,到底长在哪个部位。三荣也闹不清楚,用手指头随意地指了指双眉中间。

三荣就是这么随便指了指,后面才有了那么多曲折的故事。

四管家对于大少说:"让她在灶房里干一段,时间不会太长,这孩子还得走,志明,你得赶紧想别的办法。"

于大少应了。

寻找亲爹的三荣,在姚家大院暂时住下来。

苏牧觉得于大少提供的这点情况,引起不了读者的注意,必须还得要"加工处理"。他把自己关在日租界的一间小屋里,想了一天一夜,终于把这件事编得"真实"了。

苏牧用的标题,文雅潇洒、吸引眼球,同时合辙押韵——昔日采莲风流债,今朝孤女寻父来。

内文如下:十几年前,天津一个商人去芦台做生意。一天下大雨,商人没带雨伞,在一屋檐下避雨,隔着窗户,见屋内有一女人做女红。两个人隔着窗户对上眼,雷鸣电闪中碰撞火花,产生好感。女人将天津商人礼让进屋，嘘寒问暖。两人越谈越发情投意合，发生了"动人故事"，没想到此商人一次"命中"，在女人肚子里种下一粒"种子"。商人回到天津，再也没到芦台去过。多少年过后的今天，商人的亲生女儿从芦台来津寻父了。

苏牧在文末还卖了个关子，说本记者已经掌握重大线索，正在帮助芦台姑娘寻亲。本记者将会把寻亲过程，逐步披露给关心此事的热心市民。

苏牧非常狡猾，他没把所有情况都如实写上，诸如脸上长痦子之类的细节，他目的非常明确，就是要吊起市民的胃口。再有一点，他怕都写出来，后面没词了，他要抓紧时间再寻出个蛛丝马迹来，他想来个故伎重演，真有哪个冤大头撞上他的"枪口"，他定要好好"宰"一刀。

苏牧发完这篇文章的转天上午，他正要出门去报馆，大门响起文雅的叩门声。苏牧一惊，这个家他才搬来，时间不长，没人知道，他也不敢让人知道，他天天踩着钢丝挣钱，他用一支笔从背后给人打黑棍子，他心里清楚，不知道哪天背后就有人也给他来一黑棍子。

苏牧本想不言声，门却被悄无声息地推开了。他正要出门，门没锁。

一个黑衣女人立在他面前，苏牧看了，不由脱口而出："马丽！"

那天于大少眼力不错，的确是当年红透了半边天的时调名角、失踪了两年的黑马丽出现了。用我爷爷的说讲，天津卫经常出现这样的情况，一个人突然失踪，没有任何消息，几年后又突然出现。突然出现的人，大家都会敬慕三分，摸不清人家在失踪的几年里，又有了怎样的新身份，又得了怎样的背景。

"你这是……从哪儿来呀？"苏牧有些慌乱。

"没想到吧？我找你要说法来了。"黑马丽嗓音有点哑。

"说法？咱俩还有什么扯不清的？"苏牧向后退了一步，仔细打量黑马丽一身黑色闪光的绸缎裤褂，相信她手里不会掖着攮子了，这才稳定

下来。

黑马丽直视着苏牧的眼睛。

黑马丽是个肤色微黑的漂亮女人，高鼻梁，丹凤眼，又细又长的眉毛，靠近眉梢处又向上挑了一下，就这么一挑，整个人的神情就带了一点媚劲。不过这点儿媚劲，在黑马丽有些灰暗面容的衬托下，已经失去了魅人色彩。

"你怎么知道我住这儿？"苏牧口气有点发软，搬过来一把椅子，请黑马丽坐下。

黑马丽冷笑一声："怎么，你害怕了？"

苏牧嘴硬："我怕什么，我什么也不怕。"

黑马丽"哦"了一声，嘿，还这么冲，没变。

苏牧有些不耐烦了，说："我也不想闹明白你是怎么知道我住这儿的，你就快说吧，你来我这儿到底有什么事。"

黑马丽说："好，你痛快，我也痛快。我只想告诉你，那女孩子找亲爹的事，你别写了。"

为什么？苏牧大惑不解。

"你别再害人了，拿起笔，你就会瞎写。你已经把我害得够苦了，如今又要害这个乡下女孩子，缺德不缺德？"

"你别张嘴骂人。"苏牧瞪起眼，说，"是呀，我写了你跟人上床的事，可我是胡编瞎写吗？是不是真的呢？我是记者，有写的权利。谁让你是名角儿呢，大家喜欢知道名角儿的事。"

黑马丽眼圈儿红了，生气道："有这事你就写，你让我怎么做人？再说了，我跟谁生过孩子？我把孩子扔野地了？我被人扒光衣服推出门了？……"

"咳，咳。"苏牧咧咧嘴说，"我那不是想象吗。再说没我手里这支笔捧你，你能红吗？谁知道你'黑马丽'？你不是还得在南市混。话得两头说，咱们都混饭吃，不就得互相照应吗。"

黑马丽被气得说不出话来，停顿片刻，这才手指苏牧，道："我不跟你废话了，你要再害人，我就把你的家底抖出去。"

苏牧又一愣："我有什么家底让你抖？"

黑马丽冷笑一声，说道："点你一句，你写人家乡下小姑娘找亲爹，你自个儿不找找你的亲爹？"

苏牧脸色变得煞白，嘴唇一点儿血色都没有。苏牧从小不知道亲爹是谁，他多次问过娘。娘临死前，他跪在地上央求。在曹锟公馆当了一辈子老妈子的娘，咽下最后一口气，也没告诉他。这件事一直埋在苏牧心里，夜深人静想起此事，心口就疼。他曾经对着黑夜大声咒骂，心里游动着一股邪火，恨不得打你两拳，踢他两脚。可是这么隐秘的事，黑马丽却知道？

苏牧极力使自己镇静下来。他换了一副面孔，嘻嘻一笑，说："你怎么编派我都可以，只要你消了气就好，咱们两年多没见了，见面斗嘴，没意思。我不去报馆了，中午请你吃饭，如何？"

黑马丽不说话。

苏牧又说："你别这么看着我，说心里话，这两年我一直惦记着你，我还有好多话要问你呢。你怎么'倒嗓'了？这两年去哪儿了？"

黑马丽拖长声调，冷笑道："你问的这些事，我告诉你一件，你就得写上一个月，已经让你害苦了，你还想……"

"好好，我不问了。"苏牧一个劲摆手，说，"这样吧，咱俩先去劝业场'大罗天'玩会儿，中午去吃饭。"

"没时间。"黑马丽说完，扭身朝外走，走到门口，转过身，一字一句警告道，"你再害那个乡下小姑娘，我跟你没完。这件事呀，于大少又让你当枪使了。你是个坏人！"

黑马丽转身走了。

苏牧站在屋中央，一动不动。他机械地抽出一支"33"牌埃及烟抽起来。这牌子香烟，是高级货，铁匣包装，每匣一百支，三块多钱，比英美烟草公司生产的"匣力克"和"三炮台"要贵两倍。苏牧抽这种时髦的烟，已经好几年了，一直没倒牌子。

苏牧脑子里乱哄哄的，他琢磨不透黑马丽现在的底细，没有背景的话，不可能知道他苏牧的家底。在没有清楚黑马丽底细之前，绝对不能招惹她。不过转而一想，他又不能太过小心。天津卫是大码头，三教九流众多，都不是等闲之辈。你蒙我、我蒙你，在黑马丽没有掌握自己确切情况之前，也不能被她吓住。苏牧把心重新放回去。他现在最担心的是，黑马丽去找于大少，不知这女人瞎说什么。一旦于大少放弃合作，那可划不来。苏牧决定赶在黑马丽之前去找于大少。

苏牧走进火神庙胡同于大少的破窑里，看见于大少正在屋里转磨磨了。

"三荣……三荣……她亲爹找到了！"于大少激动得要蹦起来。

这段日子于大少着急上火，一嘴火红的水泡。在他灰白色长脸的衬托下，显得更加鲜艳。

苏牧让于大少说愣了。心里暗想，是《白话晚报》福气大，还是我苏某人命运好，这事才刚开头就有眉目了，那后面肯定有大戏呀。

苏牧把刚才的堵心全忘了。他抓住于大少胳膊，让于大少快说。可是于大少闭嘴就是不说，拉起他就往外走。

苏牧急了："现在才下午两点呀，你又饿了？你肚子是无底洞呀？"

于大少还是不言语，一直把他拉出胡同，喊住一辆胶皮车。

于大少连声说："快去玉清池。"

苏牧急了："你想先洗澡、后吃饭，美得你呀，我挣这点钱，容易吗，全都给你了。"

于大少急了，喝令拉胶皮的车夫停车，他下了车，扭头就往回走。

苏牧没有想到于大少脾气大了。连忙拉住于大少,一口一个"爷",对着于大少又是作揖又是央求:"爷呀,你是我祖爷爷还不行吗,得,今个儿你说什么就是什么,我听你的。"

于大少站定,伸出舌头舔了舔嘴唇上的火泡,用手指着苏牧的鼻子,义正词严地说道:"你把我看成什么人了,我这是帮你忙,你懂吗?今儿个我本想把你拉到那儿,我就回家了,看来还得罚你。"

苏牧心想豁出去了,舍不了孩子套不着狼,狠了心,任这小子宰吧。他心里这么想,可脸上没带出来,依旧乐呵呵的,连说怎么罚都成。

于大少乐了,说道:"你不是说我想洗澡吗?今天必须洗。洗完澡,去'十锦斋';吃完了,再去'权乐'听戏。你要不听戏也成,咱去'群英后'打茶围。"

苏牧在心里骂起来于大少,又吃又喝还想玩,心太黑了,等事办完了再整治你。

于大少见苏牧不言语,以为他不答应,扭身又要走。苏牧没脾气了,抓住于大少的胳膊,赶忙招呼了胶皮车。上了车,于大少悠闲起来。苏牧着急,用脚踩着车踏板,车上的大铜铃震得耳朵发麻,引得路边行人侧目相看。

1939年的天津夏季,日头好像光了身子,赤条条地撒野,显得无拘无束。树叶子无精打采,蔫蔫的,一言不发。阳光耀眼的大街上,稀稀拉拉地走着目光迷茫的行人。

苏牧想起黑马丽,赶紧告诉于大少,黑马丽回来了。

于大少一拍大腿,自己夸自己:"我这眼力就是好,那天看见的还真是她。"

苏牧一惊:"你跟她见面了?"

于大少讲了那天在南马路上的偶遇,苏牧这才放下心。

"她现在不唱了,靠什么活呢?"于大少紧问。

苏牧故意压低声音说:"听说她跟日本人……"

哦,原来如此……于大少紧皱眉头,那可得躲远点。

人心叵测呀,要躲她远点。苏牧提前打上"预防针"。

于大少拍胸脯,我是堂堂中国人,绝不会跟日本人和汉奸打交道。

苏牧翘起大拇指,爷们!

苏牧还是不放心,不知道哪天黑马丽去找于大少,把事情搅乱了。可她真要做,苏牧也是拦不住。

从鼓楼南大街到南市玉清池,路途倒是不太远。车夫飞奔,很快就到了。

玉清池是南市一带最高建筑物,天津卫规模最大的澡堂子,也是第一家设女部的澡堂子。

两人上了楼,来到浴池,门帘一挑,一个用毛巾围着下身、光着膀子的小老头高声招呼:"两位爷,洗个单间?"

于大少扭脸看苏牧,见苏牧瞪他,就冲小老头一笑,说道:"算了、算了,今儿个不洗单间,您给找两铺。"

小老头应了,一挥手,一个小伙计提着两个大柳条筐子过来了。两人站在柳条筐前,瞬间脱了个精光,把衣服放在筐里。

休息大厅有上百张小床铺。有的人洗完了舍不得走,躺在小床铺上睡一会儿,打着响亮的呼噜;还有的人,一边喝着茶水,一边神聊。

裸体的于大少,竹竿一样走着,好像随时要折断。心烦意乱的苏牧,望着眼前晃动的"竹竿",无可奈何地笑起来。他离不开于大少,于大少也离不开他。别看见面争吵,将来还是要在一起的。

来到泡澡的大池子前,于大少喊了一嗓子:"胖爷,胖爷在哪儿?我可准时到了。"

热气弥漫的水池子里,慢腾腾地立起一个被热水烫得赤红的大胖子,像个蒸熟的大螃蟹。"大螃蟹"惬意地"啊"了一声,声调悠长而舒展,仿佛骨头节里拽出来的声音。

不用看,听声音,苏牧知道这位爷是老胖。"堂腻"老胖。这也是他们狐朋狗友中的一员。

有过口袋里只有两毛钱去泡澡堂恰巧拾到金戒指经历的我爷爷,说到洗澡的事,立时眉飞色舞。他喝了一口酒,问我:"你知道'堂腻'是怎么回事吗?"

我哪里知道。

爷爷喜欢我说"不知道"。

爷爷讲,哪个地方都有"堂腻"。在天津卫,有这么一群人,天天泡在澡堂子里,跟上班一样,无论刮风下雨,都会准时报到,一天不闻洗澡水味浑身难受。染上这种瘾,就像酒瘾、烟瘾一样,很难戒掉。

"堂腻"老胖,有过大钱,他干过"跑合",帮人联系买卖,嘴巴一动,钞票进了口袋。如今不干"跑合"了,只是天天泡澡。泡澡也要钱,没钱不成。那他靠什么来钱呢?靠他老婆挣。他家住在南市大舞台,他老婆是"暗门子",也就是暗娼。他天天在澡堂子泡着,他老婆在家接客。两口子倒是配合默契,互不干扰。

苏牧见于大少领他来见的人是老胖,以为于大少耍他。

从池子里出来的老胖,一身水珠子,噼里啪啦地掉下来。他脑袋一扬对苏牧说,你要找的那个人我知道,脸上有个大痦子,对吧?

苏牧激愣了一下,三荣要找的亲爹,脸上有颗大痦子,这个细节他没有写进文章里。老胖知道这个细节,显然是于大少告诉他的。

于大少拍拍自己瘦瘦的光屁股,对苏牧解释道:"你不是想要找到三荣的亲爹吗?有必要瞒着谁?再说胖爷也不是外人。"

老胖解释道:"我看了报纸,猜到这事必有于爷。不能看着你们俩为难呀!我就留了心。"

苏牧说:"那你就把'大痦子'的事说说吧。"

急什么，先得洗呀。老胖用肥厚的大手掌拍着自己的大肚子。

"我哪有闲心洗呀。"苏牧皱着眉头。

于大少说："我可得洗，两个多月没洗澡了。"说着下了池子。

于大少没下热池子，他那一身骨头经不住烫，他下的是温水池。苏牧没办法，也只好跟着下了池子。

傍黑时，三人才从玉清池出来，然后又去了"十锦斋"。在雅间里，老胖说了"大痦子"的有关情况。苏牧越听越激动，他非常清楚，一笔大买卖马上就要来了。

天津卫的事永远都是离奇的。

芦台小姑娘三荣说了亲爹脸上有颗大痦子，她也不知道大痦子的具体位置，可有人帮她设计好了大痦子长在哪里——在双眉之间。

那会儿天津卫几十万人，双眉之间有痦子的，要是找出几十人来也不稀奇。可是年龄、性别、身份都能对得上号的也不容易。等到老胖把那人情况讲完，苏牧愣住了。确有其人呀，没错，这人肯定就是三荣的亲爹。

这人是谁呀？北门外竹竿巷"德顺号"的掌柜。此人名叫范宇翔。

竹竿巷这地方可是天津卫乃至整个北方有名的"银窝子"。在这条长不足三百米的狭窄小巷里，有几十家大银号，另外还有棉纱庄、茶叶庄。这里的买卖，在国内做到新疆，国外做到日本。这里的许多银号都在日本有分号。这条小巷日常就有三千两银子在那趴着。这么说吧，曾有一家专靠给竹竿巷的商家做盛钱的小麻袋，昼夜加工还是供不应求，最后这家做麻袋的作坊都发财了，可见竹竿巷的商家有多少钱吧。不过"九一八"之后，竹竿巷不如从前了。可是瘦死的骆驼比马大，这里的商家还是有些钱财的。

"德顺号"掌柜范宇翔，五十多岁，矮胖子，冬瓜脸，双眉之间有一颗蚕豆大的黑痦子。他一家五口，老婆孩子，还有八十多岁的老娘。他不抽烟、不喝酒，喜欢唱两口评戏。范掌柜惧内，怕老婆。他过去在河北、山西、山东一带做过棉纱生意。范掌柜在天津卫商界也是个人物。苏牧知道，要是把范宇翔搞定，这是一口大肥肉，小半年不给报馆写稿子也能把日子过得赛神仙。可越是容易的事，心里越是打鼓。担心被范宇翔反咬一口。范掌柜有钱，有钱能使鬼推磨，万一打不着狐狸惹一身骚，那可不是苏牧的风格。苏牧写流着坏水的文章太多了，树敌也多，他不敢在华界住，搬到了日租界。日本人现在是老大，谁敢招惹呀？范宇翔假如真与日本人有生意往来，"修理"一个报馆小记者，那是易如反掌的事。可要放手这件事，苏牧又不甘心。他是干记者出身，每个记者身上都有一股虫子，遇到"抢手"的新闻素材丢下不写，仿佛不让老胖泡澡堂子一样难受。

　　苏牧终于下了狠心，他要"吃"范掌柜一口。为防不测，苏牧还要搬家，单凭那个黑马丽，他也要挪窝儿了。他在意租界回力球场附近找了一处房子。房价高了点，他认了。意租界与日租界隔着一条海河，在心理上也有一种安全感。苏牧就是要下一把赌注，但他绝不蛮干，否则的话，他早让人大卸八块了。

　　苏牧决定，试探着一步一步走。不能操之过急。

　　苏牧发的第二篇稿子，把范围缩小到北门外，果然效果就有了，把读者的兴趣调动起来了，北门外才多大的地方，一下子让许多人觉得风流老头就在自己身边。

　　苏牧紧张地等待反应。

　　两天之后，见没人找麻烦，他又抛出第三篇文章，把范围缩得更小，说是耳朵眼炸糕铺附近。耳朵眼炸糕铺与竹竿巷一街之隔。他没有点竹竿巷的名字，但是有脑子的人一琢磨，立刻想到竹竿巷。

　　果然，麻烦来了。

苏牧发完第三篇稿子的转天早上，在海河边等摆渡船，到东北角的报馆去上班，实际上是想到报馆听听读者最近有什么反应。

海河边清风习习，等摆渡的已经有十几个人了。这里正是海河的凹处，左右两边河两岸的情况看得清楚。往下游看，是望海楼教堂，海河边上最高的建筑物，站在教堂上面能看见海河入海口处的点点白帆；往上游看，是树木茂密的俄国花园和花园内铜顶坟上高耸的纪念碑，那是"纪念"八国联军入侵天津时，为被天津军队击毙的俄国官兵而建。

左瞅瞅、右看看，苏牧心情格外好，他琢磨着那个范宇翔大概一个软包子，没什么了不起的，他随便捏褶，还要吃掉里面的肉馅。他想今天到报馆了解新情况后，马上写第四篇稿子，点明竹竿巷，趁热打铁。

苏牧想着大把钞票摆在眼前的美景，走神的工夫，一个西服革履、戴着墨镜的高个男子站在他的旁边，直视着他。他正纳闷"墨镜"为什么看他，就听那人说话了。

苏先生，这是去哪儿呀？"墨镜"声音很低，样子很凶。

苏牧见过大世面，不紧不慢地说："先生既然知道我，肯定是朋友了？"

"墨镜"脸上没有表情："我们可能是朋友，也可能不是朋友，这全看苏先生怎么做人了。"

与看不见眼睛的人说话，有一种恐怖的感觉。

"恕小弟眼拙，您戴着眼镜，没认出来。不知与先生在哪儿见过？"苏牧试探地说。

"苏先生嫌我眼镜碍事，你替我摘下来不就认出我是谁了吗。""墨镜"的话软中带硬。

苏牧忙说不是那个意思，先生戴墨镜很好看的。

苏牧表面镇静，心里开始发毛，看来此人来者不善，肯定和范宇翔的事有关。苏牧也不绕弯子，直截了当把话挑明。

"先生，你找我到底有什么事？"

这时，摆渡船快到岸了。岸上的人们，纷纷朝岸边靠拢，等着上船。苏牧也上前一步，做出准备登船的姿态。

"墨镜"说："我不想耽误苏先生宝贵的时间，只想提醒你一句，写文章不要乱写，没有的事不要无中生有，对自己没有好处。"说完，扭身走向路边的一辆黑色小汽车。

苏牧见黑色小汽车开走了，才发觉自己出了一身冷汗。要不是开船的人喊他上船，他还愣在那儿。

苏牧下船后，再上电车，脑子乱哄哄的，也不知道怎么到的报馆。他非常清楚，"墨镜"肯定是范宇翔那头的人，这是警告他，下次就不会这么客气了。苏牧一时没了主意。看来他对范宇翔的估计是错了。范掌柜还不是软包子。是个软中带硬的人。

《白话晚报》在东马路的角上，旁边是金城银行。北马路和东马路，是天津老城最热闹的两条街道，集中了两千多家商户，天天人流不断。自从"七七事变"后，街道变得萧条，可是这两条马路还是比别的地方热闹。

苏牧走进报馆大门，见到的人都向他祝贺。

由于他的文章，报纸销量猛增，还不断有人来报馆打听三荣找爹的进展，有的是给报馆提供寻亲线索……因为这件事，报馆忙碌起来。主编临时决定，停止正在连载的《蜀山剑侠图》，专门辟出两个版面，登载热心人提供的各种线索。本来读者在苏牧文章发表之前，很是关注还珠楼主撰写的这部连载小说，读者被三荣的事搅乱，没人注意这部连载小说了。

苏牧对于大家的祝贺，没往心里去，一边应付着，一边快速上楼。

刚进屋，屁股还没坐稳，有人给苏牧送来一封信，可他还没看清那

人长的什么模样,那人已经扭身走了。苏牧拆开信。信上写的是:你的文章我们爱看,还要写下去,没人敢碰你一根头发。落款是墨画的一面小黑旗子。

黑旗队也跟着掺和?苏牧彻底糊涂了。

我爷爷说,天津卫什么能人都有,即使日本人来了,能人依旧层出不穷,依旧按照自己的路数活着,比如黑旗队。

黑旗队是老地道外流氓混混的组织,几十口子人,个个都是亡命徒,麻九、孟瞪眼、杜黑狗等人是黑旗队的头领。黑旗队最早"吃铁道",后来又改行抢仓库、夺脚行、占码头。为了打出"知名度",黑旗队暴打"三不管"著名大混混王金才的徒弟穆来子;把南市大流氓、绰号"郭瞎子"开的窑子砸得稀巴烂;黑旗队再接再厉,又把在芦庄子威风凛凛的大地痞刘保真收拾了,怎么收拾的,不是杀人,是把他的赌场给毁了。

这几件事闹起来后,黑旗队的知名度立刻陡增,就连日本人也怵黑旗队几分,更不要说华界的警察局了。

苏牧知道自己闯祸了。黑旗队要是收拾自己,连尸骨都找不见。

苏牧表面平静地在报馆写字桌前坐着,脑子可是一刻没有停闲,他突然想起圈定范宇翔,这是老胖给的信息,范宇翔这么厉害的角色,怎么能去碰这样的人?在市面上混了那么久的老胖,不可能不知深浅。这里面必有问题。

苏牧腾地站起来,鸟儿一样冲出屋子。屋里人被他吓一跳,面面相觑。

一个老记者说:"这小子,不知道又想起什么坏主意了。"

老胖旋风一样消失了。

苏牧去了两次玉清池,都没有找到老胖。他又到南市大舞台,去老胖家。

一座小院子，六间房屋。老胖家紧挨着大院门口，他往里探头，见老胖屋里挂着严严实实的窗帘。老胖的老婆可能正在"工作"，这样的话，老胖肯定不在家了。

苏牧正要扭身走，见院里出来一个老婆子，见他探头探脑的，也把他当成老胖老婆的"客人"，狠狠地朝地下啐了口唾沫，转身又回去了。

苏牧无可奈何地摇摇头。难怪那个老太婆吐唾沫，哪条胡同、哪个院里出了一个"暗门子"谁都不舒服，可又谁也不敢惹，因为这种"暗门子"背后都有混混们撑腰。"暗门子"每月向地界混混们交"保护费"，谁妨碍了"暗门子"工作，混混们就要出头摆平了。平民百姓谁惹得起那帮跳油锅滚钉板"抽死签"的人渣子。

苏牧离开大舞台，在大街上盲目地走着。

已经进七月了，可是天气却很凉爽，隔三差五地下场雨，房屋墙角处泛起了青绿色的绒毛。

很长时间没有说到杨天师了，我爷爷在说到1939年夏季奇怪的天气时，突然扯起了杨天师。爷爷讲，杨天师预见过1939年肯定是个大灾年。我爷爷讲这句话的时候，流露出钦佩的目光。我发现爷爷评价杨天师，总是摇摆不定，变化无常。

天不正常，人也不正常，老胖竟然不在池子里泡着了，那他能去哪儿呢？

苏牧想着，下意识地抬头，又到了玉清池门口，干脆进去再看一眼，说不定今天能碰上老胖。

穿着衣服进去找人，玉清池没有这规矩。甭管谁进来，也得光屁股进去。

苏牧买了票，拿了木牌儿，进了大堂。

来到热水池边，没有见到老胖。这次他嘴勤了，问里边小伙计，见没见到老胖——就是那个天天泡在池子里的四十多岁的大胖子。

小伙计说:"你要说老胖,我不认识,可那个天天泡池子的大胖子我知道,如今人家已经洗上单间了。"

苏牧心想,看来老胖找到来钱的路了。他忙问在几号单间。小伙计告诉他在六号。

我爷爷讲,他没泡过单间。他舔一下干裂的嘴唇,仿佛回味什么,说那时候要是能泡上单间……单间的价格是大池子价格的十倍,但是花得不冤枉,冷热水自己调,旁边还有铺着雪白床单的床,床头柜子上冬天摆着青萝卜、雪花梨,夏天摆着冰镇的西瓜。茶叶是上等的毛尖,水是滚开的水,不像外面的水,烧不开,茶叶还带着一股异味。屋子用香熏,毛巾用香水洒。想吃什么,拉床边的绳子,外面开始响铃了。一会儿工夫,小伙计就哈腰进来,问你需要什么。你说你想吃烤鸭,当然你得付钱了,小伙计跑走了,眨眼工夫把烤鸭送过来了。无论你需要什么,让小伙计去买,小伙计用小提盒子提着,跑着去、跑着回,中间都不带歇气儿的。送进来时,狗不理包子热气腾腾,刚出锅时一个样。

洗单间,那是人生享受。如今……老胖享受了。

苏牧站在六号门前,敲了好几下,里面才有人哼了一声,推门一看,见老胖躺在床上打盹呢,两只硕大的肥脚丫子翘着,迎面看去,脚指头个个像红龙眼。龙眼不是白的吗,是呀,那是白的,可老胖这"龙眼"是刚拿热水泡过的,红的。

"发财了。"苏牧说。

老胖坐起来,并不谦虚,说:"对,我发财了。"

苏牧说:"我找了你三天。"

苏牧说:"你怎么知道三荣要找的亲爹就是竹竿巷的范宇翔。"

苏牧说:"谁告诉你范宇翔就是三荣的亲爹?"

苏牧说:"咱们在一起喝酒好多年了,你没有什么瞒着我吧?"

老胖鸭子般"嘎嘎"笑起来,满不在乎地说:"大记者,我骗你干什么？你不问我，我瞅机会还得告诉你呢。你问我怎么知道大瘄子范宇翔是三荣的亲爹？告诉你吧，有人告诉我的，那个人是谁，我也不认识。"

苏牧瞪起眼睛："你耍我？"

老胖的大肥手摆了摆："我还没说完呢，那个人给了我钱，给多少你就甭问了，他就让我传一句话，告诉于大少，就说三荣的爹是范宇翔。你说，这天上掉下来的绿豆糕，我能不吃吗？"

苏牧皱起眉头，疑惑地问："那个人怎么找到你的？"

"我还能在哪儿？在澡堂子呀。"老胖大笑，"当时我还挺纳闷的，心想这人吃饱了撑的，有钱没处花，于大少谁不认识，自己找去呀，偏让我递话？得，给我钱，我就传话，管这么多干什么。我这辈子，总是挨骗，这回我也骗人……咳，我骗谁了，这叫福分……"

老胖高兴得没完没了，话也说得颠三倒四。

苏牧冷笑一声，在天津卫拿便宜钱，没这么好拿的，小心点。

老胖怔了一下，眼睛一瞪，骂了一句难听的话。苏牧不想跟老胖废话，转身走了。

老胖躺下，两眼望着天花板，目光黯淡。

就在苏牧不知道下一步该写什么时，事情又出了岔子。

天津城另一家市民报纸《天津午报》，突然连篇累牍地登出大字号文章，说《白话晚报》乡下女孩寻找亲爹的事，是无中生有的，随后便是冷嘲热讽，含沙射影地讲《白话晚报》靠的就是无中生有的野史拾趣来支撑。

《白话晚报》社会新闻版的孙主编气坏了，立刻把苏牧找来，发了大脾气。苏牧这才知道，原来报馆老板亲自约见孙主编，命他三天之内必须拿出反击办法，否则要将与这件事有关的人员全部辞退。

孙主编对苏牧说："你要迅速拿出有凭有据的东西，我听说那个小姑

娘在鼓楼东姚家，是吗？"

苏牧一愣："您是怎么知道的……"

孙主编说："这事能瞒得住吗？没有不透风的墙，晚了可让别人把这事儿给挖走了呢。你快说说下一步怎么办。"

孙主编看着苏牧，满脸的不耐烦。

苏牧觉得孙主编鼓眼泡里隐含着其他内容。尽管苏牧意识到这件事背后还有更复杂的东西，可是自己的饭碗在人家手里捏着。要是在几年前，他苏牧才不看人脸色呢，早就转身走人了，可眼下与几年前不一样了。自从日本人加强对媒体的控制，十几家报馆、书刊社因有"反日嫌疑"而被勒令停办，更多的报馆都是勉强维持。

苏牧毕竟精明，瞬间权衡利弊，不露声色。

苏牧对孙主编说："您别着急，谜底肯定是要兜出来的，我想把这事多闷几天，把人们性子吊起来。怎么吊？得有'好活儿'托底。"

孙主编脸上有了笑容。

苏牧本是报馆得力干将，这次孙主编找来苏牧"训话"，就是为了对上边有交代。另外也是想借此机会给苏牧下马威，让这匹小马驹乖巧一点。如今见苏牧毕恭毕敬，也就满意了。

孙主编站起来，拍拍苏牧的肩膀，意味深长地说："好好干，拿出真活儿，对报馆、对个人都有好处呀……"

苏牧也是顺坡下驴，说："还靠孙主编多多关照。"

孙主编会意地笑起来。

当天晚上，苏牧写出三荣住在鼓楼东姚家的新闻，并以更加火药味的证据反击了《天津午报》。苏牧心里非常清楚，这篇文章的发出意味着什么。他顾不上海河边上戴墨镜的神秘人物有什么背景了。依照目前情况，写这篇文章总比不写更有利。

苏牧深知自己卷入一场无法预测的漩涡中。他像过了"楚汉河界"

的小卒子，已经没有回头路了。

　　苏牧是个明白人，这步棋早晚到来。如今，来了。

　　于大少被姚家伙计喊到姚家大院四管家的大屋时，三荣穿戴整齐，胳膊上挎着蓝底白花的小包袱。完全就是来天津城那天的打扮。

　　于大少把三荣送到姚家后，他来过一次。一晃有二十多天了。于大少望着三荣，愣了愣，这丫头虽说还是乡下打扮，但神态已经变了。

　　姚家祖上二百年前由浙江余姚迁至津门，四代进士，注重门风。在严格的祖训家诫之下，姚家人的一言一行都是有板有眼，在天津城口碑甚佳。与姚家来往的人也都是礼贤之人，像诗人梅小树等津门雅士。三荣进了姚家大院，犹如进了高等学府作了"旁听生"。尽管干粗活，时间不长，但是姚家良好家风的浸透力极强，短短的二十多天已被调教出来大户人家的一点风范，初次见面时乡下人的土气与迟愣，被秀气代替。

　　三荣见到于大少，脸上露出哀怨神色，眼泪噼里啪啦地落下来。

　　于大少给四管家打千行礼后还没来得及张嘴，四管家苦着脸，抢先说话了："志明，你给我找事呀，老爷跟我急了……没办法，三荣不能待了。人，你就领走吧。"

　　"四爷，是那报纸……"于大少嗫嚅着。

　　于大少心里埋怨苏牧，为什么非得提姚家大院，这不是没事找事吗？

　　自打苏牧在《白话晚报》上披露三荣在"鼓楼东姚家"的消息后，只是半天工夫就传遍了天津城。有人将报纸送给姚老爷。姚家怎能与这闲事搅在一起，姚老爷当即将四管家找来，狠狠训了一通。四管家将三荣的来龙去脉详尽地向姚老爷说了一遍，检讨自己老糊涂了，不该揽下这事。

　　姚家尽管家法严厉，但是通情达理。

　　姚老爷叹口气，对四管家说："我知道只要是志明的事，你就不好意

思推托，看在他爹与我的交情上，不能怨你。不过，志明这孩子爱胡闹，以后他的事可不能管了。"

这就是于大少的事，这就是四管家帮忙了于大少，要是换了别人，姚老爷早就打发走了，这也算给了四管家的面子。不过，三荣立刻离开，姚老爷没有一点通融的余地。

"志明呀，"四管家又说话了，"以后有什么事，你就别再让我为难了……"说完，扭过脸去。

于大少明白了，这是让他别再上门了。于大少这人有点赖，骨子里还是有少爷的脾气，遇上事儿宁肯掉脑袋，也不愿丢面子，尤其是在姚家这样有地位的人家里。

"四爷，以后我再登姚家的门，我……"于大少本想说"我不是人生养的"，话到嘴边马上又改口，"我要是登门，我就是小狗。四爷，我领三荣走。"

四管家忙说等会儿，他指着身旁黑漆闪亮的八仙桌子，桌子上放着三块银元。四管家说："一块，是三荣这个月的工钱；那两块钱，是我自己给孩子的赏钱。"

三荣给四管家跪下了，哽咽着，什么也说不出。

于大少叹口气。

四管家又叮嘱于大少，马上把三荣送回芦台，天津卫太乱了。

三荣手脚麻利，深得四管家喜欢，要是没有那些乱七八糟的事，三荣是能在姚家干下去的，可眼下只能走了……

于大少领着三荣出了姚家大院，大街上的人们在他们背后指指点点。三荣低垂着头，于大少问她话，她也不言语。

两个人沿着一个月前来的路，稀里糊涂地往前走着。快到火神庙胡同了，于大少才恍然大悟把三荣拉住。

得找辆胶皮车，从这到车站，路远着呢。

"俺不回去。俺还要找亲爹,不找着俺爹,死也不回去。"三荣说。

三荣不识字,不会看报,外面的事她不清楚。假如于大少好言好语劝一会儿,三荣也就回芦台去了,可是于大少一着急,就说你亲爹找到了,竹竿巷做大买卖的人。于大少这样一讲,麻烦来了,三荣嚷着要去认亲。

自知说走嘴的于大少,急得一头大汗,告诉三荣:"你最好还是回去。说你亲爹如今一大家子,你这么去,他能认你吗?亲爹儿女们还以为你是分家产要钱去的呢。"

三荣看着救命恩人于大少,说:"怎么办?"

于大少喘口大气,心想,是呀,怎么办?!

这时,火神庙胡同对过的市立第二小学堂放学了,孩子们背着书包走出来,走向学堂门口两旁停着的胶皮车旁。这家学堂非常有名,学校牌匾是袁世凯题写的。在这家小学堂读书的孩子,都是老城里有钱人家的闺女、儿子。

三荣望着眼前穿戴整齐的孩子们,脸上露出羡慕的神情。也就是那一刻,三荣坚定了寻找亲爹的信念,刚才听于大少说她亲爹是个做大买卖的人,认亲爹的念头更加坚定。

"大叔,你做好事做到底吧。"三荣将四管家给她的三块银元交给于大少,说,"您就帮我存着,俺还是要找亲爹。"

于大少接过三块银元,郑重说道:"这样吧,你先住我那儿,屋子破点,可是保安全。"

三荣脸红了:"大叔,那可不成。"

于大少说:"我去住澡堂子。"

天津卫的澡堂子到夜里十一点就改成旅馆了。比旅馆价钱便宜,一个床位才三毛钱。

三荣受感动了,说:"大叔呀,你是好人。"

于大少苦笑着，领着三荣进了火神庙胡同。

刚进院子，就见小院里过年一样，围着好多人，个个脸上喜气洋洋。于大少纳闷，这是怎么了？就见齐婶走过来，拉着他的胳膊，说："大少呀，快看呀，这是谁来看你了。"

于大少愣着，人群闪开一条缝，一个穿着藕荷色旗袍、烫着波浪形长发的女人，光彩夺目地站在他的面前。是黑马丽！

你怎么……找到这来了……于大少脸色通红。

让马丽看见他现在如此落魄，有些不好意思。

黑马丽笑吟吟地走到他面前，说："这么多年没见了，我来看看你。"

这时，于大少突然想起苏牧告诉他黑马丽和日本人有联系，他板起面孔，拉起三荣，往破窑里走。

齐婶一把拦住他："大少呀，你怎么不懂事，人家是名角儿，到咱这破地方来，那是咱全院的光彩……"

黑马丽止住齐婶的话，对于大少说："我知道你为什么这样对我，是苏牧在背后说坏话了，大少，我来看你，你怎么也得让我进屋坐会儿呀。"

于大少板着的面孔慢慢松开了，脸红了，说："你要是不怕屋里脏，那就进来吧。"

黑马丽笑了笑，随着于大少进了破窑。

黑马丽与于大少面对面坐着，一言不发。三荣蜷缩在角落里，瞪大眼睛瞅着她看不懂的情景，这两人干啥呢？

屋里一片沉寂。

黑马丽将目光转向三荣，招招手："小妹妹，过来，坐我这儿。"

三荣走过来，坐在黑马丽身旁的小板凳上。

"大姐，你真漂亮，你是干啥的？"三荣在姚家大院"进修"过，已经不像过去那样怯生了。她从见到黑马丽那刻起，就被漂亮的黑马丽给迷住了。

"这小妹妹，好机灵，猜猜我是干什么的？"黑马丽摸着三荣的脑袋。

三荣眯缝起大眼睛，脱口而出："你是唱戏的。"

黑马丽说："姑娘好眼力！我问你，喜欢听戏吗？"

三荣说"喜欢"。又说她在家的时候就喜欢听戏，还喜欢学着唱戏。可惜没人教她。

"喜欢听什么戏？"

"时调。"三荣脆生生地蹦出两个字。

于大少"哎哟"一声，说："三荣呀，这回你遇上真人了。你知道她是谁吗，她是天津卫红透半边天的时调名角儿'黑马丽'。"

三荣急忙说："我知道。"

机灵的三荣，当即跪在地上给马丽磕了三个头，要拜黑马丽为师。

黑马丽扶住三荣双臂，把她拽起来，一把搂在怀里，眼泪流出来了。她哽咽地说："大姐的嗓子'劈'了。"

于大少接上话，问："你，嗓子怎么了？"

黑马丽解下掖在腰间的粉色手帕，擦了擦泪，对于大少说："我被人下了'白马汗'。"

于大少大吃一惊，这伤天害理的事谁干的？

梨园界是规矩最多的地方，也是下绊子最厉害的地方。"白马汗"就是白色马匹身上出的汗水，把这汗水给人沏了茶喝，嗓音立刻暗哑，平常人也还罢了，嗓子坏了也就那样了，可是靠嗓子谋生的人，这辈子就算是完了，很难登台演唱。在梨园界，下"白马汗"这种事，遭万人唾骂。一旦真相大白，使坏的人暴露出来，这个人连同幕后指使人物，遗臭百年。

三荣忙问啥叫"白马汗"。

黑马丽说："小妹妹你就别问了，这世道黑着呢，你不是出来找爹的

199

吗，我劝你别找了，快回老家吧。"

三荣摇头："不回去。"

黑马丽又对于大少说："你别再让人当枪使了。快把孩子送回去，钱不够，我帮你凑凑。那小子心狠手毒呀。"

于大少明白她说的"那小子"是指苏牧，便疑惑地说："苏牧倒是贪财，可我和他好了这么多年，他总不会害我吧？"

于大少又问黑马丽："苏牧告诉我，你和日本人有来往，这可是真的？"

黑马丽听了，鼻子都要气歪了，骂道："狗嘴里还能吐出象牙来，你怎么会信他的话？"

于大少不好意思了，忙解释说："刚开始我还真信了，可一见面，再一听你说话，我又不信了。可是我还想问你，这两年你去哪儿了？"

黑马丽长舒一口气："话说起来，可就长了，哪天再说吧。"

"那你现在做什么呢？"

"咳，说起来不好意思，我现在陪曹大总统的四夫人解闷，四夫人也是苦出身，她平日里就爱哼个曲儿。"黑马丽说完站起身，说她还有别的事，哪天有空再来看于大少。

三荣缠着黑马丽，答应收她为徒。黑马丽说再等等吧，临走又往三荣口袋里掖了点钱，再次嘱咐于大少快把三荣送回去。

于大少送黑马丽出屋、出院，看着她走在小胡同里的背影，心里有股无法说清楚的暖意，过去他与马丽来往的事，又一幕幕地出现在眼前。

三荣还是不想回芦台，还要找亲爹。于大少也拗不过她，同时他也天真地认为，只要找到三荣的亲爹，一切都会好起来。可于大少还得找苏牧。于大少可以折腾出来大事，却没有本事深入，还得依靠别人。

于大少找了好几次，才终于见到苏牧。像抓住了救命稻草，把苏牧拉到他那破窑商量对策。

本来下一步已经没有招数的苏牧，想着找于大少挖内幕，看看怎么甩出"三荣"这张牌。苏牧总是觉得"三荣"这张牌还没有榨干水分，还有可以利用的价值，如今于大少主动撞门上来，也就又把苏牧这只过了河的卒子往前拱了一步。他俩正好形成互动的良好局面。苏牧想起来就乐不可支。不过，苏牧也还有自己的对策，他正在下决心，打算破釜沉舟、铤而走险，他要用自己的性命去挣一笔钱、一笔与他花费代价相等价值的大钱。自从上次孙主编找苏牧谈过话后，立刻通知财务，今后苏牧每写一篇文章另加双倍稿费。在金钱利益驱动下，苏牧也要把"三荣寻爹"这出戏推向高潮。

苏牧是个高手。高手之处在于，心里越是着急，表面越是沉稳。他越是沉稳，合作对象于大少就会着急。合作双方，哪方着急，哪方就会吃亏。苏牧早就掐准于大少的"七寸"。

于大少把自己想法全盘托出：他准备带着三荣，直接去竹竿巷认亲。可又担心被人打出来。

苏牧夸赞于大少这是个好主意，可以把这件事做大。什么是大新闻？关键在"大"字，要让全城百姓人人皆知，那才叫"大"。

于大少着急地说："你说的这些我懂，你不用给我上课。我只想问你，怎么保护我和三荣。"

苏牧说："有我手中这支笔，谁敢打你。"

于大少一撇嘴："你那笔比得过盒子炮？比得过大枪？还是用用你的脑子，快想想办法。三荣手里没凭没据，怎么去认亲？脸上有大瘊子的人多了去，怎么就能让范掌柜把这事认下来。"

苏牧乐了，说："现在竹竿巷一带已经热闹了，范宇翔的老婆在家里摔摔打打，范掌柜的生意受了影响。"

于大少让苏牧快点说主意。

苏牧依旧慢悠悠讲:"现在就差一把火了,所以我要登篇文章,说清楚哪天哪个时辰,芦台小姑娘三荣到竹竿巷认亲爹。"

于大少气得蹦起来,大声嚷嚷:"你这是瞎胡闹。"喊完了,又赶紧把门关严,朝对面齐婶屋里看了看。三荣就在齐婶屋。他们两人谈话,不能让三荣听见。这几天真是多亏了齐婶,她经常照顾三荣,齐婶是心疼这孩子,整天骂范宇翔不是东西。

苏牧说:"你别着急,你得听我说呀。我要把认亲爹的日子说清楚,到那天竹竿巷挤满人,都想看热闹,给他范宇翔一百个胆子,他也不敢打三荣。不敢打三荣,也不敢打你。那么多人在现场作证,他敢动手吗?"

于大少恍然大悟,但又担心,万一那天范宇翔躲出去了或是不出屋,又该怎么办?

"躲?好呀,他一跑,不正好证明他做了孽,不敢见自己亲生闺女吗?"苏牧身子一扭,做了一个兰花指的动作。

于大少终于明白了,手指着苏牧,说道:"你小子太坏了。"

苏牧还没说完,咬着牙,继续讲:"范掌柜要是不跑不躲呢?想要解决,拿钱来!"

于大少傻愣愣地问:"要是他……他死活不认这门亲呢?"

苏牧昂着脑袋,胸有成竹地说:"到了那天,由不得范掌柜了,他百口难辩。如果他不肯认输,他家里那位母老虎也会半信半疑,再与范宇翔胡搅蛮缠,范掌柜哪还有心思对付咱们呀。"

于大少就差给苏牧作揖了,连说"服了、服了"。

苏牧得意地甩着腔,说道:"服了不行,快走吧,这破窑里的味儿都把我呛死了,出去走走,你也放点血?不要总喝我血。"

于大少豪气迸发,拍着胸脯说道:"今晚'白记饺子',行吗?"

"行,今晚饶了你,等三荣拿到钱,咱得上燕春楼。"苏牧不依不饶。

于大少立下保证，没问题。

苏牧想起什么，拉了于大少衣袖，习惯性地压低声音，假装什么都知道的样子，说："黑马丽找你去了？"

于大少不会编瞎话，实话实说了。

苏牧说："你得小心她点，她的话你可千万别信。她说我什么了？"

苏牧惦记着他自己的那点隐秘事，担心黑马丽说出来，拿话试探一下，摸摸底。

于大少说："当年你对人家太不够意思了，她是苦孩子，没有坏肠子，现在你要是能帮她还得帮她一把。"

苏牧继续摸底，装作无所谓样子，说："你知道她现在干什么？"

于大少说："听她说现在和曹锟曹大总统的四夫人有来往，至于到底干什么也不太清楚。"

苏牧若有所思地"哦"了一声，他多少明白了黑马丽为什么知道他的家世了，肯定是那个四夫人透露给她的。不过苏牧分析，黑马丽不会知道得太详细，心里也不再害怕她。他早就想好了，即使黑马丽都知道了，以此来要挟他，他再另想对策。

走一步，说一步。这是精明算计的苏牧，实在没有办法之后的无奈之举。

1939年8月1日上午。我不知道这一天，我爷爷为何记得如此清楚。是那个当初在我爷爷嘴里法力无边的杨天师告诉他的，还是他自己亲身经历的？我无从得知。我没有时间寻根问底。我爷爷沉浸在幸福愉悦的讲述中，他语速的加快，使我无法插话，我发现我已经跟不上他的节奏了。

爷爷讲，三荣认亲那天，上午还不到九点，老城里北门外已经人山人海。

我问，人们这么感兴趣？

爷爷说，天津城的老少爷们喜欢热闹呀。一种爱好一旦过了头，就容易被坏人利用。唉……

我望着爷爷若有所思的面容，似乎看到了那天的场面。

尽管那天是个阴天，飘着霏霏细雨，人们仍是兴致勃勃从四面八方赶来，最远的是从杨柳青起个大早赶着马车来的。就连平日很少出门、成天在家绣红、纳鞋底的大姑娘小媳妇们，也都叽叽喳喳地出来了。所有人只有一个心愿，看芦台小姑娘三荣在上午十点钟，来竹竿巷认亲爹。相认失去联系十多年的没有人性的亲爹。

这些日子，老城里真是热闹，过大年一样热闹。《白话晚报》连续三天登出大字新闻，相认亲爹的年、月、日，报上写得清清楚楚。

《天津午报》独辟蹊径，竟然连续三天登出另一则消息，寻亲的乡下姑娘三荣，经过激烈的反复，决定不认忘恩负义的亲爹，如今已经回到芦台了。这分明是在吊天津卫人的胃口！这正反双方的较劲，更让人们精神倍增，全都瞪大眼珠子，关注着激动人心的这一天。百姓们倒要看看哪家报纸说谎话。

在这三天里，这两家报纸印数大增，家家户户都有，人人传看，都在猜测这件事的最后结果。

在这三天里，各行各业的人们都在紧锣密鼓地忙碌着。"一品香"糕点、"五子牌"棉纱、"红钟"牌酱油、"天马牌"派力司、凡尔丁，这些天津卫的老字号商品连续刊登广告，生意大增。一些名不见经传的小商家，也在玩命花钱，不惜血本地开创知名度。至于各种祖传秘方那就更多了，像什么拿瘊子、治脚气，还有一针治好杨梅大疮的市井秘方。

特别是一个拿瘊子的大广告，更是格外引人注目。广告词非常简单，只有"去瘊"两个大字，有多大呢？小孩子屁股这么大，整整一个版面。这不是明摆着拿范宇翔范掌柜开涮吗？

这是明的，还有暗的。

有拿"三荣寻亲"这件事下赌注的。有下赌二两包子的；有下赌一碗小米稀饭的；还有下赌十间大瓦房的。除了下赌吃的、用的，还有下赌你想不到的东西。赌什么东西？一截手指头。你说啥？手指头太小？别着急，赌老婆。要是下赌输了，把自己老婆送给人家。怎么送？敲锣打鼓送。

在这三天里，各种稀奇古怪的事，每时每刻都在发生。

因为"三荣寻亲"这件事闹腾太大了，成为那段时间里天津最大新闻，连市长萧振瀛都过问了。他立刻命令他的儿女亲家、天津市公安局长孙维栋，部署警力严密监视这件事的动态，严防"共党"趁机闹事。

8月1日这天，北门外一带布满了警察，人群中还有身穿便衣的侦缉队。日本人不会容许这么大的一件事在他们眼皮底下失控，他们早已暗中布局。天津驻屯军司令多田骏，海光寺日本宪兵队小野队长，双方经过商议并派出军警宪特来到北门外，这些日本人没有穿军装，全都身着便装、腰别枪支，一旦发生暴动，可以立刻进行弹压。

不过还有一件事，谁也不知道了。

在8月1日来临前三天，也就是《白话晚报》和《天津午报》相互"吵"得最为激烈时，从河北任丘开来了两艘小船，船上装着任丘特产大白梨，静静地停靠在三岔河口。

两艘小船的老板，姓安，人称安老板。他把两船上的大白梨，给了西马路上的达孚货栈；达孚货栈又将准备好的棉纸、钉子、蜡烛、颜料，还有其他货物，一起给了安老板。没有现钱交换，是货物交换。

8月1日上午九点多钟，北门外最为热闹的时候，看热闹的人们正在耐心等候十点钟的来临。

北门外热闹，三岔口安静。

两艘河北任丘的小船，已经满载货物离开码头。实际上，任丘来的

安老板是八路军采购员，这两船货物经过数次辗转，最后安全送到解放区。当时所有货栈都有商会派来的日本人驻守，所有来货、进货都要进行登记，还要进行严格审查，他们认为可能是八路军所需东西很难从这些货栈发出，可是这天因为三荣寻亲这事牵扯了日本人在北门外的注意力，这些货物得以安全运走。不过后来还是被日本人发现一些破绽，他们把达孚货栈的掌柜给抓了起来。掌柜的说这是拿大白梨换来的，不是货栈卖出去的，至于来人是哪儿的，他也说不清楚，货栈老板觉得大白梨味道不错，拿东西换了，也没想别的。日本人不相信，拷打货栈老板，又由于没有足够证据，再加上货栈花钱暗中运动，也就把货栈老板放了。其实这个货栈老板也是中共地下党，他与任丘的安老板，自天津沦陷后按照华北局的指示，始终在单线联系中，秘密为八路军运送紧缺物资。这条秘密线，一直没有被日伪侦破，坚持到抗战胜利。

再说北门外竹竿巷。

随着十点钟的临近，人群越聚越多。有看热闹的，还有做小生意的，卖各种吃食。挎篮卖蒸饼火烧，推车卖老豆腐，小孩子爱吃的棉花糖、大梨糕……

还来了几百个"叫花子"。他们在人群中乞食讨钱。又来了一帮地痞小混混，他们也跟着凑热闹，抢人家的草帽、捡走丢的鞋子。还有的专往大姑娘、小媳妇堆里钻，摸一把屁股、拧一把奶子，人群里不时发出"嗷嗷"叫声。

人们等待着，等待着十点钟来临。

我爷爷讲，平日里竹竿巷挤满了各地客帮。这些客帮大都从事棉纱、药材、茶叶。另外也有一些杂货的捐客，在巷子里交头接耳，谈论着生意。他们谈着、谈着，就在袖口里互掐手指，这叫"袖里吐金"。谈价钱，没有明说的，让别人知道怎么办，在袖口里用手指头讲价。谈得好，又是抱拳又是作揖；谈崩了，面红耳赤，像是两只斗鸡。

可是那天，竹竿巷中没有了这帮"袖里吐金"的掮客。

"德顺号"黑漆漆的大门，严严实实地关着，里面没有一丝声响，谁也不知道范家人在里面在干什么。有几个青皮小子蹑手蹑脚地凑到大门前，扒着门缝想看个究竟，橡木大门严丝合缝，没有一点缝隙。几个青皮小子打逗着走开了，其他商号也把大门关严了，担心有人趁火打劫。

宽敞的北门外大街、狭窄的竹竿巷，仿佛一口大锅里的热水，在干柴烈火下面，马上就要沸滚起来。

天气越发闷热，嗓子眼堵了棉花一样难受。

还有三分钟就到十点了。忽然街面上骚动起来，乱糟糟的人群仿佛被一把大砍刀砍断了，一条弯弯曲曲的小路呈现出来。

远远地，响着铜铃铛的四辆胶皮车，飞箭一般奔袭而来。

随着胶皮车的临近，拉车的人越来越清楚。四个拉车的，二十出头的壮小伙子，都是秃头，青头皮跟青萝卜一个颜色。四个人光着膀子，穿着号坎儿，号坎儿用灰色棉布缝制。能吸汗，闲下来时还能把衣摆当手巾擦汗。四个小伙子个子高，宽肩、窄腰，胳膊上的肌肉粗壮吓人。几个人的脚下都是一码儿的蓝色圆口千层底布鞋。

四辆胶皮车稳稳停在竹竿巷的巷口，车上的四个人下了车，是三荣、于大少、老胖、苏牧，"寻父事件"的四个主角全部到场。

三荣是必须来的，于大少是主动请缨。最不想来的人是老胖，一是他懒，二是怕日后惹上麻烦。苏牧说什么也要让老胖来，好说歹说，又在他口袋里掖了几块钱，老胖这才答应来。老胖传句话得来的"外快"，早让他折腾完了，再加上他老婆的"工作"最近不景气，老胖需要钱，需要大把的钱。对苏牧来说，让老胖来，他还有另一层目的。一个谁也不告诉的目的。

四个人下了车，拥上来一群端着照相机的记者，"啪啪"拍个不停。拍完照片，这才闪开一条通向竹竿巷的"人道"。

四个人排成一行，慢慢向前走。

三荣走在最前面，脚步有些机械，看上去不是她走，是被一根看不见的线绳牵着走。小脸紧绷绷的，双眼直视前方，不敢朝两边看。乡下女孩子哪见过天津卫这阵势呀，吓傻了，姚家大院的锻炼也没有派上用场。现在她的一举一动，像是小鬼附身。

于大少在她身后叮嘱，不要害怕、不要慌乱，见到前面有人拦住去路，你就跪地哭喊"亲爹呀，我想你呀"。于大少以三荣监护人的神态，昂首阔步向前走着。于大少心想，我要是能帮这闺女找着她亲爹，这是积德行善呀。

老胖本来忕头来，要不是苏牧用手在他身后捣鼓他后腰，让他快点走，他早就钻进人群中去了。老胖现在是苏牧手里的一张牌，他要是跑走了，后面的事还不好收拾呢！苏牧岂肯让他跑了。

四个人当中只有苏牧穿戴最讲究，其他人都是平时装扮，苏牧特别打扮了一下，穿了一身白派力司的西式裤褂，白皮鞋，一副圆边墨镜。他头发上抹了好多的头油，油光瓦亮，他这一身打扮在四个人中间特别刺眼，也难怪他有好心情，这些日子黑旗队没来打扰，海河边上那个戴墨镜的人也没来。这些人好像把他遗忘了。没有这些烦忧，再加上最近又和一个交际花好上了，苏牧心情好，精神头格外高涨。

四个人在围观百姓簇拥下，走进竹竿巷。

刚到巷子口，"德顺号"大门打开了，从里面快步走出一位穿浅灰色长衫的人。"德顺号"离巷口不远，十几步的距离。

三荣一直低着头走，听到人群中喊"出来了，出来了"，她听见了，头也没抬，"扑通"跪在地上，号啕大哭，一口一个"亲爹"。

穿灰色长衫的人走到三荣面前，把她扶起来，长叹一声，说道："小姑娘呀，你年纪太小，小心被坏人骗了。"

三荣抬起头，傻了。来人是个小伙子。她没了哭声，脸木木的，没有表情。

　　于大少在后面"哎呀"一声，心里叫苦。怎么不看清楚就大喊爹呢，又想起刚才自己的叮嘱，也是没有把话说清楚，三荣也没有听明白。

　　周围的看客乐起来。

　　穿灰布长衫的年轻人是范宇翔的大公子，周围的人们都认识。小伙子长得仪表堂堂，比他爹高明了许多。

　　范大公子提高嗓门，像是对他们这四个人讲，也像是讲给围观的人。他大声地说："我父亲病重，不能出来，他是被人气病的。刚才的情景大家都看到了，这是一场有预谋的认亲，是一场骗局。我父亲从来没有做过对不起我母亲的事。今天我不想再说别的了。我代表我父亲将要控告《白话晚报》。"

　　范大公子的口才好，当年曾是南开剧社的演员。他说完，从怀里掏出一个小布包，拿出来时里面叮当乱响，大家早就猜测出来那是银元碰撞的声音。

　　范大公子把小布包放在三荣手里，一字一句地说："小姑娘，快点回家吧，这些钱拿回家好好孝敬你的父母。"说完，扭身走了。

　　于大少急了，拉起三荣说："钱要，亲爹也得认。"说完带头去追范大公子。

　　范大公子步伐很快，闪身进了院门，于大少晚了一步，大门关上了，随即他听见"哗啦啦"声响，抬头一看，墙头上伸出三杆"日式三八"大枪，黑森森的枪口对着巷子、对着于大少脑袋。围墙很高，于大少只能看见枪口，看不见拿枪的人。

　　于大少吓傻了，一步也不敢迈了。还是苏牧机灵，见此情景，他立刻把于大少拉走，转身现场采访老胖。采访前还给老胖拍了现场照片。

　　老胖按照苏牧事先教好的话，讲了他向《白话晚报》提供线索的前后经过。好多人围在老胖的身边，听得仔细。就在老胖进一步讲这消息

的来源是在玉清池澡堂子里一个陌生人告诉他的时候，苏牧却拦住他的话，采访到此结束。

这时一直阴沉沉的天气，响起闷雷声，很快下起雨。越下越大，这真是一场救命雨，人们四处躲雨，四个人趁着现场混乱，上了胶皮车，一溜烟地走了。

我问爷爷，天津卫的事怎么这样离奇？

爷爷喝着酒，笑悠悠地说："天津卫有什么？有水呀！有水的地方就会起波浪，就会有浪花，就会一派风景呀！"

我非常不解，爷爷的态度怎么幸灾乐祸呀？

就在三荣被苏牧等人挟持去竹竿巷认亲失败后的第三天晚上，一起刺杀案发生了、发生在竹竿巷。"丰泰号"掌柜被人用刀子扎死在床上。死者身边还有一张纸条，上面写着"当汉奸的下场"，落款是"抗日杀奸团"。

竹竿巷的宅院都是高大院墙，每家每户晚上都有身手矫健的人守夜，家家户户都有长枪和短枪。可是"丰泰号"掌柜被杀后，直到第二天早晨才被人发现，"抗日杀奸团"的人是怎么进去的？最为蹊跷的是，刚刚发生三荣认亲失败后，要是范掌柜出事倒是合理，怎么出事的却是"丰泰号"？

一时间，街道里巷议论纷纷。

爷爷告诉我，"抗日杀奸团"是国民党军统局天津站的外围组织，是一个叫曾澈的年轻人组织起来的。"七七事变"后，热血青年曾澈深感国民党并非真正抗日，他抛弃幻想，开始联系进步学生一起抗日，成立了"抗日杀奸团"。这个组织有十几个人，成员的成分非常复杂，有"一二·九"运动的活跃分子，有热血青年，也有受过特工训练的军统人员。"杀奸团"成立后，立刻大开杀戒，在日本人开的"大丸商店"放过火；

在国泰电影院放映侮辱华人影片《大地》时扔过炸弹；暗杀过死心塌地的亲日派、长芦盐务局局长王竹林，还有大汉奸、海关监督程锡庚。

爷爷讲，杀死"丰泰号"掌柜的第二天，"抗日杀奸团"在天津大街小巷贴出了锄奸布告，说明了锄奸缘由。为什么还要说缘由呢？原因这次暗杀不同于前两次，王竹林和程锡庚都是明目张胆为日本人做事，大家都知道这两人是日本人的走狗，而"丰泰号"掌柜也是汉奸，只不过他是背地里为日本人做事。

"杀奸团"杀人，都要讲究道理，要让百姓明白。爷爷说，这就是"杀奸团"的高明之处。

真实情况是这样的：因为战事吃紧，日本人调集枪支弹药及军需物资通过海河运往华北各地。因为遭到共产党地下组织领导的码头工人抵制，罢工不给日本人装运货物，日本人从大街上随便抓人搬运。齐婶的儿子老四不也是被抓过，当了一回临时搬运工吗。可是日本人又担心在大街上随便抓人，要是抗日人员混在搬运工中间，趁机把他们的弹药给引爆了，那可就坏事了，最后决定利用中国商人名义运"货"，来个暗度陈仓。"丰泰号"参与了为日本人偷运军火的事。"抗日杀奸团"经过细致侦查，立刻决定将"丰泰号"掌柜杀死，杀一儆百，告诫其他商人不要为日本人偷运军火。这次暗杀起到震慑作用。一时间，再也没有商号暗地为日本人做事了。

"丰泰号"掌柜被杀，乐坏了范家人。范家大公子立刻把这一喜讯告诉了范宇翔。

"您命大福大呀！"范大公子趴在床边，激动地对父亲说。

范宇翔范掌柜因为三荣的事，又气又怕，大病一场。老婆天天跟他打架，本来范掌柜也想跟日本人做那笔代运军火的生意，已经开始接触了，没承想出了个三荣认亲的事，老婆天天寻死觅活、孩子们天天嘟嘟囔囔、同行们在背后指指点点……搞得范掌柜心烦意乱。日本人的这笔

大买卖，便让"丰泰号"抢走了。如今"丰泰号"掌柜被杀，分明是替他范宇翔死的呀！范宇翔一高兴，病情好转，在家人搀扶下在屋里能走上两圈了。

当天中午，范掌柜一家人吃上喜面，热烈庆贺躲过灾难。

范掌柜老婆不闹了，一家人又和睦起来。好多天范宇翔没吃饭了，始终在吃流质，今天吃了一大碗老婆亲自为他做的三鲜打卤面。

吃完饭，范宇翔叹口气，说是那天便宜了那几个臭小子一袋银元。

范大公子乐了，说："父亲，那银元是白板银元，只要拿出去被人发现，会抓进局子里，会坐牢的。"

范大公子狞笑着，说："让那帮人难受，抱着银元花不了，扔了又可惜，哭爹喊娘去吧，想讹诈范家的钱，没那么容易。"

原来这白板银元是天津"壬子兵变"时，兵变士兵从天津造币厂抢出来的银币坯子，被天津百姓称为"白板银元"，在民间流传。放在有钱人家有用，可以暗中兑换，互通有无；放在穷人手里，一文不值，只要让官方发现了，立刻抓捕，马上坐牢。

范宇翔奇怪，问他儿子"白板银元"哪儿来的。

范大公子含笑不语。

范宇翔范掌柜有三个儿子，过去他始终琢磨将来家业传给哪个儿子，如今他心里已经有了方向。

"下一步……"范宇翔问儿子。

范大公子胸有成竹地说："父亲，您放心，我要给您挽回名誉。"

范宇翔充满信任地看着大儿子，点点头。

大公子忙别的去了。

范宇翔想，大儿子与另外两个儿子不一样，从对他的称谓上就能看出区别，那两个儿子喊他"爹"，大儿子从来没叫过"爹"，一直很有水准地喊"父亲"。

"爹"是老城里称谓;"父亲"是租界地洋人的叫法。

范掌柜看着儿子离去的背影,看了很长时间。一直看到没有了背影。

就在范家传出要状告《白话晚报》造谣污蔑、搅乱守法良民生活、滋生社会事端的当天晚上,老胖倒在玉清池的门前,死了。奇怪的是,地上没有一点血迹,身上也没有刀口。老胖死亡倒地没有两分钟,苏牧奇迹般地出现在现场,立时拍下照片。

第二天,《白话晚报》登出了一整版苏牧写的文章,详细披露了老胖向报馆提供假消息、得知范家要打官司感到无路可走而自杀的经过,同时配发老胖在竹竿巷口接受采访及自杀现场的多张照片,并对《白话晚报》听信他人之言,从而导致误导读者、深感惭愧,向读者检讨、道歉。苏牧把自己和报馆漂白得一干二净。

《白话晚报》的康老板亲自召见苏牧,在夸奖了他出色成绩之后,决定给他加薪,又另外给了他一笔奖金。

苏牧与康老板相视一笑,那笑容里有一种惺惺相惜的含义。

随后苏牧去法租界的惠中饭店找他的新情人、交际花卢露小姐寻欢。

康老板则去了英租界维多利亚西餐厅,与《天津午报》的马老板见面洽谈。两个人在一雅间里见面后,紧紧握手,握了好半天都不松开,共同庆贺"三荣寻亲"新闻圆满成功。

康老板说,哪里想到搞得这么复杂,官面、黑道、白道,怎么全都进来了。

马老板挥挥手,笑道,天下大乱并非坏事,乱中求胜、乱中发财嘛!

康老板掐着手指头,说:"还得商量一下,黑旗队那边怎么办。哦,还有那范掌柜也太着急了,怎么找了芦庄子的混混们,那些人都是不要命的家伙,咱们怎么打点呀?"

马老板胸有成竹,说:"我已经找了公安局的孙维栋局长,他答应派

213

人找他们，咱们把钱送到了，这些事情全部摆平。"

康老板佩服马老板办事漂亮，想得周全。随后，两个人商量各自出钱的数目。

这顿饭两人吃得愉快。

分手时，康老板说，范家大公子很有才华，前两天我们谈得投机，我们要拿出一个版面位置刊登道歉广告，这又是一次大好的宣传机会呀，范大公子说了，后面还有活动要与我们紧密合作，到时候我们两家还要再次相携，共同发展呀。

马老板豪爽地表示，要与《白话晚报》永远合作下去。

闹大水了。

天津闹大水了。

我爷爷在说"闹大水"三个字时，冲天大嗓门，似乎感到大水已经冲到家门口，正在涌向屋内。

1939年8月18日，天津暴雨狂注，雷声滚滚，海河水系暴涨。天津日伪当局不慌不忙，似乎早有准备。也正如那位水利科的胖科长所说，日伪当局的所谓准备倒是简单，用炸药炸开了南运河马庄子、桑园右堤。本来以为大水顺着炸开的缺口能够流走，哪里想到，几条大河汇聚起来，哪也没去，直奔天津卫。

天津外围只有一道防水屏障，名叫"大围堤"。但是在这片围堤上面，因为常年无人管理，成为一片庞大的坟区，埋了许多棺材。经大水冲、泡，棺材下落之处犹如泄水的涵洞，在19日上午十点，脆弱的大围堤终于溃堤了。滚滚大水将天津城完全淹没。

再说大水来临前的事。

那天三荣跟着于大少、老胖、苏牧从竹竿巷回来，人变得神情恍惚，一言不发。老胖刚进屋，立刻提议，把布袋子打开，看看有多少银元。

于大少不让打开，说这是范大公子给三荣的钱，任何人都不要打主意。老胖还是不同意，跟于大少吵起来。苏牧说，打开吧，免得有人惦记，看看有多少，但是绝对不能拿走，要留给三荣。老胖也只好同意，解释说他就是好奇，绝对不要孩子的钱。于大少打开布袋子，屋里所有人都傻眼了。原来是白板银元，根本花不了。于大少、老胖、苏牧，三个人怔怔地看着布袋子，随后大骂范大公子。可还是舍不得扔掉，最后决定暂时由于大少代为保管，找机会想想办法，如何变成现钱。

从竹竿巷回来，三荣整天缩在屋里，不吃不喝。齐婶劝说多次，她才勉强喝点稀粥。于大少连连叫苦，接下来怎么办呀？

黑马丽来了，于大少赶紧请她出主意。黑马丽责怪于大少："我告诉你别去别去，快把孩子送回家，你领她去认的哪门子爹呢？！"于大少特别委屈："我这不是做好事吗，哪想到是这种结局呀。不行我就把这破窑卖了，送三荣回家。"

三荣拉着于大少胳膊哭起来："大叔呀，你千万不要为了我卖房子，卖了房子你住哪儿去呀？"

黑马丽叹气道："大少呀，你是个好人，可总是把好事办坏事。"

于大少不言语了。

黑马丽和于大少商量几种办法，都觉得不妥。三荣听着，脸上没有一丝表情。一时找不出更好的办法，黑马丽又放下点钱走了，并一再叮嘱于大少，别再跟苏牧联系了，那是个坏人。

黑马丽走了。

于大少自言自语："我对不住孩子呀，对不住天津卫老少爷们，我这不是把大家伙都骗了吗？"说完，一个劲儿用手打自己的脑袋。

三荣趴在床上，"呜呜"地哭起来。

走了一会儿的黑马丽，又回来了。

她凝视着大少，说："过去你对我不薄，我没把你放在心上，对不住

你，你现在倒霉，我不能不管你。我有个办法，不知道你愿意吗？"

"什么办法？"于大少连忙问。

黑马丽说："你要是愿意，咱俩就搭伙过日子吧。我跟四夫人说一声，你是我男人，她会帮忙的，四夫人挺好说话的。"

于大少傻了，半天没缓过劲来，似乎明白过来后，灰白的脸上变红了。他站起身又坐下，两只干瘦的手比画着，也不知道他要干什么。当年捧名角、打茶围时的潇洒劲儿，如今一扫而空。于大少没想到黑马丽会说出这样的话，他一点精神准备都没有。

三荣早就不哭了，听黑马丽说起这大人之间的事，站起来朝外走。

黑马丽一把拉住她："三荣呀，你去哪儿？你放心，我们不会丢下你不管的。你不是还想要跟我学时调吗？"

三荣又哭起来。不知是激动、感激，还是委屈。

于大少说："三荣，别哭了，你先到齐婶屋里待会儿。"

三荣懂事地走出屋。

黑马丽生气地说："你把孩子赶走干什么？多大的事呀，不就是搭伙过日子的事吗？"

于大少辩解道："我不好意思。"

黑马丽差点乐出声来："你于大少还有不好意思的时候？是我配不上你？"

于大少急忙摆手："我配不上你。"接着，于大少又红着脸说，"我这身子骨你还不知道吗？"

黑马丽大骂起来："你想得挺多，不过就是名义上的两口子，你还想做那事！"接着，她又语调酸酸地说，"这几年我在外面，身子也不干净。"

于大少低下头，眼圈也红了。

黑马丽说："咱俩带着三荣，去四夫人那里吧，还缺个门房，你就顶个缺。再让三荣给四夫人当个使唤丫头，咱们三个人不就都有着落了吗？"

于大少把脑袋摇得像拨浪鼓："不行、不行，我才不干那伺候人的事呢。"

"那你就等着饿死呀！"黑马丽说。

于大少一声不响地坐在破炕上。

"那我把三荣带走。"马丽说。

"不行，谁带走这闺女，我都不放心。"

黑马丽指着于大少鼻子："你连我都不放心？好，我不管你们的事了，我走。还有一件事，你转告那个王八蛋苏牧，他要是再干缺德事，我就把他那臭家底抖落出来。我这次回来，就是找他报仇，让他不得好死。他不是总惦记着别人的钱吗，我这次就要诈他的钱！为民除害。"

于大少急了："你抖落他什么事？"

黑马丽一甩胳膊，说："不用你管。"

于大少急了："你看你，没说两句话就起火，还是急脾气。不过我劝你，什么事别做绝了，做事要给别人留点后路。"

黑马丽恨铁不成钢地瞥了于大少一眼，心事重重地走了。

大水已经把天津城浸泡好几天了，没有退下去的样子。水深的地方，已经撑船了。百姓出门，用大木盆、木桶……只要能够漂浮起来的居家用品，全都派上用场。家被淹了，把家搬到房顶上。在房顶上做饭，过起了日子。

这天中午，于大少去外面看水势，刚一回来，就听见齐婶哭起来，原来三荣不见了，什么时候走的，院里的人谁也没看见。

于大少顾不上问齐婶，抓过一顶破草帽戴上，穿上一条破裤衩子，冒着淅沥小雨，赶忙出门去找。

老城厢地势高，水到成年人膝盖处。可是环城电车道外，水深，一个成年人站在一个成年人肩膀上，也才刚露出脑袋。水，还在慢慢上涨。

这些日子于大少心情败坏，那天他找老胖，找不着，有消息时却又是人死的消息。他不想找苏牧，还得找，只有苏牧能够解释老胖死掉的原因。不过眼下，他要找三荣。外面大水，她会去哪儿？没水的时候，街道她都迷糊，如今满眼的大水，她肯定迷路呀！

走着、走着，到了水没腰的地方，于大少走不了啦，搭了一条船，给了船东几毛钱，又央求了半天，船家才同意带着他去找人。

在白晃晃的大水世界里，没有任何目标的寻找，于大少明白，三荣凶多吉少。这孩子能去哪儿？

发大水的这些日子，市面上太乱了。南市大混混袁文会指挥着手下人，趁着水灾为日本人抓劳工。连哄带骗，什么阴招、坏招，袁文会全都用上了；还有趁着大水拐骗孩子、妇女的，世间上的坏人与这大水一起漂浮。

街道变成河道，到处都是撑船的。船帮碰到船帮，发出空洞的声响。

不知道从什么地方漂过来这么多小船，还有撑船的船家。有人说，船家和船是从河北白洋淀"漂"过来的。变成了生意。上船要交钱的。

房屋顶子上都是人。吃的东西、用的东西，真是贵得吓人，一个烧饼的价钱，比平日一斤白面都贵。所有的东西都是用船从外面运来的，本来成本就高，加上大水，更是翻番了。

于大少饥寒交迫，他已经两天没吃东西了，只是喝了两碗能够照见人的稀粥。他感觉眼睛模糊，身子晃动。他担心三荣被人拐骗到南市一带的妓院，让船主往南市一带划。船主不高兴，停止划动，说，你给的两毛钱想让我划到哪儿去呀？于大少说闺女走丢了，去找闺女。船主听了，没再说话，继续划船。

船到了南市，没找到三荣，却在"群英后"一带，发现了多日不见的苏牧。苏牧站在一条小船的船头上，拿着照相机拍照。

于大少使出全力喊住他，问道："你还活着？还干记者？"

苏牧一脸轻松，举起手里的照相机，说："不干这个，干什么？"

"老胖……死了，你也小心点……"于大少喊。他犹豫着，还是禁不住想要提醒苏牧黑马丽要跟他拼命的事，可是周围声音嘈杂。

苏牧乐起来，大声说："我不怕死，我是一杆枪，谁把我抓手里，我就听谁的话，让我'毙'谁，我就'毙'谁。"说着，他还做了打枪瞄准儿的姿势。

于大少气不打一处来，他叫苏牧把船划过来，他要到苏牧船上去，想告诉他三荣失踪的事。苏牧不想让于大少上他的船，一边小声嘱咐船家快把船划远点，一边大声地对于大少说："你没看我这儿忙着吗，回头我去找你。"

苏牧的船，远去了。

垂头丧气的于大少，已经没有力气大骂苏牧了。

船东问于大少："现在去哪儿？"

于大少想了想，让船靠到一座房子前。那座房屋是一座公共建筑，屋顶上面站着许多人，都在四处瞭望，估计也都是在找人。

小船靠到建筑旁边。可是房顶没有地方了。于大少好说歹说，才有一个好心人给他挤出一小块地方。紧靠房檐地方，站立不稳就会跌进水里。

于大少不敢站着，只好蹲着。他忽然泪流满面，像只病恹恹的大鸟，望着眼前浑浊的脏水，还有荡来荡去的小船。

三荣……这孩子呀，到底去哪儿了？

水活
黑卷

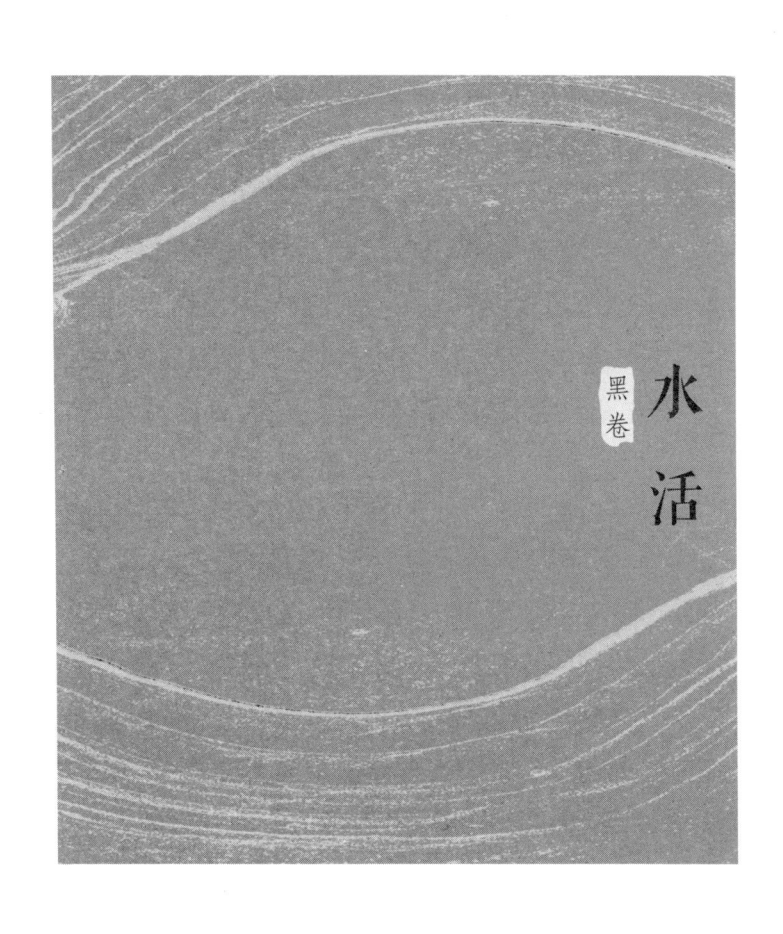

我爷爷的讲述，仿佛从高亢嘹亮的河北梆子，突然滑落到婉转低旋的青衣，小屋里一下子安静下来。似乎只能听到潺潺的流水声。他好像有些累了，他说他不想喝酒了，连茶都不愿意喝了，只想喝白开水。

他真的有些累了，与我说话时，不再张牙舞爪。过去的样子，像是一只飞到大树上休息的乡村公鸡，傲然地坐在床上，无所不能；现在不是这样子了，斜倚在躺柜上，这句话与上句话之间，已经有了很长的间隙。又恢复了当初讲述时突然出现的猝不及防的呼噜声。

爷爷不再对外面发生的事情感兴趣，似乎外面的事情全都不知道了，恢复到了当初只知吃喝的痴呆状态。想起最初讲述时的那段时间，癫狂、精明、敏锐，那样令人不可思议，真像是一场梦幻。

莫非爷爷讲述的一切，不过就是他的呓语。

讲述者平息了，但是听讲者……还在惯性中……还在向前冲击中。

我爷爷告诉我，1939年的大水把天津城淹了一百多天……然后，他就大口地喘气，随后闭上眼睛，打呼噜睡着了。

这样轻率的结束，我心怀不满。

查阅和想象1939年的天津大水，成了我在那段时间里的一件充满无穷魅力的工作。我总在想一个问题，一群在陆地上生活的城市人，忽然泛舟在当初的街道上，不是一天、两天、三天，而是一百多天！那将是怎样的一种情形。

我曾在档案馆里见到过一块蓝白色的瓷砖，那是当初伪天津工程局水利科在大水过后，镶嵌在建筑物上的大水标记。那块瓷砖应该说烧制得很好，六十多年了，依旧光洁闪亮，丝毫不损。当初水利科那些伪职人员也算对这场特大水灾作了一次完整的交代。但他们要纪念什么？是纪念一场罕见的大水，还是纪念他们不负责任地匆忙炸开堤坝？

那场大水的最大特点，不在于流速多大，不在于死了多少人，冲毁了多少房屋，而在于驻留的时间。我没有更多的资料能够证明，在近百年的时间里，在中外历史上还有没有第二场大水淹泡一座城市一百多天的记录。我敢肯定这是有着六百年历史的天津城的"骄傲"。

在那一百多天的大水时间里，天津、天津人在苦难之中，变得卓尔不群。

我还曾见过许多大水时期的历史照片。照片中那一座座只露出屋顶的房子，给人的第一个感觉就像茫茫大海上的岛屿。人们鸟儿一样栖在屋顶上，在上面吃喝拉撒睡。照片的背景上有大木船、小木船，还有插着太阳旗的日本巡逻艇。日本巡逻艇刨起的水花，像有许多条大狗在戏水。屋顶上的人们，目光是呆滞的，我想那是高度饥饿的人通有的目光。

我再次想到杨天师。

在天津城被浸泡的一百多天里，给人占卜命运的杨天师在干什么？我不希望爷爷能给我讲什么了，只要我不离开他的小屋，只要我像爷爷一样倚靠在那个挂着大锁头的躺柜上，我就分明看到了杨天师的生活状态。在爷爷对他的描述中，我已经结识了神秘莫测的杨天师。

1939年大水，天津老城由于地势高并没有被浸泡，居住在大费家胡同的杨天师本来与水无缘，但他莫名其妙地租了船，去了有水的地方。我无法确定在小船上的杨天师穿着什么样的服装，该是怎样的表情。他

的出行完全出人意料，我要是摇醒酣睡的爷爷，告诉他杨天师的出行，他也不会相信这是真的。杨天师不是一个行为招摇的人。尽管许多人知道他。

但是大水那段日子，杨天师确是离开了大费家胡同那间普通的民居，不知他携带那个包着红布的焦黄色的竹片了吗？那个竹片在阳光下还会显示出来曾给许多人带来希望的谶语吗？

小船先去三岔河口。

我认为这是杨天师应该先去的地方。大水中的三岔河口，陆地和河道完全混淆了，那个俯瞰上去像是失去双腿的"女人"已不复存在。他已经找不到往日占卜的那个高土台。

一片泽园。只是没有芦苇，否则就是名副其实的大洼。

"到了。"船家收了桨。

"哦，到了。"杨天师重复了一句。

还没到中午时分，阳光变得刺眼起来，1939年的天津阳光，像是要将所有人的眼睛刺瞎，无边无际的大水做了太阳的帮凶，污浊的水面上跳跃着许多亮晶晶的光，水面上漂浮着草帘子、西瓜皮，有时也会漂过来一具死尸。包着铁皮的打捞船只在水面上漂走，遇上能用的东西就用长钩子拽上来。死尸当然不用了，那就任其漂流而去，当作大水的陪衬。

"还要去哪儿？"船家迷惑地问。

杨天师说，转一转。

在飘散着臭味的水面上，杨天师见到了许多熟悉的人，那些当初向他卦摊走来的人；还有一些三岔口卦摊上，受了他的某种暗示后，虔诚地前去大费家胡同的人。他们真诚地倾诉自己的经历还有需要面临的抉择。他们都是无路可走的人，都是精神绝望的人。杨天师站在船头上，看着那些曾经熟悉的面庞。

杨天师似乎已经遗忘了自己、已经消失了自己，他变成了一个焦黄色的竹片，还有竹片上至今未知的两个墨字。

给人占卜的最高境界，占卜者应该消失。如今，杨天师犯了大忌，他要主动去寻找打卦的人。世上哪有算命先生追着给人算命的。应该闭目静等，应该愿者上钩。杨天师错了程序、露了禅机。

无可争议，从那时开始，杨天师已经不再神圣。他成为了一个普通人。尽管我爷爷没有讲，但我也这样认为。

1937年至1939年，这两年中发生的许多事情，在大水持久的浸泡中，像腥臭的风一样从杨天师的记忆里慢慢飘散了。

后来，杨天师不见了。

推测他可能乘船去了"三不管"一带。

"三不管"地势低洼，积水更加深厚。那些摔跤的、变戏法的、拉洋片的、唱玩意的都不见了。积水特别污浊，埋藏在深处的脏污在大水浸泡中，散发着恶臭的气味，令人恶心呕吐。

杨天师去了"三不管"，显示出他的道行已经丧失殆尽。那里是玩乐的地方，那里是没有人打卦的，杨天师怎么去了那里？

正在这时，一只小船荡着，从远处划过来，一个穿着粉色旗袍的女子站立船头，她在唱梅花调"八月里秋风一刮，人人都嚷凉……"略带凄凉的唱句，在肮脏的水面上掠过，飘进了杨天师的耳朵里。

我认定这个唱梅花调的女子应该是小云。她是找过杨天师的，但那是大水过后的许多年。小云和杨天师在大水中并不相识。

两只小船慢慢地相互靠近，在两只小船相互错过的时候，小云乘坐的小船，速度稍微慢了下来。小云继续唱着，她的目光充满着期待，似乎期待得到什么期盼已久的东西。

杨天师叫船家快点划桨，不要停下来。他没有正面看一眼唱梅花调的女子，他从来不正视出现在他面前的任何人，他总是用意念的东西去感觉对方。

两条小船就这样错开了，拥有千言万语的小云，就这样错开了最能解释千言万语的人。杨天师是不可能在这样场合为人占卜命运的，他需要一种仪式，需要占卜的氛围。

大水改变了一切。水，也是一种生命。

在夕阳西下的时候，杨天师乘坐的小船来到了"下边"——租界地。小船行到开滦矿务局大楼前。这里是于生第一次和梅纳单独在一起的地方，然后他俩前往维多利亚公园。那个公园外面有一张牌子，上面写着"华人与狗不得入内"。当时于生只能站在公园外面，眺望着走在公园小径上的梅纳。

这时，杨天师出事了。

维多利亚公园一带，是英租界地势最低洼的地方。积水接近两米深。租界地的印度考巴们（巡捕）立在船上巡逻，他们戴着红色的裹头布，在夕阳下像雄赳赳的公鸡，在翘首等待母鸡归巢。

一条船从英国菜市场方向漫游过来，船头上站着一位目光忧郁的青年，或是一位壮年，杨天师没有注意到那人，但那人已经看见了杨天师。

那人似乎是孙龙禄。应该是孙龙禄。

假若我爷爷没有酣睡的话，他能够确定是谁。但我不行，我只能猜测。我之所以不敢肯定，因为假如是孙龙禄的话，在经历了磨难之后，尤其是在丧父之后，他肯定苍老了许多。在水利科的受挫，让孙龙禄无比悲哀，他甚至断绝了亲水的念头，他发誓今世不再走近海河，但是突至的大水让他无可避免地接近水。他像是一个禁烟已久的人，再次闻到奇异的烟香，又重新划着火柴，点燃香烟。这个可能是孙龙禄的人，花重金租了一条船，在天津大水的日子里，整日游弋在水面上。他现在有这个条件，没有人能管他。丧父后，三年不能动婚，他完全是一个自由自在的人。

这个可能是孙龙禄的人，没有想到会在水面上碰见杨天师。他喊着船家，快点划过去。那会儿，连他自己都没有想到，一件可怕的事情将会发生。

两条船越来越近了。

杨天师也发现了一条快速向他驶来的船。他不可能看不见，这条船太快了，快得和所有的船都区分开来。

"这是一个记忆力极好的人。"这句话我忘记是我说爷爷的，还是我爷爷评价杨天师的。反正杨天师那时已经认出是孙龙禄，许多时候他只要想认出对方是谁，就能够立刻认出来。完全看他彼时的心境。

水面上突然亮起耀眼的闪光灯，亮光是从另一条船上发出的。永远都是西服革履的小报记者苏牧，非常迅捷地抓拍下了两条马上就要对撞的船。

就在这时，杨天师像只青蛙一样，"扑通"跳进水里。

杨天师突然一跳，将一场悬念提前化解。

没有人知道孙龙禄快速向他移动过来的目的。最为失望的是苏牧，他站在小船的船头上，已经在水面上漂浮了一天，以为会有一件大新闻诞生。就在眼前突然消失了。

不要低估苏牧的能力，第二天还是有一篇文章出世。标题是"水利专家欲快意恩仇，占卜高手先水中逃逸"。

这篇文章的大意：水利专家孙龙禄曾请占卜大师指明人生方向，孙龙禄完全遵循大师要求去做，却是屡屡受挫，于是精神迷癫，欲除掉杨天师，以解心头之恨。杨天师早已预测危险，故提前跳水逃生。孙龙禄此时才明晓，杨天师还是高人，随后扔掉手中匕首，跪立船头，向天忏悔。因孙龙禄携带凶器进入租界，被印度巡捕当场抓获。杨天师却是顺利逃生。要是没有大水，杨天师即使算出有人想要杀他，他也无法逃脱。大水退后，杨天师是否重操旧业，不得而知。

大水依旧在天津城内外驻足，看不出有退去的任何迹象。

葬礼 卷尾

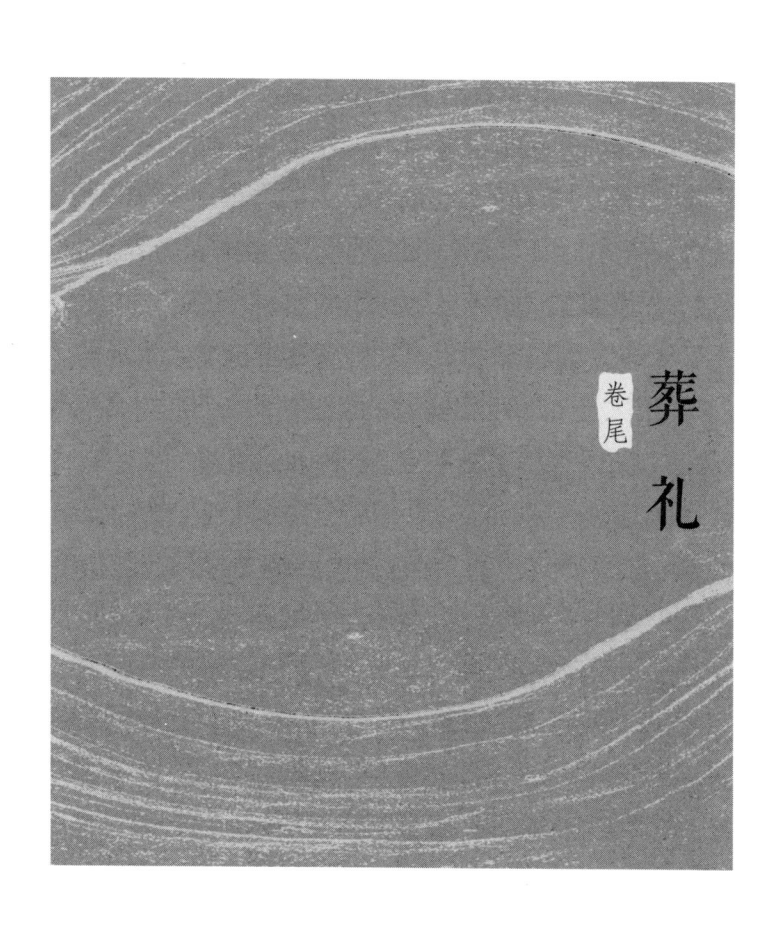

我爷爷死了。我是在清晨发现的。莫测高深的他，终于跌落到俗世的地面上。

我说过，爷爷是一个得道的高僧，因为他是坐着离开人间的。我进到他屋里的时候，没有闻到一点尿臊的气味，而是隐隐嗅到微微的花香。爷爷的脸上没有痛苦的表情，极为安详，抑或还有一丝窃笑的神情。他穿戴得整整齐齐，浅灰色的中式裤褂好似熨烫过。我如何也想不明白，他是怎样自己穿戴好的。要知道，他是没有能力下床的。

他依旧睁着他的红枣眼，好像还在热情地望着我。我用手盖住他的脸，轻轻朝下一捋，他就闭上了眼。送别死人的动作，我在电影、电视上不知看过多少次，我早已熟记在心。

与一个死人待在一起，二十多岁的我没有一点惊慌。因为他是我爷爷，他是我的亲人。其实那会儿，我顾不上害怕，我的眼睛早已盯在那个躺柜上。爷爷像是知道我的心思，他在死前已经打开躺柜，那把大锁头早就不知去向。我爬上床，双手扒住柜沿，将头探进去。

没费吹灰之力，看见一个红色的布包傲慢地躺在空荡荡的躺柜中间。这是我没有想到的场景，又似乎早已在我预料之中。杨天师手里的红布包，竟然在我爷爷的躺柜里！

卷尾 | 葬礼

我怎么能不激动呢？

清晨的阳光从窗外照射进来，也照射进了躺柜里面，有许多悬浮的尘埃在我眼前呈现，犹如梦境。我双手把红布包拿起来，迫不及待地打开，焦黄色的竹片逼真地躺在我手里。我看到阳光下竹片上那两个模糊的墨字。

应该是这两个字：挺着。

这是两个令人失望的字，平淡得像我爷爷的死亡，没有一点令人心动的情景。

接下来的问题是，我爷爷到底是谁？

假如他是杨天师的话，为什么他讲自己的经历，却与杨天师讲述的不一样；假如他不是的话，他又为什么存有这个竹片？

假如以上两种情况都不是，又会有哪种情况？

还有一个失望的问题，在1937年至1939年，在被外界认为是杨天师或是我爷爷的占卜最为灵验的时候，极有可能是杨天师（或是我爷爷）失去感悟的时候。他的"挺着"，可能是无语之举。但却由此挽救了许多人，也可能害了许多人。

我理不清头绪，真的没有办法。我只有寻找机会，去询问与我爷爷相识的人。

好在这样的机会立刻就来到了。

我爷爷的葬礼就要举行。

令我吃惊的是，有那么多人认识我爷爷。在他生前，只有他孤独的一个人，最多还有一个听他讲述的人。但是死后，却是来了一百多人。这些人都说认识我爷爷。

参加葬礼的人，没有悲哀的表情，他们喜气洋洋，女的头上戴着双喜字，男的互相握手、递烟，热情地彼此问候，这些人我一个都不认识。我哥哥、我姐姐穿插在人群中忙碌着。

我举着那个焦黄色的竹片，向众人大声说，我爷爷不是我爷爷，他叫杨天师，他是一个算命先生。

没有人理我。他们似乎没有感觉到我的存在。

一个负责操办葬礼的大胖子，过去这个职业叫"知事人"，现在民间称作"大了"。大胖子走过来，朝我嘴里掖了一块方糖，郑重其事地从我的手里拿走竹片，扬起手，扔到了火盆里。我想喊，喊不出来，有糖块堵着嘴。

后来我说什么都没人理我。似乎死去的不是我爷爷，是他们的爷爷。

殡葬车开来了。

我爷爷被人端着送进了车厢里。他的上半身塑像一样直着，身子依旧无法躺直。

大胖子问一个戴着白口罩的人："这……这怎么烧？"

"白口罩"说："有办法，别说坐着，就是蹲着，也能烧。"

大胖子竖起大拇指，感叹道："专业人员！"

殡葬车开走了。

参加葬礼的人上了几辆大客车。大客车尾随在殡葬车后面。

他们把我遗忘了。我站在原地，看着殡葬车、大客车离去。

一个小矮子，把挂在树上的长长的鞭炮点燃，"噼噼啪啪"响起来。一团呛人的烟雾飘散，等到烟雾消失，一片静谧。

坐着死去的爷爷是如何被送进焚化炉的，这是爷爷留给我的最后一个谜语。火化死人的时候，亲人是看不见的。他的身边只有火化工。

我爷爷死去的日子特别好记。那天金星与月亮同时出现。据天文学者介绍，这样的情景六十年出现一次，下一次再见，还要等上六十年。

2020 年 4 月·天津

听讲的乐趣

代后记

我不是优秀的讲述者，却是优秀的听讲者。我目光的专注还有身体的虔诚，会让每一个讲述者感到自己的神圣。常常地，在神圣的潜意识里，容易诞生虚幻的想象，容易放大语言。历史，仿佛花儿一样绽放。

　　我体味听讲的乐趣，源于童年和少年时代。有两个讲述者为我成为日后优秀的听讲者，奠定了牢固的基础。一个叫大头。另一个叫"四眼杨"。

　　大头是我的邻居，比我年长五岁。个子比我高出一头。大头鼓嘴、鼓眼，四肢细瘦，头颅硕大。大头的奶奶是个小脚老女人。大头的奶奶喊大头时，总要在句子末尾附上两个字——废物。譬如她喊"大头，吃饭了。废物"，或是"大头，打醋去。废物"。随后发生的事，证明大头的奶奶对孙子的评价是正确的。吃饭时，大头打破了一个碗；打醋回来时，又丢了五分钱。

　　大头废物，却是一个讲故事的好手。有一年夏天，在我们那条胡同不远处，准备盖一幢楼房，许多辆大卡车，"哗哗"卸下碎石子和沙子，然后扬长而去。

　　盖大楼后边的程序却再也没有了。一座小山一样的碎石子，一座小山一样的沙子堆，孤零零地堆在那儿。它们一起成了遗弃的废物。

　　晚上，废物大头爬上碎石子堆的高处，开始讲故事。今天在碎石子堆上讲,明天在沙子堆上讲。废物大头成了故事大王。在听讲的孩子当中,属我最虔诚。我坐在大头眼前,仰着小脸听他讲故事。大头的唾沫星子下雨似的落在我脸上。我为了听到好故事,每天都要上贡给大头。大头爱吃冰棍儿,第一次给他买水果味的,晚上讲完故事,临走时他拍拍屁股对我说,明天买奶油味的。

记得那个夏天,我把母亲给我的零花钱,全买了冰棍儿,全部"孝敬"给了大头。甚至有一次,我还偷了母亲的一毛钱。但是那个夏天,却是我童年时代最美好的夏季。大头的故事营养了我,我陷在他的故事中,有时我自己变成了故事中的某个人物。

我应该说一说"四眼杨"了。

他姓杨,戴眼镜,酒糟鼻子。是我小学三年级时的语文教师。四眼杨,其貌不扬。但他善讲故事。

起初,每次上语文课,他都会留出十分钟时间,给我们念小说。后来他不再举着小说念,常常是看两眼,把书放下,背讲。到了下学期,他不再念小说,而是讲小说。大家都爱上他的语文课,准确地说,爱听语文课上的故事。算术课没人爱上,气得算术老师报告校长,四眼杨迫于压力,以后不再讲故事了。

我最爱上四眼杨的语文课。

有时做梦都在梦见上四眼杨的语文课。四眼杨不在课上讲故事,我就课下找他。四眼杨是单身汉,住在学校。星期天,我就带上我妈妈包好的饺子去学校找他,听他讲故事。他特别高兴,讲完故事吃饺子时,他不住地赞叹"韭菜馅饺子真香,不过也要换换口味,明天让你妈包点猪肉馅的好吗"。我认真地点头说"行"。从那以后,我要求我妈每周都要包不同内容的饺子。我妈还说,你们老师的嘴巴比猫嘴巴还厉害,馋猫儿。有一次我妈不给包饺子,打了我屁股,我以过年不买炮、不买新衣服为代价,央求我妈,最后我妈还是给四眼杨老师包了好吃的饺子。

四眼杨是我少年时代最敬仰的人。一想起少年时代,我的眼前就会出现夺目的光辉,四眼杨站在光辉中,正在绘声绘色地讲故事。

大头和四眼杨,这两个相貌丑陋的讲故事的人,奠定了我成为一个酷爱听讲的人。否则,我怎么会抛弃一切,整日倾听一个浑身散发着臭味的瘫子老头讲过去的故事呢?

在我爷爷死后不久,我又奇迹般地见到大头和四眼杨。

在过了几十年之后的某日,大头从很远处就认出了我。他骑着一辆"吱吱"作响的锈迹斑斑的单车,一下子冲到我的面前。他气喘吁吁地问我还认识他吗,我立刻叫出他的学名。那是一个颇富文化意味的文雅的名字。大头兴奋地告诉我,他现在做国际贸易,昨天刚从德国回来,明天还要走,去新西兰。然后再去挪威。还要去非洲。

大头问我,还记得小时候给你讲故事吗?

我说记得。

大头脸涨得通红,一个劲拍我肩膀,眼含热泪地说,等我从新西兰回来,你去我那里,我接着给你讲故事。我答应他,一定去找他。

大头带着"吱吱"作响的音乐走了。

见到四眼杨,是在老城里的一家茶馆。那是一个百无聊赖的晚上,我偶然进去,就那么惊讶地看见四眼杨老人,他正在台上说评书,一招一式都像评书大师。有许多人在听,场内鸦雀无声。四眼杨聚精会神地讲,根本没有认出我。那么多年过去了,他怎么能认识曾经的一个学生。

后来,评书讲完了,在热烈的掌声中,四眼杨红光满面地下了场。我没有去相认。尽管当年四眼杨老师吃过我家那么多丰富内容的饺子。

那天晚上,我失眠了。

我顽固地想,听讲的乐趣到底在哪里?

后来在梦中,我就认为,其实在造就讲述者。

没有听者,哪有讲者?